인생
빅딜
재혼

인생빅딜 **재혼**

초판 1쇄 2014년 1월 13일

지은이 손동규
발행인 김재홍
기획편집 주광욱
디자인 김태수
마케팅 이연실

발행처 도서출판 지식공감
등록번호 제396-2012-000018호
주소 경기도 고양시 일산동구 견달산로225번길 112
전화 031-901-9300
팩스 031-902-0089
홈페이지 www.bookdaum.com

가격 14,000원
ISBN 979-11-5622-007-7 03810

CIP제어번호 CIP 2013029064
이 도서의 국립중앙도서관 출판시 도서목록(CIP)은 e-CIP 홈페이지(http://www.nl.go.kr/ecip)에서 이용하실 수 있습니다.

인생 빅딜 재혼

초혼이 벤처라면
재혼은 빅딜!

손동규 지음

31만 2,522명의 부부생활과 이혼, 그리고 재혼 리포트
대한민국의 원조 '돌싱' 킨제이 보고서!

지식공감 도서출판

초혼은 벤처,
재혼은 빅딜!

'결혼은 인생 최대의 비즈니스이다!' 한 일간지에 실렸던 기사 제목이다. 비즈니스는 속성상 남아야 한다. 위험 또한 감수해야 한다. 그래서 초혼, 재혼, 남성, 여성 할 것 없이 평생 남게 해줄 배우자를 찾고 또 찾는다. 같은 비즈니스라도 초혼이 벤처라면 재혼은 기존 사업의 빅딜(Big Deal)이다. 초혼은 차근차근 준비하여 차츰차츰 키워 간다. 재혼은 기존의 결혼생활을 구조조정하고 새로운 파트너와 통 크게 주고받는다. 기사회생에 도움이 될 그 무엇인가를 맞교환한다. 여기서 문제가 발생한다. 빅딜을 하려면 상대가 혹할 만한 매력 포인트가 있어야 한다. 그러나 많은 돌싱('돌아온 싱글'의 줄임말)들은 상대에게 어필할 만한 게 별로 없다. 결혼이 비즈니스라면 청산할 때도 뭔가 남겼어야 한다. 재기를 위해서다. 현실에서는 부채만 잔뜩 짊어지고 나오는 사례가 비일비재하다.

어디 그 뿐이랴! 많은 돌싱들은 자신들의 그런 상황을 제대로 인식하지 못한다. 자신을 바라보는 상대의 마음 또한 제대로 읽지 못한다. 어떤 여성은 양육 중인 두 아이를 친자식같이 대해주고 유학까지 보내줄 남성을 찾는다. 40대 중반의 전형적인 '아줌마'가 당사자이다. 남자도 별반 다르지 않다. 집도 절도 없는 40대 후반의 남성이 재색 겸비한 젊은 여성을 원한다. 전문직이라는 허울 좋은 타이틀만 믿고 이혼 시 홀라당 털려버린 본인의 통장 사정은 아랑곳하지 않는다. 남자나 여자나 자신의 눈으로만 보려 한다. 연애기술 또한 녹이 슬어 더 이상 작동하지 않는다. 맞선 자리에 청바지 차림으로 나타나 허기진 늑대처럼 스킨십 공세를 펴는 '철부지 아저씨', 부스스한 머리에 편안한 티셔츠 차림의 4학년, 5학년짜리 '장바구니 주부 스타일'. 저자가 이 책을 쓰게 된 동기이다.

  1998년도에 10만 건을 넘어선 이혼 건수는 2003년 16만6,600건으로 피크를 기록했다. 그 후에도 계속 11만 건 이상을 유지하고 있다. 한 해에 22만~23만 명의 돌싱이 탄생한다. 사실혼까지 합하면 그보다 훨씬 많다. 그러나 아직 우리 사회에는 돌싱, 재혼 문화가 제대로 자리 잡지 못했다. 아무 준비 없이 이혼하는 사람들, 재혼 시장 상황에 까막눈인 사람들, 연애의 ABCD도 망각한 채 막무가내로 들이대고 보는 용기만 충만한 사람들…. 매일같이 목격해야 하는 안타까운 현실이다.

  재혼정보회사는 회원들에게 좋은 짝만 찾아주면 된다. 그러나 재혼문화를 정착시키는 것 또한 누군가는 떠맡아야 할 미션으로 다가왔다. 2000년대 중반부터 본격적으로 이 임무에 뛰어들었다. 각종 재혼 관련 설문조사를 실시하는가 하면, 이혼과 재혼 트렌드를 잡아내고, 회원들의 교제 양상도 관찰하고 분석했다. 한 주가 멀다하고 신문이나 TV 등을 통해 그 결과들을 발표했다. 거기에 반영된 인원만 해도 31만2,552명에 이른다. 343회에 걸쳐 실시된 설문조사에 연인원 18만2,488명이 참가했고, 57회의 트렌드성 기획보고서 작성에 4만9,815명이 반영됐다. 거기에 직간접적으로 상담한 돌싱도 8만249명에 달한다. 하나하나 귀중한 정보이고 유익한 통계이다. 낱개로 흩어져 있는 자료들을 집대성할 필요를 느꼈다. 총 31만여 명의 생각과 언행을 종합하고 분류했다. 그것이 바로 이 책에 실린 내용들이다.

그래서 이 책이 커버하는 내용은 광범위하고 또 현실적이다. 결혼에서 이혼, 그리고 돌싱 생활과 재혼 골인까지 전 과정이 망라돼 있다. 먼저 한국인의 부부 및 결혼생활 전반을 경험자 증언을 토대로 구석구석 파헤쳤다. 이혼의 발단부터 도장찍기까지, 그리고 그 영향도 빠짐없이 추적했다. 이혼 후 돌싱들의 자유로운 생활과 그 이면에 숨어 있는 불안정한 삶의 모습도 놓치지 않았다. 재혼 추세와 돌싱들이 생각하는 재혼 세계, 그리고 재혼 희망자들의 각 개인별 사정과 그들이 원하는 배우자 조건 등을 사실에 기초하여 리얼하게 정리했다. 마지막 단계로는 맞선이나 데이트에서 상대 호감도를 좌우하는 요인들을 연구하고 분석해 돌싱 탈출 지원자들에게 실전 지침서로 제시했다.

일단 결혼을 하면 백년해로하는 것이 최상이다. 불가피하게 파경에 이르게 되면 회생의 불씨를 챙겨야 한다. 그 불씨를 잘 살리면 초혼 실패가 인생역전으로 반전될 수도 있다. 그 방법을 제시하기 위해 탄생한 것이 바로 이 책이다. 더불어 기혼 부부들이나 예비 신랑신부들에게는 반면교사가 되기를 희망한다. 부부 사이를 갈라놓는 각종 요인과 파경 사례를 타산지석으로 삼아 평소 결혼생활에 임한다면 원만한 부부관계를 유지하는 데 나침반 역할을 해줄 것이다.

우리의 의지와 상관없이 이제 이혼은 막을 수 없는 대세이고, 재혼 또

한 늘어날 것이다. 잘 알려진 바와 같이 프랑스의 니콜라 사르코지 전 대통령은 재임 기간 중에 이혼과 재혼을 번갈아 했다. 또 현 프랑수아 올랑드 대통령은 어떤가? 정식 부인이 아닌 동거녀와 살고 있다. 대통령의 이런 삶에 프랑스 국민들은 별다른 반응이 없다. 개인적인 일일 뿐이다. 우리나라도 곧 이런 시대가 올 것이다. 똑똑하게 이혼하고 실속 있게 재혼하면 된다.

1990년대 후반 일본에는 이미 정년 이혼, 나리타 이혼 등과 같은 각종 이혼이 있었다. 당시 도쿄에 주재하던 저자는 이런 현상을 보고 결혼정보회사를 구상했다. 재혼에 대한 사업성을 보아서가 아니라 '이혼 없는 결혼'을 만들기 위해서였다. 그러나 역부족이다. 대신 이혼이 필요한 사람들에게 회생의 전기를 만들어주고, 재혼을 통해 인생역전으로 승화시켜주는 데 일익을 담당하고자 한다.

마지막으로 한 가지 양해를 구하고자 한다. 이 책에 인용된 각종 통계와 자료의 출처(온리-유, 비에나래), 시행 시기(대부분 최근 3년 이내), 그리고 조사에 참여한 인원(보통 500~600명 : 남녀 동수) 등을 일일이 적시하지 못한 점이다. 또 감사드릴 분들도 있다. 비에나래와 온리-유의 이경 매칭실장과 정수진 상담팀장이 바로 그들이다. 이 분들이 제공해준 생생한 돌싱 관련 정보가 없었다면 이 책은 나올 수 없었을 것이다.

2014년 1월
저자 손 동 규

■ Contents

Report II | **결혼 회생 절차를 밟다 – 이혼 감행**
인생의 쿠데타가 아닌 혁명을 기대하며~

■ Contents

■ Contents

Report VI **인생역전 종결자, 돌싱 탈출 A to Z**
능수능란, BUT 스마트하게!

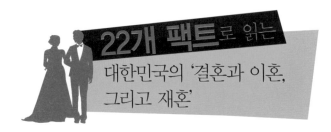

22개 팩트로 읽는
대한민국의 '결혼과 이혼, 그리고 재혼'

우리나라 부부들의 결혼식에서부터 이혼, 재혼까지의 전 과정을 한눈에 볼 수 있도록 요약·정리했다. 새로운 추세나 특이한 현상을 중심으로 편집했다.

배우자? 女 '불만투성이' – 男 '투정쟁이'

아내는 남편이 사사건건 불만스럽고 남편은 이해해주지 않는 아내가 못내 아쉽다. 우리나라 부부들의 일반적인 양상이다. 결혼생활에 대해 다양한 주제로 조사를 해보면 대체로 이런 결과가 나온다.

여성들은 신혼여행부터 불만이다. '신혼여행 갔을 때의 기억'에 대해 남성은 27.5%가 '생애 최고의 시간이었다'는 반응이나, 여성은 19.2%포인트 낮은 8.3%만이 이같이 답했다. '전 배우자를 선택한 것'에 대해서도 남성은 64.7%가 '대체로 만족스럽다'고 답했으나, 여성은 47.3에 그쳤다. 역시 17.4%포인트의 격차를 보였다. 또 '결혼생활의 만족도'를 묻는 질문에 '대부분 행복하고, 가끔 고통스러웠다'는 남성(46.3%)과 '행복과 고통이 반반이었다'는 여성(49.6%) 사이에 입장차가 컸다. 이혼을 하고 나서도 남성은 절반 이상이 '참을 걸'(51.0%) 하고 후회하나, 여성은 '더 빨리할 걸'(41.1%)이라며 또 다른 의미의 후회를 한다.(자세한 내용은 '리포트 I'과 '리포트 II' 참고)

결혼, 실패하더라도 일단 해봐야!

결혼을 해본 사람, 그것도 이혼의 쓴맛까지 경험한 사람들도 결혼은 해볼 가치가 있다는 평가를 내렸다. "'결혼은 해도 후회, 안 해도 후회'라는 속설이 있는데, '실패한 결혼'의 소회"를 물었더니 '(결혼을) 안 한 것보다 (한 것이) 낫다'는 반응이 남녀 각 62.4%와 43.1%였다. 여성은 남성에는 크게 못 미쳤지만 긍정적인 평가도 적지 않았다.

"실패한 결혼에 대해 '안 한 것보다 낫다'고 답한 이유"로 '즐거운 추억이 있어서'와 '정서적으로 도움이 되어서'로 답한 남성과 '소중한 자녀를 얻어서'와 '즐거운 추억이 있어서'로 답한 여성 사이에 다소의 차이는 있으나 남녀 모두 밑지는 장사는 아니었다는 의미이다.(자세한 내용은 '리포트 I' 참고)

돌싱女 과반수, 결혼생활 중 남편 위에 군림했다!

양성평등 의식이 급속히 진전되고 있는 시대 상황에서 과연 부부간의 위상은 어떻게 형성돼 있을까? 남성에는 못 미치나 여성도 절반 이상이 자신의 위상이 전 배우자보다 더 높았다고 생각하고 있었다.

돌싱들의 입장에서는 전 배우자와의 결혼생활에 대해 악감을 갖기 쉬운데 부부간 위상에 대해 긍정적인 생각을 가진 비중이 높다는 것은 시사하는 바가 크다. 직간접적으로 가부장적인 집안 분위기를 경험한 남성의 입장에서는 비록 시대는 바뀌었지만 최소한의 자존심을 지켰다는 의미로 해석할 수 있고, 여성들은 시대 흐름에 맞게 전 배우자와의 관계에서 대등한 지위를 누렸다는 현대 여성으로서의 자부심이 표출된 결과라고 볼 수 있다.(자세한 내용은 '리포트 I' 참고)

부부관계, 의무방어전도 '결과는 좋았다'

　　우리나라 기혼자들은 10명 중 6~7명이 본인 의사와 상관없이 부부관계를 가지고 있었다. 남성 61.6%와 여성 70.1%가 '의무방어전'을 치르거나 억지 성관계를 가지고 있는 것. 또 남녀 불문하고 10명 중 8명가량이 내키지 않더라도 배우자가 요구하면 응해주고 있었다.

　　본인의 의사와 상관없이 부부관계를 가질 경우 그 결과는 남편과 아내 사이에 크게 달랐다. 남성은 4명 중 3명꼴로 '평소의 만족도 이상'이라는 반응을 보였다. 거기에 반해 여성은 37.5%만이 평소와 비슷하거나 높았다고 답했다.(자세한 내용은 '리포트Ⅰ' 참고)

'결혼생활 중에도 유혹의 손길이 끊임없더라…'

　　'유부남, 유부녀임에도 불구하고 외부 이성으로부터 유혹의 손길이 끊임없이 뻗쳤다!' '유혹에 빠져 실제 교제를 해본 적도 있다!' 결혼 경험자들의 고백이다. 남성은 10명 중 8명 이상이 전 배우자와 결혼생활 중 외부 여성들로부터 유혹을 받은 적이 있었고, 4명 중 1명은 실제 교제까지 갔다. 여성은 4명 중 3명가량이 유혹을 받았고, 5명 중 1명은 사귄 적이 있었다.

　　교제로까지 연결되지 않은 사람들은 왜일까! 도덕적으로 용인되지 않아서? 상대가 마음에 안 차서? 뒤탈이 두려워서? 남성은 주로 도덕적인 이유를 내세웠으나, 여성은 불이익이나 뒤탈을 두려워했다.(자세한 내용은 '리포트Ⅰ' 참고)

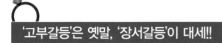

'고부갈등'은 옛말, '장서갈등'이 대세!!

'사위 사랑은 장모'라는 얘기는 요즘의 젊은 신랑들에게는 더 이상 통하지 않게 됐다. 장모가 사위의 일거수일투족에 간여하면서 이혼을 부추기는 사례가 빈발한다. 딸 부부에 대한 친정어머니의 간섭은 사위로 하여금 딸은 물론 처가까지 멀어지게 하여 이혼의 촉매제 역할을 한다. 이와 같은 장모와 사위간의 갈등, 즉 '장서갈등'에 따른 이혼은 결혼 초기인 35세 이하에서 특히 많다.

이와는 반대로 요즘 며느리들은 시어머니나 시누이 등의 시가 식구들을 별로 두려워하지 않는다. 돌싱 여성들에게 '전 배우자와 결혼생활 중 가장 대하기 어려웠던 시가 식구'를 물었더니 32.4%가 '없었다'고 답한 데서 이와 같은 추세를 엿볼 수 있다.(자세한 내용은 '리포트 I' 참고)

부정행위로 이혼 당하는 여성, 남성보다 많다!

겉보기에는 아무런 부족함이 없어 보이는 부부! 그러나 배우자가 빗나가는 바람에 결혼이 파탄에 이르는 사례를 자주 본다. 돌싱들을 상대로 상담을 하다보면 여성의 부정행위로 남성이 이혼을 제기하는 사례가 증가하고 있다.

이런 현상을 반영하듯 '전 배우자와의 이혼에 가장 큰 영향을 미친 요인'에 대한 조사에서 '전 배우자의 부정행위'로 답한 비중을 보면 여성 15.3%, 남성 17.7%로 남성이 여성을 2.4%포인트 추월했다. 과거에는 여성들이 남편의 부정행위로 이혼을 제기하는 사례가 절대적으로 많았으나, 최근에는 역전 현상이 벌어지고 있다.(자세한 내용은 '리포트 II' 참고)

'결혼생활 중 이혼에 대비했다' 女 넷 중 셋!

성대하게 결혼식을 치르고 한 공간에서 몸을 섞으며 살고 있는 부부들! 그들 중 많은 사람들은 배우자 몰래 은밀히 이혼을 준비하고 있다! 이런 현상은 신혼부부들에게만 발생하는 것이 아니라 결혼생활을 몇 십 년간 영위하고 자식을 여러 명 둔 중년이나 황혼 부부들에게도 비슷하게 적용된다.

이혼 기미가 보이기 시작하면 만약의 경우에 대비하여 이혼 절차가 본격화되기 전부터 이런저런 대비책을 강구한다. 여기에는 나이도 남녀도 따로 없다. 각자의 여건이나 상황에 맞게 상대 몰래 하나하나 준비한다. 현실적인 것일까 아니면 비정한 것일깨(자세한 내용은 '리포트 II' 참고)

이혼 경험女, 이혼 협상 결과 '나에게 유리했다'

이혼을 하게 되면 부부에서 남남으로 신분이 바뀐다. 재산 분배, 자녀에 대한 친권과 양육권, 위자료, 양육비, 자녀 면접권 등, 당연히 이것저것 나누고 조정하며 여러 가지 협의 절차를 밟는다. 부부의 혼인유지 기간이나 미성년 자녀 유무, 이혼 사유 등등에 따라 협의 결과도 각자 다르게 나온다. 그러나 그 과정에는 복잡하고 미묘한 문제가 연루되는 것이 일반적이다.

재미있는 사실은 이혼 협상 결과가 여성에게 유리하게 결정됐다는 점이다. 그 이유에 대해서는 '전 배우자가 떼를 써서'라는 남성과, '이혼 귀책사유가 전 배우자에게 있어서'라는 여성 사이에 의견이 엇갈렸다.(자세한 내용은 '리포트 II' 참고)

이혼? 男 '참을 걸' – 女 '진작 할 걸!'

드디어 가정법원에서 도장을 찍고 그야말로 '님'이 '남'으로 바뀔 때, 그 당사자들의 기분은 어떨까? 남녀 똑같이 '후련하다'는 반응이 절반을 차지했다. 2006년도만 해도 '아쉬웠다'는 대답이 많았으나 몇 년 만에 이혼을 맞는 감정도 바뀌었다.

그러나 시간이 지난 후 냉정을 되찾고 생각해 보니 또 다른 느낌이다. 남성은 이혼 결정이 성급했다고 후회하는 사람들이 많은 반면, 여성은 혼자 사니 이렇게 편한데 왜 그동안 참고 살았는지 모르겠다며 또 다른 의미의 후회를 쏟아내는 것이다.(자세한 내용은 '리포트 Ⅱ' 참고)

돌싱女 절반, 접근 남성들 '결혼'보다 '연애' 원해!

돌싱 남성들에게는 진지한 교제 목적으로 접근하는 여성들이 많으나, 여성들에게는 단순 연애 목적의 남성들이 많이 들이댄다고 한다. 남성은 '접근하는 이성들의 의도'에 대해 46.1%가 '진지한 교제를 위해 접근한다'고 답했으나, 여성은 과반수인 50.8%가 '연애 상대로 접근한다'고 푸념 섞인 대답을 내놨다.

돌싱들은 이혼 후 교제 상대로서의 인기도 많이 떨어진 것으로 느끼고 있었다. 미혼 때보다 인기가 '더 높다'(남 25.7%, 여 37.3%)는 대답보다 '더 낮다'(남 58.6%, 여 40.3%)가 월등히 많았다.(자세한 내용은 '리포트 Ⅲ' 참고)

재혼 행렬 상의 '7大 뉴 트렌드'

돌싱 여성들, 더 이상 울지 않는다!

"그 원수같은 놈 때문에…" 결혼정보회사에 재혼 상담을 오는 여성 10명 중 7~8명이 이 같은 비방을 쏟아낸다. 본격적인 상담에 앞서 휴지가 수북이 쌓이도록 눈물도 훔친다. 이런 양상이 2010년도까지의 모습이다. 그러나 불과 몇 년이 지난 지금은 이런 모습을 찾으려야 찾을 수가 없다. 왜일까?

재혼도 '선행학습'한다!

학생들에게 선행학습이 있듯 재혼 희망자들에게도 비슷한 과정이 있다. 본격적인 재혼 준비에 앞서 사전에 귀동냥도 하고 정지작업도 하는 것. 1년~2년 전까지는 남성들이 많았으나 이제는 여성들도 적극 합류하고 있다.(기타 자세한 내용은 '리포트 IV' 참고)

재혼 가능성 높여주는 '구비조건 7가지'

재혼 상대에게 자녀에 대한 부담을 최소화한다.

일반적으로 재혼 대상자들은 상대에게 출산 경험이 없기를 희망하며, 출산 자녀가 있을 경우에는 전 배우자가 키우기를 바란다. 재혼 상대가 직접 양육할 경우 아들보다는 딸을 선호한다. 종합하면, 무출산 〉 무양육 〉 딸 1명 양육 〉 아들 1명 양육 〉 딸 2명 양육 〉 딸, 아들 각 1명씩 양육 〉 아들 2명 양육 등과 같은 선호도를 보인다.

전 배우자의 흔적을 말끔히 지운다.

재혼 상대자 앞에서 전 배우자와의 재산 문제나 자녀관계 등을 언급하는 것은 백해무익이다. 전 배우자에 대해 자랑을 하거나 험담을 하는 것도 삼가야 한다. 사별의 경우는 전 배우자에 대한 추억이나 향수를 언급하여 상대의 생각을 혼란시킬 필요가 없다.(기타 자세한 내용은 '리포트 IV' 참고)

4050 돌싱男, '젊고 예쁜 女보다 경제력 원해'

40대 이상의 돌싱 남성들이 나이나 외모보다는 경제력 등 실속을 중시하는 '여우과'로 급선회하고 있다. 불과 몇 년 전만 해도 돌싱 남성들은 대부분 나이와 외모 등을 최우선시하고 양육 자녀는 기피했다. 그러나 최근에는 배우자조건 상의 우선순위가 바뀌고 있다. 재산이나 직업, 노후준비 등의 현실적인 조건이 충족되면 여타 조건은 수용하는 분위기로 가는 것이다.

이런 추세는 평균수명이 길어지고 노후가 불안한 현실과도 깊은 관계가 있다. 남성들이 재혼을 하면서 겉치레보다는 경제적 지원과 같은 실속을 추구하는 것이다.(자세한 내용은 '리포트 V' 참고)

골드미스의 혼처 위협하는 '무출산 돌싱女'

미혼 남성들이 배우자감으로 돌싱 여성을 수용하는 사례가 증가일로에 있다. 거기에 더해 아예 돌싱만을 요구하는 고객도 적지 않다. 이와 같은 미혼 남성들의 돌싱녀 선호 현상은 통계청에서 발표한 총각과 이혼녀 간의 혼인 건수에서도 쉽게 확인할 수 있다. 1990년도에는 전체 혼인 건수의 2.3%에 불과했던 총각과 돌싱녀 간의 결합이 2010년에는 6.1%로 껑충 뛰어 피크에 달했다.

외환위기 이후 15년여에 걸쳐 이혼자가 우리 사회 곳곳에 포진함에 따라 돌싱에 대한 부정적인 인식이 많이 희석됐다. 특히 최근에는 20대 후반이나 30대 초반의 결혼생활을 짧게 한 무출산 여성까지 합세하면서 30대 후반이나

40대 초반의 미혼 남성들에게 골드미스를 대체할 강력한 혼처로 부상하고 있다.(자세한 내용은 '리포트 V' 참고)

흡족한 재혼 상대? 女 '재산 30억' – 男 '탤런트 급 외모'

재혼을 할 때는 대부분 실패한 초혼까지 보상받고 싶어 한다. 새로운 배우자가 전 배우자보다 낫다는 점을 주변에 자랑도 하고, 또 눈으로 직접 확인시켜주고 싶기도 하다. 이런 욕구를 충족시키기 위해 남성에게는 탤런트 급 외모의 상대. 여성에게는 호화저택 정도는 갖춘 상대여야 한다.

그뿐 아니라 연봉이나 재산도 일정 수준 이상이 되어야 하는데, 남성은 비교적 합리적인 수준으로 여성의 연봉이 4천만~5천만 원, 재산 1억 원 정도면 만족한다. 그러나 여성은 남성의 연봉과 재산이 각 1억 원과 30억 원 이상은 되어야 흡족해 한다. 그런 배우자 조건을 설정한 기준도 가관이다. 남성은 자신의 수준에 맞춰 정하나, 여성은 그냥 그 정도는 돼야 풍족하게 살 것 같아서이다.(자세한 내용은 '리포트 v' 참고)

재혼활동 상에 나타나는 남녀 별 5대(大) 특징

[남성 회원]

'후궁 같은 편안한 여성이 좋아요!'

많은 재혼 대상 남성들은 푸근하고 대하기 편한 여성을 원한다.

'제왕절개 수술로 출산한 여성만 소개해 주세요!'

남성들은 출산 경험이 없는 여성을 원한다. 출산 경험이 있을 경우에는 자연분만보다는 제왕절개 수술로 출산한 여성을 선호한다. 이유가 뭐냐고요?(자세한 내용은 '리포트 v' 참고)

[여성 회원]

'재혼 후 남편 재산을 내가 관리할 수 있어야 합니다!'

재혼 후에 남편의 급여 통장을 본인이 관리하도록 해야 하고, 동산 및 부동산 등 재산 내역을 모두 자신에게 공개해야 한다는 요구조건이 붙는다.

'내 재산 많다는 얘기는 절대 하지 마세요!'

10억 이상의 재산을 보유한 여성들이 빠짐없이 덧붙이는 요청사항이다. 여기에는 여러 가지 의미가 있다.(기타 자세한 내용은 '리포트 ∨' 참고)

남편감 물색, 초혼과 재혼 여성 간의 7대 차이점!

중시 가치 : '내재 가치' vs '시가'

초혼들은 현재의 각종 조건도 중요하지만 앞으로의 성장과 발전 가능성을 더 크게 고려한다. 반면 재혼들은 이미 실현된 현재의 모습, 즉 거주지의 위치와 규모, 시가 등은 물론 동산, 자녀양육 유무, 직장의 정년 등을 중시한다.

인물 평가 포인트 : '두루두루' vs '집중과 선택'

초혼들은 배우자감을 평가할 때 제반 조건을 두루두루 골고루 평가한다. 그러나 이혼 경험이 있는 여성들은 많은 조건 중 현실적으로 가장 중요한 한두 가지에 초점을 맞춘다.(기타 자세한 내용은 '리포트 ∨' 참고)

재혼 증가에 따른 '인기 급부상 배우자감'?

사업가 남성이 첫 번째로 꼽힌다. 미혼 여성들은 불안정하다는 이유로 사업가를 기피해 천대받는 처지이나 최근 돌싱 여성들의 증가로 역전 현상이 일어난 대표적인 케이스이다.

글래머형 몸매도 재혼 대상 남성의 증가에 따라 수요가 급증하고 있다. 미혼 남성들은 마른 형의 몸매를 원하나, 돌싱 남성들은 글래머형을 선호한다.

연금수혜자를 배우자 조건으로 내거는 재혼 대상자들이 크게 증가하고 있다. 수명이 길어지면서 직장에서 은퇴한 후에도 장기간 노후생활을 영위해야 하기 때문이다.(기타 자세한 내용은 '리포트 Ⅴ' 참고)

돌싱들의 교제 패턴 상 7大 특징

교제 초기 상대 집중도 : 재혼 〉 초혼

교제 초기 단계의 집중도는 재혼이 훨씬 높다. 초혼의 경우 일주일에 1회 혹은 2회 정도 만남을 가지나, 재혼 대상자들은 같은 기간에 3회 이상의 만남을 가지고 교제 속도도 빠르다.

선물은 '데이(Day) 위주' vs '초기에 전략적으로'

선물을 주고받는 시기나 가격 등에도 상당한 차이를 보인다. 초혼은 5회 이상 만난 후 선물을 주고받으나, 재혼은 3회 이내에도 빈번하게 이루어진다. 선물 값도 천양지차다.(기타 자세한 내용은 '리포트 Ⅵ' 참고)

'첫인상 사로잡기'! 'Feel·通·Tip 8-5-40 수칙'

'첫인상은 3초 만에 결정된다'는 각종 실험결과가 있다. 처음 만나는 사람에 대한 평가는 첫눈에 많이 좌우된다. 그 첫인상은 상대와의 향후 인간관계에 지대한 영향을 미친다. 따라서 똑같은 사람일지라도 맞선에서 상대에게 어떤 인상을 주느냐에 따라 결혼으로 연결될 수도 있고 일회용 만남으로 끝날 수도 있다.

수많은 돌싱들에게 맞선을 주선하면서 쌓은 노하우를 토대로 돌싱 탈출의 성패를 좌우하는 핵심요인 40개를 추출했다. 사전 준비사항 → 치장 → 맞선 장소 정하기 → 첫 대면 → 대화 → 식사 등 2차 → 마무리 → 애프터 등 8개 테마에 대해 각각 다섯 가지씩의 필이 통하는 맞선 팁(필·통·팁)을 제시했다.(자세한 내용은 '리포트 Ⅵ' 참고)

재혼 통해 인생역전 이룬다!

돌싱들 중에는 초혼 때보다 재혼 상대로서의 조건이 훨씬 더 양호한 사람들이 적지 않다. 초혼 때는 배우자로서 이렇다 할 장점이 없었으나 그 후 시간이 지나면서 상황이 바뀐 것이다. 본인이 일구었든 물려받았든 간에 경제력이 큰 폭으로 향상된 사람들이 그 대표적인 케이스이고, 사회적 지위가 상승했거나 노후준비가 완벽한 사람들도 그 범주에 든다. 자기관리가 뛰어난 여성들은 물론 그 외 돌싱들이 선호하는 조건을 갖춘 사람들도 여기에 해당된다.

이런 부류의 돌싱들이 재혼 시장에서 높은 인기를 누리는 것은 불문가지(不問可知)이다. 교제 수칙을 준수하여 재혼전선에 나설 경우 인생역전은 따놓은 당상인 것이다. 해당자들은 본문의 사례를 참고하여 나서볼 지어다!(자세한 내용은 '리포트 Ⅵ' 참고)

베일 벗긴
한국인의
'결혼 &
부부생활'

아쉽기는 해도 후회는 없다!

'신뢰와 사랑을 바탕으로 기쁨은 물론 고통까지 함께 나누며, 하얀 도화지 위에 두 사람만의 고유한 색깔로 세상에서 단 하나밖에 없는 독창적인 작품을 만들어 나가는 것!' 한 여성의 결혼에 대한 정의이다. 결혼에 대한 청사진은 화려하다. 특히 여성들의 결혼상(像)은 철학적인 의미로까지 확대된다. 그러나 동서고금을 막론하고 현실은 기대에 미치지 못하기 일쑤이다.

영국의 시인 존 드라이든은 '결혼이 일곱 성사(聖事)의 하나일지, 일곱 대죄(大罪)의 하나일지는 아무도 장담할 수 없다'라는 말로 결혼생활의 어려움을 대변했다. 우리나라에도 '결혼은 해도 후회, 안 해도 후회'라는 속설이 있다. 이같이 결혼에 대해서는 예로부터 부정적인 평가가 우세하다. 여기에 대해 프랑스의 사상가 몽테뉴는 '행복한 결혼이 극히 드문 것은 그것이 얼마나 귀중하고 위대한 것인지를 잘 보여주는 것'이라고 해석했다.

결혼은 속성 상 어렵다. 거기에 우리나라는 제반 여건 상 다른 나라보다 더 어렵게 되어 있다. 그 중심에는 '급상승한 지위의 여성'이 자리 잡고 있다. 각급 학교의 수위는 여학생들이 독차지하고, 대학 진학률도 여성이 높다. 각종 국가고시에서도 사정이 다르지 않다. 딸은 집안일이나 하고 아들은 대학 보내던 관습이 언제 적 이야기인지 기억조차 아련하다. 대신 '양성평등'이 그 자리를 매웠다. 남성의 지위는 머물러 있고 여성은 대차게 치고 올라온다. 많은 남성들에게는 이미 여성상위로 느껴지는 이유이다. 구시대적 사고로 결혼했던 중장년층 여성도 이런 추세를 놓치지 않는다.

결혼 트렌드, 여성들이 좌지우지!

이런 저변의 여건 변화는 결혼의 양상에도 지대한 영향을 미친다. 경제력이 빵빵해진 많은 여성들은 결혼을 필수로 여기지 않는다. 경우에 따라서는 평생 독신으로 살 각오가 되어 있고, 적어도 나이에 밀려 결혼을 서두르지는 않는다. 같은 맥락에서 결혼이 선택으로 바뀐 이상 할 바에는 잘 해야 한다. 배우자 조건이 까다로워지는 것은 당연한 이치이다. 양성평등이 일반화됐지만 배우자를 구할 때는 남존여비 시절과 다를 바 없다. 아직도 두세 단계 상향 지원하고, 성향이나 가치관 등도 맞춘 듯이 딱 들어맞아야 한다. 사정이 이렇다 보니 남성은 물론 여성도 배우자 찾기가 하늘의 별 따기이다. 자연히 결혼 사각지대는 넓어지고, 국제결혼도 늘어난다. 연상연하 커플이 증가하는가 하면 돌싱 여성과 총각 간의 결합도 보편화되고 있다. 결혼 트렌드가 대부분 여성들에 의해 주도되는 형국이다.

　현대 여성들은 결혼 후에도 당당하다. 참고 살거나 부당한 대우를 묵과하지 않는다. 살다 보면 크고 작은 이슈는 끊임없이 발생한다. 어떻게든 헤쳐 나가야 한다. 그러나 부부 사이에는 명문화된 지침도 없거니와 판단기준 또한 명확하지 않다. 그때그때 적절히 협의하고 타협해 나가야 하는데 그게 말처럼 쉽지가 않다. 부부 양쪽 다 서로 잘나서 한 치의 양보도 없기 때문이다. 거기에 남편은 남편대로, 아내는 아내대로 '설익은 양성평등'에 대해 서로 곱지 않은 시각이다. 권리를 주장하려면 의무도 같이 수행하라는 남편, 맞벌이에 가사까지 중노동에 시달린다는 아내…. 그뿐이 아니다. '조건 결혼'의 증가에 따라 부부의 정신적 결속력은 취약하고, 백년해로에 대한 인식도 희박하다. 상호 적응의지 또한 부족하다. 이런 상황 변화와는 무관하게 가정의례 의식에는 아직도 구시대적 사고가 곳곳에 남아 있다. 설상가상으로 딸 둔 부모까지 가세한다. 젊은 여성들의 지위가 올라가자 그 어머니들도 기세가 등등하다. 급기야는 고부갈등에 맞불이라도 놓듯 장서갈등이라는 또 다른 문화(?)를 만들어냈다. 우리나라의 결혼 하부구조가 허약할 수밖에 없는 이유들이다. 자연히 결혼 행로가 지뢰밭 같다.

남편은 전과가 쌓이고, 아내는 한이 쌓인다!

　남녀의 성 역할이나 성향 상의 차이도 부부의 역학관계에 엄청난 영향을 미친다. 가정경제 파탄과 외도, 폭행 등 몰상식한 언행은 우리나라 부부들의 주된 이혼 사유들이다. 대부분 남편들의 책무와 과오에 속한다. 이런 종류의 문제들은 증거나 흔적이 뚜렷하고 파장도 크다. 이 중 어느 하나가 현실로 나타나는 순간 그동안의 치적은 도로아미타불이 된다. 이혼이 거론되거나 남편의 지위를 곤두박질치게 만든다. 반면 가사나 자녀양육, 그리고 언어폭력 등과 같은 아내의 문제는 잘못에 대한 판단기준도 불명확하고 사건화하기도 힘들다. 흔히 '주부들의 일은 해도 해도 끝이 없고, 해봐야 티도 안 난다'는 푸념 섞인 얘기를 자주 듣는다. 이 말은 잘해도 티가 안 나지만 대충 해도 별 탈이 없다는 뜻도 된다. 결혼생활을 해갈수록 남편은 전과를 쌓아가고 아내는 그런 남편에 대해 한을 쌓게 되는 연유이다.

그런가 하면 남성은 많은 시간을 밖으로 나도나, 여성은 가정 중심적이다. 자녀, 가정경제권, 살림, 친인척 등의 실권이 모두 아내의 손아귀에 들어가게 된다. 남자는 밖에서는 강할지 몰라도 집에서는 약할 수밖에 없다. 또 여성의 지위 상승과는 별개로 허울뿐인 가장 타이틀은 여전히 남성이 쥐고 있다. 식솔의 안정과 가정경제, 그리고 집안 중대사를 떠맡는다. 가장으로서 잘하기는 어려우나 식솔로서 꼬투리잡기는 쉽다. 그 결과 남편은 아내와의 세력 판도에서 늘 약자의 위치에 선다. 급기야 경제력마저 위축되면 나락으로 떨어진다. 남편들의 자업자득의 결과이자 성 역할 상 특징이기도 하다.

부부간의 불안정한 역학관계, 살얼음판 걷듯 위태롭다!

현재 우리나라는 제반 여건 상 결혼생활을 지탱해 줄 토양이 매우 연약하다. 부부간의 역학관계 또한 불안정한 상태이다. 부부갈등이 빈발하나 이를 원만하게 관리할 틀은 미비하다. 이런 상황에서 대형사고(?)에 상대적으로 덜 노출되고 기세가 등등한 아내, 추락한 위상에 말썽거리까지 끊임없이 제공하는 남편…. 공세의 아내와 수세의 남편 간에 살얼음판을 걷듯 위태로운 부부생활이 이어진다.

결혼에 대한 기대감이 유난히 컸던 여성들! 막상 결혼을 하고 보니 불만투성이다. 프러포즈 때 남성들이 쏟아낸 솔깃한 '공약'들은 대부분 지켜지지 않는다. 실망감이 누적되고 인내에 한계가 온다. 드디어 폭발한다! 우리나라에 이혼이 많은 배경이다.

결혼 & 결혼식,
그 내막

왕자와 공주로
우뚝 서는 결혼식! 웃고는 있지만…

"듬직하고 멋있죠! 나도 왕자가 된 기분입니다. ㅋㅋ!"

"내가 봐도 우아하네요! 모로코 공주가 따로 없지 않나요. ㅎㅎ!"

45세의 공기업 근무자 C씨와 41세의 외국계기업 종사자 J씨가 그(사진 속) 주인공들이다.

31세의 한창 좋은 나이에 재색 겸비한 신부와 남보라는 듯이 결혼식을 올린 C군! 178㎝의 키에 학력이나 직업, 가정환경 등 어느 하나 빠질 데 없는 그야말로 일등 신랑감이었다. 당연히 결혼식장에서도 사회자의 '신랑 입장'이라는 멘트에 맞춰 호텔의 웨딩홀 플로우를 보무도 당당하게 걸어 들어갔다. 하객들의 우레와 같은 박수와 환호는 이미 예약된 것이었다. 고위 공직자의 집안에서 곱게 자라 세계 유수의 다국적 기업에 다니는 27세의 J양은 또 어떤가? 이른 봄의 화사한 백합과 같은 자태로 2대째 의사 집안의 핸섬한 신랑을 만나 결혼식장에 선 그 모습은 상상만으로도 짐작이 되고 남는다.

평생 서 보는 무대 중 가장 화려하고 높은 무대, 결혼식장! 한 때 그 무대의 한복판에서 플래시 세례를 온몸에 받았던 바로 그 주인공들. 지금은 운명의 장난으로 돌싱의 신분이 됐지만 결혼식 때의 사진 속 모습은 지금 봐도 왕자와 공주처럼 멋있기만 하다. 재혼전문 온리-유가 결혼정보회사 비에나래와 공동으로 '결혼식 사진에 대한 소감'을 묻는 설문조사를 실시했더니 이런 결과가 나왔다. 조사에 응한 결혼 경험자 476명(남녀 각 238명) 중 남성은 무려 58.4%가 결혼식 때 자신의 모습을 '왕자 같다'고 평했다. 여성은 남성보다는 다소 낮지만 38.2%가 '공주 같다'며 결혼 당시의 위풍당당했던 모습을 떠올렸다.

그러나 겉보기와는 달리 결혼식이 마냥 즐겁고 흥겹지만은 않았다. 기본적으로 신랑이나 신부 모두 결혼 준비에 지친 상태인데다 전날 밤 잠을 설치는 경우가 많기 때문이다. 결혼식 당일 또한 아침 일찍부터 서둘러야 하고, 식장에서도 하객들의 시선을 한 몸에 받으며 초긴장 상태가 된다. 이래저래 고통도 따른다는 것이다. 그중에서도 최악은 남성 37.8%와 여성 39.5%가 지적한 '피곤함'이다. 거기에 신랑들 중에는 '결혼 전에 신부에게 거짓말을 했던 것이 탄로날까봐 걱정이 됐다'(18.9%)는 고백도 있었다. 여성은 5명 중 1 명꼴(19.7%)이 '추워서(혹은 더워서) 고통스러웠다'는 경험담도 털어났다.

백해무익한 주례사, 없었으면…

설상가상으로 주례사 또한 신랑신부들의 피곤한 심신을 더욱 힘들게 만든다. 결혼식장의 주인공 역할을 한 적이 있는 결혼 경험자들에게 '결혼식 중 가장 고통스러웠던 절차'를 물었더니, 남성의 61.8%와 여성의 57.0%라는 높은 비중의 응답자들이 서슴없이 '주례사'를 꼽았다. 그 뒤를 이은 남성의 '양가 부모님께 드리는 인사'(13.2%)와 여성의 '폐백'(25.9%) 등은 비교 상대가 되지 못했다.

3분 정도는 주례의 축사에 고개도 끄덕이고 공감을 표하기도 하나 5분이 지나면 서서히 지겨워진다. 그리고 7분~10분이 지나면 얼굴이 굳어지고 몸도 뒤틀린다. 그저 빨리 끝나기만을 손꼽아 기다리는 처지가 된다.

그러면 이렇게 장황하게 지속되는 주례사는 결혼생활 중 신랑신부들에게 도움이 되기나 했을까? 아쉽게도 기혼자 중 절반 정도(남 48.2%, 여 57.0%)는 결혼생활을 해나가면서 '주례사를 한 번도 떠올리지 않았다'고 한다. 당연히 결혼생활 중 어려운 일이 있어도 그 위기를 현명하게 헤쳐 나가는 데 별다른 역할을 하지 못했다. '전 배우자와 헤어지기 전에 어려움이 닥쳤을 때 결혼생활을 지탱하게 해준 가장 큰 버팀목'이 됐던 것은 '부모형제의 결혼 전 조언'(남 31.6%, 여 33.3%)과 '친지들의 결혼 관련 충고'(남 28.1%, 여 28.9%)이지 '주례사'(남성 4.0%, 여성 2.6%)는 아니었다.

흔히 결혼식에서 주례를 소개할 때 '결혼생활 중 신랑신부에게 귀감이 될 좋은 말씀을 해주실 분'이라고 표현하지만 실제로는 그렇지 못한 것이다. 주인공들과 동떨어진 내용이 대부분이고 분위기도 산만하여 '귀감이될 말씀'으로 자리 잡지 못하는 것이 현실이다. 그보다는 신랑신부를 속속들이 잘 아는 식구들이나 친지들이 해주는 조언과 충고가 훨씬 더 피부에 와 닿는다는 의미이다.

신혼생활,
깨가 쏟아지는 만큼 쓰기도 하더라!

결혼식이 끝나고 많은 친지와 하객들의 축하를 받으며 떠나는 허니문! 다른 신혼부부들의 모습을 보면서 그토록 부러워했건만 막상 내 일이 돼 보면 생각만큼 즐겁지도 행복하지도 않다. 기혼 남녀 각 273명에게 '신혼여행에 대한 기억'을 묻자 '그저 그랬다'는 대답(남 37.7%, 여 31.9%) 이 가장 많았고, 다음으로 남성은 '생애 최고의 순간이었다'(27.5%)가 뒤따랐다. 그러나 여성은 2위 이하도 '기대 이하였다'(19.4%)와 '피곤했다' (16.7%) 같은 부정적인 평가 일색이다. 그나마 여성보다는 남성이 긍정적인 편이다.

결혼식을 치르면서 정신적, 육체적으로 신랑신부 모두 파김치가 될 정도로 지쳐 있고, 연애기간을 거치며 신비감도 많이 떨어진 상태이기 때문에 기대만큼 만족스럽지 못한 것이다.

결혼 직후 좋은 점, 男 '성적 욕구 해결' – 女 '정신적 안정감'

그렇게 학수고대하던 결혼, 그리고 신혼생활! 부부로 한 공간에 살면서 신랑신부가 느끼는 결혼생활의 가장 큰 장단점은 무엇일까? 우선 '결혼 전과 비교하여 결혼 직후 가장 좋았던 점'에 대해 남성은 3명 중 1명 꼴(35.3%)이 '성적 욕구를 해결할 수 있는 점'을 택해 가장 많았고, '정신적 안정감'(25.2%)이 그 뒤를 이었다. 반면 여성은 결혼을 하고 나니 '정신적으로 안정돼 좋았다'(38.0%)는 평가가 가장 많고, '늘 찜찜하던 인생숙제를 해결해서 후련했다'(22.9%)를 두 번째 장점으로 들었다.

「실낙원」을 쓴 일본 작가 와타나베 준이치는 '남성이 결혼을 하는 가장 큰 목적은 안정적인 섹스 파트너를 확보하는 데 있다'라는 말을 한 적이 있는데, 이번 조사에서 사실로 확인된 셈이다. 적어도 결혼할 나이의 남성들에게는….

반대로 '결혼한 직후 혼자 살 때보다 불편했던 사항'에 대해서는 남녀 모두 '상대 가족, 즉 시가 및 처가의 간섭'(남 29.1%, 여 41.9%)과 '배우자의 성격, 습성에 적응하는 것'(남 43.8%, 여 25.2%)을 나란히 1위와 2위로 떠올렸다. 단지 남성은 배우자에 적응하는 것이 처가의 간섭보다 힘들었고, 여성은 시가의 간섭이 남편에게 적응하는 것보다 어려웠다는 평가이다.

이와 같이 결혼을 통해 얻는 장점도 있지만 단점도 만만치 않다. 신혼이라고 하여 단꿈에 젖어 있을 수만은 없는 이유이다. 이런 연유로 신혼 기분은 길어야 6개월, 짧으면 1개월 만에 끝나는 경우가 많다. 신혼 기분의 지속 기간에 대해 남성은 3개월~1년 정도 유지된다는 비중이 72.9%를 차지하여 대부분 비슷하나, 여성은 1개월 이하가 42.2%로 가장 많기는 하나 1년 이상도 40.3%나 되어 개인별 상황에 따라 차이가 크다는 것을 알 수 있다.

달콤한 신혼 기간, 왜 1년도 못 갈까?

그러면 신혼 기분은 왜 이렇게 빨리 사라질까? 역시 현실적인 요인이 큰 영향을 미쳤다. '전 배우자와 결혼 후 신혼 기분이 사라지게 된 동기'를 묻는 질문에 남성은 45.5%라는 높은 비중의 조사 참여자가 '잦은 다툼'으로 답했고, 그 뒤로 '임신과 출산'(15.3%), '각종 가족행사'(12.2%) 등이 잇따랐으나, 여성은 '명절 등 각종 가족행사'(22.7%)를 꼽은 비중이 가장 높았고, '잦은 다툼'(19.6%), '임신과 출산'(15.7%) 등의 순이다.

신혼 시절은 깨가 쏟아지는 시기이기도 하지만 부부가 상호 적응해 가야 하는 힘든 기간이기도 하다. 그렇다 보니 상대의 성격이나 습성, 취향 중에서 예상치 못한 점이 발견되어 당황하기 일쑤이다. 장미의 가시처럼 수시로 손등과 팔뚝을 콕콕 찔러 상처를 입히곤 한다. 서로 상대를 짜증나고 고통스럽게 만들지만 누가 맞고 누가 그른지는 아무도 판단할 수 없다. 둘만의 영역이기 때문이다. 일반적인 상식이나 룰은 통하지도 않는다. 거기에 부부 양쪽 모두 자존심도 강하고 주의주장도 뚜렷해 잘 물러서지도 않는다. 사소한 이슈나 트러블도 크고 작은 언쟁으로 발전하기 쉬운 환경이다. 어디 그 뿐이랴! 새댁들에게는 명절이나 제사 등과 같은 시가 가족 모임이 있으면 행사 준비도 고역이다. 거기에 시가의 생소한 분위기까지 겹쳐 이중 삼중의 고통을 당한다.

신혼 기간을 단축시키는 또 다른 요인은 결혼 후의 '절제 없는 언행'이다. 남성의 57.5%와 여성의 44.2%가 '결혼 후 배우자에 대한 신비감과 외경심을 사라지게 하는 주범'으로 '무절제'를 꼽았다. 그 외에도 남성은 신부의 '에티켓, 매너 없는 언행'(19.2%)과 '부스스한 모습'(14.1%)을 지적했고, 여성은 신랑의 '부정행위'(25.2%)와 '에티켓, 매너 없는 언행' (21.1%)을 신혼 기분 갉아먹는 주적으로 분류했다.

그러면 결혼 전에 상대의 장점으로 생각한 요인들은 신혼 기분을 연장시키는 데 어떤 역할을 할까? 남성은 절반이 넘는 53.2%가 신부의 장점으로 생각한 '외모 등이 신혼 기분을 연장시키는 데 긍정적으로 작용했다'고 답했으나, 32.3%는 '결혼과 함께 장점을 인식하지도 못하게 됐다'는 정 반대의 의견도 적지 않았다. 여성은 신랑의 경제력이나 능력 등의 영향이 크지 않았다. 36.1%만이 긍정적이었을 뿐, 45.6%는 '별로 도움이 안됐다'는 반응이었다.

여성들은 결혼 전의 혼수준비 단계에서부터 결혼 당일의 폐백, 신혼여행 후 양가 방문 등의 의식을 거치면서 신혼 기분은 일찌감치 사라진다. 그 자리에 현실적인 스트레스가 꽉꽉 들어찬다. 그러나 결혼 후 신경 쓸 일이 상대적으로 적은 남성들은 신혼의 달콤함을 비교적 오래 유지한다.

신혼 기분이 식어가면서 '배우자의 단점'도 부각된다. 그중에서도 '시가에 대해 무관심한 아내'(33.1%)를 볼 때와 '남편보다 친정 가족을 편들 때' (26.2%) 남성은 실망감을 느끼고, 여성은 '남편이 (다른 여자에게) 한눈 팔때'(28.5%)와 '아내보다 시가 가족 편을 들 때'(24.3%) 결혼에 대해 가졌던 환상이 송두리째 사라져 버린다. 결혼 경험 남녀 526명의 증언이다.

결혼 직후에는 부부 당사자 간의 적응 문제와 함께 양가 가족에 대한 관심과 배려 상의 형평성 문제가 자주 대두된다. 남성은 결혼 후 부모에게 어른스러운 모습을 보여주고 싶으나 배우자가 협조해 주지 않으면 수포로 돌아가게 되고, 여성은 믿었던 남편이 다른 여자에게 한눈을 팔게 되는 순간 오랫동안 꿈꿔온 결혼의 환상이 물거품으로 바뀐다.

실패한 결혼, 그래도 안 한 것보다는 낫다!

결혼은 역시 현실인가보다! 결혼 경험 남녀 각 273명에게 '전 배우자를 처음 만난 후 헤어질 때까지 가장 행복했던 시기'를 말해달라고 주문했다. 이 질문에 남성의 56.1%와 여성의 55.3%가 '(결혼 전) 교제 초기 밀고 당길 때'와 '열애 및 결혼준비 시점'을 가장 행복했던 시기로 꼽아 절반 이상을 차지했다. 다시 말해 결혼 전의 연애시절이 결혼 후 부부생활을 영위할 때보다 더 즐거웠다는 의미이다.

교제 기간에는 호기심과 신비감을 가지고 서로 이해하고 파헤쳐가는 묘미가 있을 뿐 아니라 다소의 제약 속에서 나누는 애정 행위는 스릴까지 느끼게 해준다. 반면 결혼을 하고 나면 긴장감이 사라질 뿐 아니라 현실적인 문제도 겹쳐 결혼 전에 생각했던 기대와는 거리가 멀어진다.

결혼은 실패하는 한이 있어도 해봐야 한다! 결혼을 해본 사람들, 그것도 결혼에 실패한 사람들까지 결혼의 필요성을 주장한다. 돌싱 남녀 510명에게 "'결혼은 해도 후회, 안 해도 후회'라는 속설이 있는데, '실패한 초혼'에 대한 소회"를 묻자 남성은 62.4%, 여성은 43.1%가 '안 한 것보다 (한 것이) 낫다'는 반응을 보여 '안 한 편이 나았을 것이다'(남 22.4%, 여

38.0%)나 '득실이 비슷하다'(남 15.2%, 여 18.9%) 등을 비교적 여유 있게 따돌렸다.

남녀 공히 결혼은 실패하더라도 하는 것이 안 하는 것보다 낫다는 의견이 우세하다. 그러나 여성은 이와 같은 긍정적 반응에서 남성보다 19.3%포인트나 낮다는 사실을 눈여겨봐야 할 것 같다.

이혼 경험자, '실패한 초혼, 그래도 밑진 장사는 아니었다!'

많은 돌싱 남녀들과 상담을 해보면 전 배우자에 대한 불만과는 별개로 결혼 자체를 후회스럽게 생각하는 사례는 많지 않다. 그 이유는 다음 설문결과에서 찾을 수 있다. "실패한 초혼에 대해 '안 한 것보다 낫다'고 답한 경우 그 이유"를 묻자 남성은 '즐거운 추억이 있어서'(32.1%)와 '정서적으로 도움이 되어서'(27.8%), 그리고 여성은 '소중한 자녀를 얻어서'(29.0%)와 '즐거운 추억이 있어서'(26.9%)로 답해, 남성은 물론 여성도 결혼이 밑지는 장사는 아니었다는 인식이다.

반대로 "결혼을 '안 한 편이 더 나았을 텐데'라고 후회스러워하는 경우 그 가장 큰 이유"에 대해서는 '인생에 불명예를 남겨서'(31.1%)와 '경제적 손실을 입어서'(23.0%)라는 남성과, '정신적 상처가 커서'(30.8%)와 '자녀에게 상처를 남겨서'(25.6%) 등으로 답한 여성 사이에 입장차를 보였다.

최근 여성들이 먼저 제기하는 이혼이 증가하면서 남성들에게 전 배우자는 한편으로는 아쉽고 또 한편으로는 야속하기도 하다. 그러나 여성들에게는 전 남편이 불천지 원수처럼 밉지만 이 세상 그 무엇과도 바꿀 수 없는 소중한 자녀를 얻었기 때문에 결혼 전체를 놓고 볼 때는 긍정적인 쪽으로 기운다.

한편 돌싱들은 결혼생활을 하면서 행복한 시간과 고통스러운 시간 중 어느 쪽이 더 많았다고 생각할까? 남성은 행복한 시간에 방점을 찍으나, 여성은 행복과 고통이 비슷했다는 생각이 많다. 남성은 응답자의 46.3% 가 '대부분 행복하고, 가끔 고통스러웠다'고 답해 가장 높은 비중을 차지했고, '비슷했다'(29.5%)가 그 뒤를 이었으나, 여성은 절반에 가까운 49.6%가 '행복과 고통이 비슷했다'고 답했고, '대부분 행복했고, 가끔 고통스러웠다'(28.3%)가 그 다음으로 많았다. 역시 남성이 여성보다 긍정적인 견해를 보였다.

결혼에 대한 기대는 아무래도 여성이 크다. 그러나 결혼생활을 하다 보면 남편은 끊임없이 크고 작은 말썽거리를 만들고, 시가에는 아직 전근대적이고 가부장적인 면이 상존하여 여성들은 이래저래 불만스럽다.

결혼생활의 행불행 좌우? '배우자보다 본인'
그러면 결혼생활에서 행복과 고통을 좌우하는 요인은 본인일까 아니면 배우자일까? 결혼 경험이 있는 남성과 여성 모두 '결혼생활의 행복과 불행을 좌우하는 주체'는 '본인'(남 79.5%, 여 61.5%)이라는 인식을 가진 사람들이 압도적으로 많았다. '배우자가 행복과 불행을 좌우한다'는 인식의 소유자는 남성 20.5%, 여성 38.5%였다. 배우자에게 행불행의 책임을 전가하는 비중에서도 여성이 남성에 비해 18.0%포인트 높다.

가정경제의 파탄이나 부정행위, 폭력, 주사(酒邪) 등 결혼생활의 중대 문제는 대부분 남성들이 그 단초를 제공한다. 당연히 남성들은 책임지려는 자세도 돼 있으나, 여성들은 늘　피해자의 입장에 선다. 하지만 여성이라고 하여 책임질 일이 전혀 없는 것은 아니다. 따라서 양성평등 시대에 걸맞게 여성들도 권리 주장과 함께 책임지려는 자세도 필요하다.

　결혼의 단맛과 쓴맛을 모두 경험한 이혼자들은 결혼식장의 신랑신부를 봐도 마냥 축하만 해줄 수는 없다. 또 남녀 간에도 입장 차이가 있다. 돌싱 남성은 신랑을 보면서 '행복도 잠깐일거야!'(44.6%)라고 다소 냉소적인 반응을 보이나, 여성은 절반 정도가 '너희들은 잘 살 거야!'(50.8%)라며 희망적인 메시지를 보낸다.

　남성들은 결혼 실패의 원인을 여러 가지 복합적인 데서 찾으나, 여성은 배우자를 잘 못 만나 신세 망쳤다는 인식이 강하다. 같은 맥락에서 남성들은 부부간에 원만한 관계를 유지하기가 근본적으로 쉽지 않다는 것을 전제하나, 여성은 배우자만 잘 만나면 얼마든지 행복하게 잘 살 수 있다는 인식이 강하다.

애증 교차한
전 배우자

전 배우자, 아쉬움 있지만
당시로서는 최선의 선택!

"저는 친구들과의 그룹 미팅에서 전 배우자를 만났었는데 단연 퀸카였죠! 당연히 자리를 같이 했던 모든 남녀의 시선이 우리에게 쏠렸어요. 그날 비용은 제가 몽땅 다 내야 했고, 양측 친구들의 환호를 받은 우리는 그 시간 이후 자연스럽게 공식 커플이 됐지요!"

52세의 H씨가 전 배우자를 만났던 20여 년 전을 회상하고 있다.

"전 남편에게는 한 번도 밝힌 적 없지만…, 솔직히 저도 결혼 전에 남편감을 고르고 또 골랐죠. 100명 넘게 소개를 받았으니까요. 그중에는 집안 좋은 남자도 있었고, 본인 학력과 직장 좋은 남자도 있었죠. 전남편은 조건이 대체로 무난한 데다 깔끔한 인상에 매너도 좋아 결국 최종적으로 낙점을 했었죠. 살다 보니 꼬이고 꼬여서 원수처럼 됐지만…,

그때 판단으로는 최선의 선택이었어요!" 49세의 S씨가 26세 때 전 남편을 고른 사연이다.

돌싱들은 남녀 구분 없이 전 배우자에 대해 대체로 긍정적인 평가를 내린다. 비록 결혼생활은 순탄치 못했지만 사람 자체는 괜찮았다는 것. '초혼 때 전 배우자를 선택한 것에 대해 어떻게 생각하나?'라는 질문을 받은 남녀 각 235명 중 남성 64.7%와 여성 47.3%가 '그때로서는 최선의 선택이었다'거나 '만족스러웠다'는 평가를 내렸다. 그러나 여기에서도 여성은 남성에 비해 17.4%포인트 낮았다. 그만큼 부정적이다. 그 외 '그저 그랬다'(남 20.2%, 여 30.2%)와 '신중하지 못했다'(남 15.1%, 여 22.5%)는 응답률은 상대적으로 낮았다.

재미있는 사실은 초혼 시 결혼 상대를 최종적으로 선택할 때 전 배우자 외에 다른 고려 대상도 있었다는 점이다. 어장관리 중인 몇 명의 이성들 중에서 엄선했다는 비중이 절반 이상(남 53.2%, 여 57.4%)을 차지한 것이다.

속사정이야 어찌됐든 초혼 때 결혼을 적극적으로 밀어붙인 측도 남성으로 나타났다. '전 배우자와 본인 중 결혼을 더 적극적으로 추진했던 편'에 대해 남성의 46.8%가 '본인'으로 답했고, 여성도 41.3%가 '전 배우자'로 답해 양측 모두 남성이 더 적극적이었다는 데 인식을 같이했다. 그러나 '비슷했다'(31.1%)거나 '본인이 더 적극적이었다'(27.6%)는 여성의 대답도 58.7%에 달해 여성도 수동적으로 끌려만 간 것은 아니었다.

전 배우자에 대한 평가에 있어서는 보통 여성이 남성보다 부정적이다.

처음 만나 교제를 신청할 때나 프러포즈를 할 때는 보통 남성이 주도적인 입장에 서서 이런저런 '공약'들을 내건다. 그런 남성들이 실제 결혼생활에서는 실망스러운 모습을 자주 보이니, 결혼이 파경에 이르면 여성은 '약속'을 지키지 못한 배우자에 대해 배신감을 느낄 수밖에 없다. 여성들이 더 부정적인 배경이다.

전 배우자와 결혼 결정 시 '많이 망설였다'

인륜지대사인 결혼을 앞두고 배우자에 대한 욕심에는 한정이 없어서일까, 아니면 상대가 욕심에 차지 않아서일까! 이혼 경험자들은 전 배우자를 결혼 상대로 선택할 때 많이 망설인 흔적이 역력하다. 전 배우자와 결혼하기로 결심할 때 '(결혼을) 할까 말까 망설였다'(남 45.1%, 여 34.8%)는 사람들이 많았고, '(상대가) 무난한 수준이었다'(남 22.5%, 여 28.9%)는 반응도 적지 않아 흔쾌히 결혼 결정을 내리지 못했음을 알 수 있다.

'전 배우자와 결혼하기로 결심할 때 망설인 이유'로 남성은 '성격'(32.4%)과 '전반적인 수준'(23.4%), 그리고 '집안 환경'(19.5%)과 '외모'(14.9%) 등을 내세웠고, 여성은 '전반적인 수준'(28.5%)과 '집안 환경'(24.7%) 때문이라는 답변이 가장 많았다. '성격'(24.1%)과 '직장'(15.4%) 등이 그 뒤를 이었다. 망설인 이유에도 남녀 간에 차이가 있었다.

한 사람의 평생 삶을 좌우하는 결혼 상대를 고르는 일인지라 배우자감을 점지해 놓고도 자신의 선택이 최선인지 어떤지 몇 번이고 곱씹어 볼 수밖에 없을 것이다. 남성은 '상대의 부모를 처음 뵐 때'(39.3%), 그리고 '당사자 간 결혼 약속을 할 때'(33.3%) 이 여자가 과연 나의 배우자로서 최선인지 곰곰이 생각했고, 여성은 '상견례를 가질 때'(33.8%)와 '결혼 날짜를 정할 때'(25.2%) 자신의 결정에 후회가 없을지 착잡한 마음이 됐다고 한다.

후회, 男 '내면적 요인 간과' vs 女 '세상물정 몰랐다'

배우자를 고를 때는 나름대로 깐깐하게 요모조모 살피지만 막상 살다 보면 기대에 못 미치는 점도 있고, 또 배우자 선택상의 실수도 발견된다. 그중에서도 특히 남성은 '내면적인 요인을 간과한 점'(28.9%)과 '외모에 지나치게 집착한 점'(21.6%)을 가장 큰 실수로 여기고, 여성은 '세상물정을 너무 몰랐다'(41.0%)거나 '현실적인 면을 무시했다'(25.5%)와 같이 실속 있게 배우자를 고르지 못했다는 후회를 가장 많이 한다.

위의 연장선상에서 이혼 경력자 10명 중 4명(남 42.7%, 여 41.9%) 정도는 '주변 지인이 만류할 때 귀담아 들었어야 했는데 그렇게 하지 못했다'는 자책감을 느끼고 있었다. 또 '사주, 궁합이 안 좋다고 할 때 결혼을 재고했어야 했는데'라고 후회하는 남성이 26.2%이고, '결혼 준비 중 위기가 닥쳤을 때 불길한 징조로 보고 진지하게 생각했어야 했는데'라며 아쉬움을 나타내는 여성도 23.8%에 달했다.

오래전에 결혼을 했었던 사람들은 요즘 2030세대들의 연애 모습을 보면 부럽기 짝이 없다고 한다. 공공장소에서도 스스럼없이 진한 애정표현을 할 정도로 사고방식은 자유분방해졌고, 스마트폰이나 카카오톡과 같은 통신 기구는 하루가 다르게 편리해지고 있어서이다. 이런 젊은 층의 각종 유리한 연애환경 중에서도 특히 남성들은 '개방적인 성 의식'

(44.2%)을 가장 부러워하고, 그 다음으로 '배우자 찾는 방법이 다양해진 점'(41.0%)을 꼽았으나, 여성은 남성과 달리 '배우자 찾는 방법이 다양해진 점'(37.1%)을 최고 장점으로 봤고, '카카오톡, 페이스북 등 상대 파악이 편리한 점'(25.9%)을 두 번째로 꼽았다.

이성교제의 초기단계에 주도적인 역할을 수행해야 하는 남성 입장에서는 여성들의 성 의식이 개방되면 아무래도 접근하기가 수월하다. 그런가 하면 조금이라도 더 좋은 조건의 배우자를 찾는 것이 일생일대의 과제인 여성들에게는 결혼정보업체나 온라인매칭 등과 같은 다양한 중매수단의 등장이 고마울 따름이다.

결혼 전 생각했던 배우자 vs 실제 살아본 배우자

돌싱 91%, "전 배우자, 살아보니 기대 못 미쳐"

"하서방은 결혼 전에 봤을 때는 배려심도 있고 아주 자상해 보였었는데 막상 결혼하고 나더니 가부장적으로 바뀌더구나!"
36세 돌싱녀 K씨의 어머니에게 남은 사위에 대한 기억이다.
"민영이 에미는 처음 봤을 때는 싹싹하고 애교도 많더니만, 결혼을 하고 한해 두해 살아가면서 점점 퉁명스럽게 변해가더구나!"
41세 S씨의 가족들이 명절을 맞아 전 며느리에 대해 아쉬움을 토로하고 있다.

결혼 전에 요모조모 깐깐하게 따지고 살펴 고른 전 배우자! 그러나 막상 한집에서 함께 생활해 보니 당초 기대에 전혀 못 미쳤다는 평가가 단연 우세하다. 온리-유가 돌싱 남녀 506명(남녀 각 253명)을 대상으로 '전 배우자와 함께 살아본 결과 결혼 전에 생각했던 것과 어떤 차이가 있었는가?'라는 주제로 설문조사를 진행했다. 그 결과 '생각보다 나았다'거나 '생각 외의 장점이 있었다'와 같이 긍정적으로 답한 비중은 남성 10.5%와 여성 8.3%에 불과했다. 나머지 남성 89.5%와 여성 91.7%라는 절대다수는 '예상치 못한 단점이 발견됐다'거나 '설마 했던 문제가 현실로 나타났다'와 같이 기대에 못 미쳤다는 평가를 내렸다.

결혼 전의 교제단계에서는 상대의 내면적인 특성이나 생활습성 등을 심도 있게 파악하기가 어렵다. 같은 공간에서 생활하다 보면 습관이나 사고방식은 물론 가정경제, 가사, 배우자 가족과의 관계 등과 같은 생각지도 못한 곳에서 언쟁거리가 발생하여 실망감을 더해준다.

전 배우자가 남편이나 아내로서는 실망스럽지만 단순한 한 이성으로서는 어떻게 보였을까? '전 배우자에 대해 한 남자 혹은 한 여자로서 평가해 달라'는 요청에 남성 응답자의 67.0%와 여성의 43.0%가 '괜찮은 사람인데 나와 안 맞았다'(남 24.4%, 여 26.9%)거나 '사람은 괜찮은데 상황이 꼬였다'(남 42.6%, 여 16.1%)와 같이 긍정적인 평가를 했다. 이 같은 평가에서도 여성은 남성보다 24.0%포인트 낮았다.

부부의 성 역할이나 생활행태 상 남성의 과오, 즉 직업이나 경제력상의 문제, 폭행, 부정행위 등은 가시적이고 영향도 커 시시비비를 가리기가 비교적 쉽다. 반면에 가사나 자녀양육, 가족관리 등을 주 역할로 하는 여성들은 과오가 있어도 판단의 근거가 마땅치 않을 뿐 아니라 책임을 묻기도 곤란하다. 따라서 부부간에는 대체로 남성의 과실이 많고 크게 보인다.

시가와 처가에서 보는 며느리와 사위는?

전 배우자에 대한 본인의 평가와는 별도로 친가의 부모들이 보는 전 배우자는 어떤 모습일까? '성격이 좋았다'(35.5%) – '알뜰했다'(20.2%) – '예뻤다'(15.2%) 등이 시가에서 본 며느리의 장점이고, '근면성실했다'(34.4%) – '성격이 좋았다'(30.8%) – '자상했다'(11.5%)와 같은 평가들은 사위를 보는 친정 부모들의 평이다.

일반적으로 시부모가 며느리를 평할 때는 가정생활에 필요한 성격이나 심성 등을 중시하고, 장인 장모가 사위를 평할 때는 경제적인 측면의 근면성실성과 딸에 대한 배려심 등을 많이 고려한다. 이와 관련하여 문제가 없을 경우 호의적인 평가를 내리게 된다.

반대로 '전 배우자에 대한 부모들의 혹평'으로는 '시가나 처가에 대한 무관심'(남 27.1%, 여 24.9%)과 '자기중심적인 면'(남 21.6%, 여 28.9%)을 남녀 똑같이 1위와 2위로 지적했다. 남성은 '시가에 대한 무관심'을 '자기중심적인 면'보다 높게 평가했으나, 여성은 반대로 '자기중심적인 면'이 '처가에 대한 무관심'을 다소 앞섰다.

흔히 결혼을 하고 나면 남녀 불문하고 효자, 효녀가 된다고 한다. 남녀 모두 자기중심적인 면이 강하여 본가 위주로 생각하기 때문에 배우자나 그 가족의 입장에서 보면 서운하게 느껴진다.

돌싱男에 '외간男이 아내 쳐다볼 때 어떤 기분?' 물었더니…

부부동반으로 외출을 나가는데 자신의 배우자를 다른 이성이 힐끗힐끗 쳐다본다!! 본인이라면 이 경우 어떤 생각이 들까? 결혼생활을 해본 사람들에게 물었더니 전혀 예상 외의 대답이 돌아왔다. 남성은 10명 중 4명 이상(43.1%), 여성은 절반 정도(49.0%)가 '다른 이성이 자신의 배우자를 쳐다보지도 않더라'는 아주 뜻밖의 반응을 보였다. 외부 이성이 자신의 전 배우자를 쳐다본 적이 있었다고 답한 돌싱들은 그때의 감정을 다양하게 표현했다. 남성은 '자랑스러웠다'(26.9%)는 대답이 가장 많고, '걱정스러웠다'(15.0%)와 '얄미웠다'(10.7%) 등의 대답이 뒤따랐다. 여성은 '걱정스러웠다'(22.9%)는 의견이 '자랑스러웠다'(11.9%)보다 두 배가량 많았다.

남성은 남성대로, 여성은 여성대로 전 배우자가 이성의 눈길을 끌 만큼 충분히 매력적이지 못했다고 평가절하하는 것이다. 아내가 뭇 남성의 이목을 끌면 그 남편은 어깨가 으쓱해지나, 외부 여성들의 이목을 집중시키는 남편을 둔 아내는 남편이 한눈 팔까봐 걱정이 앞선다.

평생 최고 또는 최악의 모습으로 남을 이성은?

많은 남성들에게 평생 가장 아름다운 모습으로 기억될 이성은 '필이 통했던 여자'이고, 여성들에게 오랫동안 두고두고 좋은 이미지로 남을 남자는 '자신을 끔찍하게 아껴줬던 연인'이다. '그동안 교제했던 이성 중 평생 가장 아름다운 모습으로 기억될 최고의 인연'에 대해 돌싱 남녀 506명(남녀 각 253명)을 대상으로 진행한 설문조사 결과이다.

이 질문에 대해 남성은 응답자의 28.5%가 '필이 통했던 여자'를 선택해 '열렬히 사랑했던 여자'(21.0%)와 '첫사랑 상대'(15.8%)를 앞질렀다. 여성은 31.6%가 '나를 끔찍이 아껴줬던 남자'로 답해, '첫사랑 상대'(22.5%)와 '필이 통했던 남자'(18.2%)를 2위와 3위로 따돌리고 1위에 올랐다.

외모를 중시하는 남성은 우선 시각적으로 호감을 느껴야 다음 단계로 발전할 수 있기 때문에 느낌(필, feel)이 통하는 여성에게 집착하는 경향이 있다. 반면 사랑받고 보호받는 데 익숙한 여성들은 자신의 진면목을 높게 평가해주고 소중하게 대해주는 남성에게 깊은 애착을 느낀다.

반대로 '한때나마 연정을 가졌던 이성 중 평생 가장 나쁜 이미지로 기억될 최악의 인연'으로는 남성과 여성 모두 '전 배우자'(남 39.1%, 여 31.2%)를 첫손에 꼽았고, '뒤끝이 안 좋았던 이성'(남 16.6%, 여 23.3%)을 두 번째로 꼽았다. 그 외에도 남성은 '결혼 약속을 파기한 여자'(15.0%)와 '내가 짝사랑한 여자'(11.1%)를, 여성은 '첫사랑 상대'(15.8%)와 '결혼 약속을 파기한 남자'(11.9%)를 각각 생각도 하기 싫은 악연으로 지목했다.

전 배우자를 최악의 인연으로 꼽은 비중에서 남성이 여성보다 7.9%포인트 높은 것이 이채롭다. 이혼 부부들은 결혼생활 중에도 많은 고통을 주고받지만 이혼 절차를 밟는 과정에도 재산 분배나 자녀양육 문제 등으로 감정이 악화되기 일쑤이다. 이 과정에서 좀 더 받으려는 여성과 조금이라도 더 지키려는 남성 간에 험악한 상황으로 치닫는 사례가 많은데, 이런 요인이 조사결과에 반영된 듯하다.

재혼 상대를 찾을 때 전 배우자를 활용하는 방법에서도 남성과 여성이 달랐다. 남성은 전 배우자의 '장점을 부각하겠다'는 응답자가 52.7%로 절반 이상을 차지했고, '기피모델로 활용하겠다'는 22.6%포인트 낮은 30.1%이다. 이에 반해 여성은 '기피모델로 활용하겠다'가 44.9%로 '장점을 부각하겠다'(38.5%)보다 큰 폭으로 앞섰다.

많은 이혼 경험자들과 재혼 상담을 하다보면 남성들은 전 배우자의 외모 등을 자랑하면서 자신의 능력을 과시함은 물론 재혼 상대는 그 이상이어야 한다는 점을 강조한다. 그러나 여성들은 혈액형, 출신지, 성격 유형은 물론 띠(나이)까지 전 남편과 같아서는 안 된다고 한다.

'내가 싫어한 배우자' vs '배우자가 싫어한 나'

'도대체 내게 적응하려는 의지가 없더라!'(남 38.8%) vs '결혼하고 시간이 지나도 개선이 안 되더라!'(여 42.0%). '결혼생활을 하면서 전 배우자의 행태 중 가장 이해하기 힘들었던 사항'을 묻자 남성과 여성이 각각 가장 많이 쏟아낸 불만사항들이다. 두 번째로는 남성의 경우 '자신보다 자녀에게 더 큰 관심을 보이는 점'(16.9%)을, 여성은 '경제적으로 장기적인 대비를 하지 않는 점'(27.8%)을 지적했다. 그 다음 세 번째로는 남녀 공히 '양가 관리에 있어 균형 감각이 부족한 점'(남 14.5%, 여 14.1%)을 들었다.

결혼 초기단계에는 부부 모두 상대에게서 이질적인 요인을 많이 발견한다. 남성의 입장에서는 상대가 자신에게 맞춰주기 바라나, 원하는 대로 되지 않을 때 실망하게 된다. 여성은 남편의 생활태도나 자세 등이 바람직한 방향으로 변화되지 않을 때 불만이 차곡차곡 쌓인다.

나의 최대 단점! 男 '가부장적' – 女 '꿍하다'

결혼생활을 하다보면 자신이 배우자에 대해 불만과 불평이 있듯 상대도 못마땅한 점이 있기 마련이다. '결혼생활을 하는 중에 전 배우자가 자신에 대해 가장 싫어했던 사항'을 꼽으라고 했더니, 남성은 '가부장적인 면'(31.1%)과 '무뚝뚝한 면'(27.2%), 그리고 '다혈질적인 면'(21.0%)을 전 배우자의 3대 불평거리로 꼽았다. 이와 달리 여성은 '꿍한 면'(34.3%)과 '다혈질적인 면'(24.4%), 그리고 '무뚝뚝한 면'(19.5%)의 순으로 자신의 단점을 정리했다.

맞벌이가 대세인 시대에 남편이 군림하려 들거나 가사에 비협조적이면 아내와 충돌이 잦아질 수밖에 없다. 반면 아내가 자신의 감정이나 생각을 솔직하게 드러내지 않고 장기간 토라진 상태로 있으면 남편으로서는 답답하기 그지없다.

귀 닳게 들은 잔소리, 男 '귀가 빨리!' VS 女 '시가 챙겨라'

불만사항은 잔소리를 통해 표출된다. 결혼생활을 통해 남성과 여성이 배우자로부터 가장 많이 듣는 잔소리는 과연 무엇일까? 남성들이 귀가 따갑게 들은 잔소리는 '퇴근 후 귀가 좀 빨리 해라'(29.0%)이고, '연락 좀 자주해라'(25.6%)도 비슷한 수준이다. 여성이 전 남편으로부터 가장 많이 들은 잔소리는 '시가에 관심 좀 가져라'(40.8%)이고, '퇴근 후 귀가 좀 빨리 해라'(20.6%)가 그 다음이다.

돌싱女 대부분,
'인기男, 바람피우기 쉽다'

남자 : 남자가 여자 인물 안 보면 뭘 보니?

여자 : 얘! 결혼하면 여자 인물 6개월도 못 간다는 조사결과도 못 봤니?

남자 : 여자들도 남자 키나 이미지 같은 이런 저런 것 많이 보잖아!.

여자 : 그게 다 철없을 때 얘기 아니니…. ㅜㅜ

男 31%, 살아보니 외모는 '평생 중요'

미혼들은 남녀 불문하고 배우자를 선택할 때 정도의 차이는 있지만 외모나 신체조건을 중요하게 고려한다. 그러나 결혼 경험자들은 남녀 간에 차이가 크다. 남성은 초혼 때와 마찬가지로 배우자의 외모를 중시하나 여성은 그렇지 않다.

온리-유와 비에나래가 재혼 대상자 478명(남녀 각 239명)에게 '결혼 생활을 해본 결과 배우자의 외모는 살아가는 데 얼마나 중요한가?'라고 질문한 결과, 남성은 31.0%가 '평생 중요하다'고 답해 가장 많고, '6개월 정도만 중요하다'(20.4%), '별로 중요치 않다'(14.2%) 등의 순을 보였으나, 여성은 무려 70.3%가 '별로 중요치 않다'는 반응을 보여 압도적으로 높은 비중을 차지했다.

같은 맥락에서 '재혼 상대를 고를 때 외모의 고려 수준'에 대해서도 남성은 '같은 값이면 다홍치마'(45.6%)라는 의견이 단연 높았으나, 여성은

35.2%가 '별로 고려치 않겠다'고 답해 대조를 이뤘다.

돌싱男 56%, '예쁘다고 인물값 하는 건 아냐!'

'예쁘면 인물값 한다'는 속설이 있으나 결혼 경험자들에 의하면 반드시 그렇지만은 않다. "결혼생활을 해본 입장에서 '외모가 뛰어나면 인물값 한다'는 속설에 대해 어떻게 생각하나?"에서 남성의 51.3%와 여성의 52.5%가 '사람 나름이다'라고 답해 과반수를 차지했다. 거기에 남성의 4.4%와 여성의 6.6%는 '전혀 그렇지 않다'는 의견을 제시해 전체적으로 남성 55.7%와 여성 59.1%가 '외모 좋다고 반드시 인물값 하는 것은 아니다'라는 반응을 보였다. 그 외 남성의 특이한 대답으로는 '(이름값 한다 해도) 외모가 좋았으면 좋겠다'는 희망 섞인 의견도 22.8%에 달했다. 이에 반해 여성은 '아주 그렇다(외모 탁월하면 인물값 한다)'는데 공감한 비중이 29.7%로 남성보다 두 배 이상 높았다.

'이성에게 인기 있는 배우자는 바람피울 가능성이 높을까?'라는 질문에는 특히 여성들의 공감지수가 높았다. 남성의 57.3%와 여성의 80.6%가 '매우 그렇다'(남 20.4%, 여 36.9%)거나 '대체로 그렇다'(남 36.9%, 여 43.7%)로 공감을 표시했다.

재미있는 점은 인기 있으면 바람피울 가능성이 높다고 답한 비중에서 남성보다 여성이 23.3%포인트 높다는 사실이다. 여성은 가정 귀속 본능이 상대적으로 강하다. 그러나 남성은 선천적으로 종족 번식 욕구가 강하고 성적 충동도 커 이성의 유혹에 상대적으로 약하다. 많은 여성들이 우려하는 대목이다.

결혼 전에는 어깨를 으쓱할 정도로 자랑스럽게 생각했던 배우자의 조건! 그중에는 실제 살아보니 실속이 전혀 없는 것도 있다. 전 남편의 핸섬하게 잘 생긴 외모와 명문가라는 전처의 출신 배경이 바로 그것. '전 배우자의 각종 조건 중 결혼 전에는 장점으로 생각했으나 실제 살아보니 단점으로 바뀐 사항이 무엇이었나?'라고 물었더니, 조사에 참가한 남성의 35.2%가 '(명문가라는) 전 배우자의 출신 배경'으로 답해, 19.7%와 17.8%의 '박학다식'과 '미모' 등을 크게 앞섰다. 같은 질문에 여성은 '전 남편의 핸섬한 외모'(27.3%)와 '(호탕한) 남성적 기질'(24.2%) 등을 나란히 1위와 2위로 꼽았다.

결혼 전에는 세상물정 모르고 이런 조건에 매달리나 현실적일 필요가 있다는 결혼 경험자들의 메시지이다. 또 재미있는 사실은 '경제력'이 결혼 후 단점으로 작용했다는 응답자는 남성 3.8%, 여성 4.5%에 지나지 않아 경제력은 결혼 전이나 결혼 후나, 또 남성에게나 여성에게나, 언제 누구에게도 늘 중요하다는 것을 다시 한 번 입증시켰다.

결혼생활 중
부부간 위상 및 가정 경제

이혼 여성들, 결혼생활 중
'여성 상위 누렸다'

A여성 : 나야 다시 태어나도 당연히 여자로 태어나지! 옷이랑 화장이랑
　　　　 예쁘게 꾸밀 수도 있고, 집안일 하면서 크게 책임질 일도 없
　　　　 고…. 그러면서도 남편 흠 잡아서 불평불만 털어놓으며 기선 제
　　　　 압도 하고~.

B여성 : 나도 마찬가지야! 솔직히 우리끼리 얘기지만 남자들은 식솔 먹
　　　　 여 살리려면 골치가 얼마나 아프겠어~. 특히 40대 후반 정도
　　　　 되면 구조조정이니 뭐니….

C여성 : 우리 애들 봐도 그렇잖아! 예전에야 딸 시집보내려면 걱정도
　　　　 많이 되고 했지만, 요즘은 아들 가진 부모가 걱정하지 딸 걱정
　　　　 하는 부모 봤어?

50대 초반으로 보이는 여성들이 한 모임에서 시끌벅적하게 수다를 떨고 있다. 남존여비 사고가 사라지고 양성평등 의식이 급속히 진전되고 있는 것! 이런 시대 상황에서 양성평등의 표본 격이라 할 수 있는 부부 사이는 현재 어느 단계에 와 있을까? 남성에는 못 미치나 여성도 절반 이상이 남성 못지않은 위상을 누렸다고 생각하고 있었다. '전 배우자와 결혼생활 중 부부간의 위상'에 대한 조사 결과이다. 결혼 경험자 536명 (남녀 각 268명)이 참여했는데 이 중 남성의 79.5%와 여성의 55.6%가 '본인이 우위였다'고 답해 남녀 모두 과반을 훌쩍 넘었다. 부부 사이에 있어서 여성의 신장된 지위를 실감할 수 있다.

이혼 경험자 입장에서는 전 배우자와의 결혼생활에 대해 좋지 않은 감정을 갖기 쉬운데 부부간의 위상에 대해 긍정적인 생각을 가진 비중이 높다는 것은 시사하는 바가 크다. 직간접적으로 가부장적인 집안 분위기를 경험한 남성의 입장에서는 비록 시대는 바뀌었지만 최소한의 자존심을 지켰다는 의미로 해석할 수 있고, 여성들은 시대 흐름에 맞게 전 배우자와의 관계에서 대등한 지위를 누렸다는 현대 여성으로서의 자부심이 표출된 결과라고 볼 수 있겠다.

이와 같이 부부간의 양성평등이 현실화되는 상황인데, 그러면 부부간의 위상을 결정하는 주 요인이 무엇일까? 이 물음에 남성들은 '각자의 평소 책임량'(32.1%)을 첫손에 꼽았으나, 그 다음의 '관련 분야에 대한 전문 지식'(29.8%)과 큰 차이가 없었다. '가정에서의 평소 역할'(20.2%) 이 그 다음 3위에 올랐다. 그러나 여성은 '관련 분야에 대한 전문 지식' (43.3%)을 부부간 위상 결정의 가장 큰 요인으로 봤고, '가정에서의 평소 역할'(25.7%)과 '각자의 평소 책임량'(17.2%) 등이 2위와 3위를 차지했다.

군대나 직장생활 등을 통해 평소 서열, 계급의식이 강한 남성은 부부 간의 위상도 평소 책임량의 크기에 따라 결정된다고 믿는다. 그러나 가사나 가족관계, 자녀교육 등에 대한 상식이나 관행에 상대적으로 밝은 여성들은 이런 분야에서의 우위를 바탕으로 남편과 대등한 위상을 유지했다는 의미로 해석된다.

결혼생활 중 남녀 불평등 2위 '명절' – 1위는?

부부간의 위상이 대등해졌다고는 하나 아직도 우리 사회 곳곳에는 불평등 요인이 일부 잔재해 있다는 사실을 부인할 수 없다. 결혼생활을 해본 여성 259명에게 '결혼생활 중 남녀가 평등치 않다는 것을 실감했을 때'를 묻자 29.3%가 '(결혼식 당일) 폐백'으로 답해 결혼하는 순간부터 비참함을 맛보고, '명절'(25.9%)과 '양가 대소사가 있을 때'(21.4%)도 남녀 간의 평등은 남의 나라 일로 여겨진다.

결혼 후 갖는 폐백은 과거 남존여비 관습의 대표적인 잔재이다. 폐백을 없애거나 양가의 친지들이 대등한 입장에서 서로 소개하고 인사하는 방식으로 틀을 바꿔야 한다.

양성평등 사회가 진전될수록 결혼을 통해서 얻는 남녀 간의 이해득실도 비슷하게 될 것이다. 우선 '결혼생활에 있어서 남성이 유리한 점'을 살펴본다. 남성의 입장에서는 '경제권을 보유한다는 점'(28.2%)이 1위로 꼽혔고, '직장생활만 잘하면 되는 점'(23.2%)을 그 다음 순위로 꼽았으나, 여성의 눈에는 '직장생활만 잘하면 되는 점'(26.3%)이 가장 부럽고, '경제권 보유'(22.4%)가 두 번째 유리한 점으로 꼽혔다. 그 외의 답변 중에도 재미있는 내용들이 많은데, '집안일에 대해 신경 안 써도 되는 점'(남 18.1%, 여 17.8%)과 '남성 중심적 사회구조'(남 12.4%, 여 14.1%), '외도에 상대적으로 관대한 점'(남 9.7%, 여 12.6%) 등을 남성의 유리한 점으로 들었다.

반면 '결혼생활에 있어 여성이 유리한 점'에 대해서는 남녀 간에 의견 차이가 컸다. 남성은 '책임질 일이 없어서 좋다'(22.0%)를 가장 많은 사람이 꼽았고, '가정에서의 영향력이 크다'(19.7%)와 '잘잘못에 대한 판단 기준이 모호하다'(16.6%), '친정을 자주 챙길 수 있다'(15.5%) 등을 여성의 유리한 점으로 분류했다. 당사자인 여성들 사이에서는 '가정에서의 영향력이 커서 좋다'(23.6%)가 첫손에 꼽혔고, '책임질 일이 별로 없다'(20.8%)와 '친정을 자주 챙길 수 있다'(18.1%), 그리고 '잘잘못에 대한 판단기준이 모호하다'(15.4%) 등이 유리한 점이라고 평가했다.

남성은 직장 위주로 역할이 단순화되나 그 책임감은 막중하며, 여성은 가사의 비중이 높아 잡일이 많은 대신 책임질 일은 많지 않은 편이다. 남녀 모두 역할상 장단점이 있으므로 서로 상대를 이해하고 격려할 필요가 있겠다.

'돈 문제, 이혼에 영향 줬다' 男 〉 女

수입의 많고 적음, 재테크, 급여 관리 방식, 생활비, 용돈, 비자금, 빚…. 부부간에도 돈의 영향력이 막대할 뿐 아니라 문제도 다양하게 유발시킨다. 특히 최근에는 경제적인 문제로 갈라서는 부부도 많다. 그래서

'돈 관리 문제가 이혼에 영향을 미쳤는가?'라는 질문을 받은 이혼 남녀 각 264명 중 남성의 62.1%와 여성의 57.2%가 많든 적든 영향을 미쳤다고 답했다.

돈 관리 문제가 이혼에 영향을 줬다고 답한 비중에서 남성이 여성보다 높다는 점이 주목할 만하다. 남성에게 경제적인 문제가 발생할 때도 결혼생활에 파란이 올 수 있지만, 여성이 과소비를 하는 등으로 가정경제를 파탄으로 몰아넣는 경우도 묵과하기 어렵다.

결혼생활 중 생활비도 넉넉지 않았던 것으로 나타났다. 생활비의 수준에 대해 '빠듯했다'(남 50.8%, 여 55.7%)는 대답이 절반을 넘었다. '적당했다'는 대답은 남성 26.9%, 여성 31.8% 수준이고, '넉넉했다'는 남성 22.3%, 여성 12.5%에 불과했다.

'전 배우자가 생활비를 충분히 주지 않은 이유'에 대해서도 남성은 '과소비 방지'(42.7%)와 '불신'(37.3%) 등으로 봤으나, 여성은 '유세부리느라'(34.2%)와 '과소비 방지'(27.2%) 등과 같은 이유로 돌렸다.

男, 결혼생활 중 비자금 '월 30만원' – 용도는?

남성은 물론 여성도 배우자 몰래 돈을 써야 할 용처가 있다. 그래서 비자금도 필요하다. 그런데 그 비자금의 규모와 용도도 부부간에 사뭇 달랐다. 남성은 월 30만원의 비자금을 전 배우자 몰래 챙겨 주로 사적인 용도로 사용했고, 여성은 월 20만원을 적립해 비상시 가족을 위해 대비했던 것이다. 남성들은 직장인이건 개인 사업가이건 간에 배우자 몰래 유용 가능한 부분이 많다. 반면 여성은 일반적으로 수입이 남성에 비해 적을 뿐 아니라 주어진 예산범위 안에서 챙기기 때문에 액수가 상대적으로 적다.

몰래 빼돌린 비자금을 남성은 '개인적 용도'(46.8%)로 쓰는 것이 '가족의 비상금'(40.8%)으로 쓰는 것보다 많으나, 여성은 대부분 '가족의 비상금'(60.8%)으로 비축한다. 여성에 비해 대외지향성이 강한 남성들은 친구나 동료 등과의 외부활동에 소요되는 비용이 많다. 반면 가족 중심적 사고가 강한 여성들은 결국 가족을 위해 비자금을 사용한다.

돌싱男 65%, '부모 용돈, 배우자 승인 받고 집행'

"여보, 이번 추석 때 양가 부모님 용돈은 얼마씩 드릴까?"

"20만원씩 드리지 뭐…."

"그래, 알았어~."

통상적인 생활비나 용돈 외의 특별경비를 집행할 때 남성은 3명 중 2명 정도가 배우자의 승인을 받으나, 여성은 10명 중 6명 이상이 혼자 알아서 결정하고 있었다. 남성은 특별경비가 발생하면 일반적으로 아내와 상의하나, 여성은 특별한 경우를 제외하고는 독자적으로 결정하고 집행한다는 것이다(62.9%). 가정 경제를 아내가 총괄 관리하는 경우가 많다 보니 자연히 여성은 자금 집행 시 자율적으로 결정하나, 남성은 아내와 협의해야 하는 구조가 된다.

이를 증명하듯 전 배우자와 결혼생활을 영위하는 중에 절반 이상(남 53.0%, 여 54.9%)이 '급여를 아내가 전액 관리하는 방식'을 취했다. '공통비는 아내가 관리하고 나머지는 남편이 관리하는 방식'(남 28.0%, 여 27.3%)이 그 다음으로 많았다.

　일반적으로 신혼 때는 생활이 넉넉하지 않을 뿐 아니라 내 집 마련 등의 과제가 산적해 있다. 부부의 급여를 아내가 일괄적으로 관리하며 한 푼이라도 절약하려는 신혼 때의 관행이 그 후에도 줄곧 이어지는 가정이 많다.

부부
성(性)

부부관계,
남편 기분 내킬 때 주 2회 가져!

성 만족도 좌우 요인? 男 '속궁합' − 女 '부부애'

부부의 성(性)! 그것은 부부간의 사랑을 확인하는 수단이며 부부애를 증진시키는 촉진제이다. 현실적으로는 성적 욕구를 해소시켜주어 생활의 안정과 집중을 도모하게 해준다. 어디 그 뿐이랴! 부부간의 정신적·육체적 일체감을 구현하는 매개체이며, 바로 이 성을 통해 세상 무엇보다 숭고하고 격정적인 황홀감에 빠져든다. 부부의 성이야말로 부부들만이 누릴 수 있는 최고의 권리 중 하나이다.

이와 같이 부부, 그중에서도 특히 남성들에게는 없어서는 안 될 필수불가결의 성! 우리나라 기혼자들은 이 부부 성에 대해 어떤 관행을 가지고 있을까? 아쉽게도 부부간에 일정한 규칙이 있는 것이 아니라 그때그때 기분에 따라 충동적으로 행해진다. '전 배우자와 결혼생활 중 부부관계 주기'에 대해 결혼 경험자 506명(남녀 각 253명)을 대상으로 실시한 조사에서 나온 결과이다. 이 조사에 참여한 남성의 78.6%와 여성의 60.2%라는 압도적으로 높은 비중이 '기분 내킬 때' 부부관계를 가졌다고 했다. 상호 묵시적으로 정해 놓은 주기나 요일에 따라 부부관계를 가지는 비중은 높지 않았다. 남성 16.4%와 여성 24.1%가 '묵시적 주기에 따라' 혹은 '의미 있는 날'에 각각 관계를 가지고 있었다.

한편 '전 배우자와 정상적인 부부생활을 할 때 성관계를 가진 빈도'는 '주 2회 정도'(남 58.6%, 여 25.2%)가 가장 많았다. 그 다음으로는 남성의 경우 '10일마다 1회'(14.7%)와 '주 3회 정도'(8.8%)가 많았고, 여성은 '주 3회 정도'(19.3%)와 '주 1회 정도'(17.2%) 부부관계를 가졌다고 털어났다. 결혼 유지 기간이나 응답자들의 연령대 등에 따라 차이가 있을 것이다.

부부관계를 먼저 제의하는 쪽은 10쌍 중 9쌍은 남편이다. 남성의 91.7%가 '본인', 여성의 88.7%는 '배우자'가 성관계를 주도했다고 답했다.

결혼생활에서 차지하는 부부관계의 비중은 남성이 월등히 높았다. '부부관계는 늘 중요하다'는 데 동의하는 남성은 전체 응답자의 85.9%이나 여성은 51.5%에 그쳤고, '없는 것보다는 있는 것이 낫다'는 소극적 반응은 남성이 7.9%인 반면 여성은 41.2%나 된 것이다.

성관계를 갖는 의미나 목적에 따라 만족도를 좌우하는 요인도 남편과 아내 사이에 차이를 보였다. 성적 욕구를 해소한다는 의미가 강한 남성은 속궁합이 중요하고, 정신적 교감을 중시하는 여성은 부부애가 만족도의 관건이었다. '부부간의 성 만족도에 가장 큰 영향을 미치는 요소가 무엇이냐?'고 묻자 남성은 절반에 가까운 47.5%가 '속궁합'을 택했으나, 여성은 37.3%가 '부부애'로 답한 데서 알 수 있다. '당일의 정신적, 신체적인 상태'(남 20.9%, 여 28.1%)와 '공동의 노력'(남 16.0%, 18.6%) 등이 그 다음으로 꼽혔다.

재미있는 점은 남성이 만족도의 가장 중요한 요인으로 꼽은 속궁합에 대해 여성은 9.5%만이 동의하고, 여성이 첫 번째로 꼽은 부부애는 남성 10.6%만이 중요하게 여겼다. 그 외 '정력(스태미나)'이 부부관계의 핵심요소라고 한 응답자는 남성 5.0%, 여성 6.5%에 그쳤다.

기혼女, 부부관계 시 '성 상식' 활용했더니 효과 '짱'!

우리나라 부부들은 성 만족도를 높이기 위해 어떤 방법을 동원하고 또 효과는 얼마나 클까? 기혼 남녀들은 부부관계 만족도를 높이기 위해 성기, 가슴 등의 수술이나 발기부전치료제와 같은 약물복용보다는 성 관련 상식을 주로 활용하고, 이때 배우자의 반응도 매우 긍정적이라는 평가가 나왔다. 결혼 경험 남녀 544명(남녀 각 272명)을 대상으로 '전 배우자와 부부관계 만족도를 높이기 위해 취했던 조치사항과 그 효과'에 대한 조사에서 도출된 결과이다.

우선 '부부관계 만족도를 높이기 위해 취했던 조치사항'을 묻는 질문에 남성 55.5%와 여성 79.0%가 '(부부관계 시) 성 관련 상식을 활용했다'는 응답으로 그 비중이 단연 높았다. 좀 더 적극적인 방법으로는 남성의 경우 '(발기부전치료제 등) 약물복용'(26.1%)과 '(성기) 수술'(18.4%) 등이 있고, 여성은 '성기, 가슴 등의 수술'(21.0%)이 활용되고 있었다.

부부관계를 주도적으로 이끌어야 할 입장에 있는 남성은 여성에 비해 다양한 준비와 대책을 강구하게 되고, 여성은 분위기 조성이나 케겔(질 수축)요법 등 현장에서 활용할 수 있는 상대 배려행위에 주력한다.

부부관계 만족도 제고를 위해 취했던 조치사항에 대해 '상대의 반응'은 매우 긍정적이었다는 것이 남녀의 공통된 의견이다. 남성 71.7%와 여성 61.8%가 '(상대가) 매우 만족스러워했다'(남 12.1%, 여 38.6%)거나 '(상대가) 대체로 만족스러워했다'(남 59.6%, 여 23.2%)는 등으로 긍정적인 평가를 내렸다.

눈여겨볼 대목은 상대가 매우 만족스러워했다고 답한 비중에서 여성은 38.6%로 남성의 12.1%를 크게 앞섰다는 점이다. 성관계 시 여성의 자그마한 배려나 정성이 부부관계 만족도를 크게 좌우할 수 있다는 증거이다. 부부관계는 감성의 영역에 속하기 때문에 거창한 방법보다는 센스나 배려 등이 무엇보다 중요하다. 거기에 성인이면 누구나 알고 있는 성 관련 상식을 적극 활용하면 상대의 만족도가 높아지고 그것은 곧 자신의 행복으로 귀결된다.

'이혼 전 부부관계 만족도'에 대해서는 남성, 여성 구분 없이 절반 이상이 '만족스러울 때와 불만스러울 때가 반반 정도였다'(남 55.1%, 여

51.1%)는 반응이다. '대체로 만족스러운 편'(남 39.3%, 여 25.4%)과 '대
체로 불만스러운 편'(남 5.6%, 여 23.5%)이 그 뒤를 이었다. 여성이 남성
에 비해 만족도가 낮았다.

　'결혼 후 시간 경과에 따른 부부 성 만족도 변화'도 남녀 간에 뚜렷한
차이가 있었다. 남성은 '신혼 초에 가장 높다가 점점 떨어졌다'는 의견이
가장 많고(43.7%), '결혼 기간과 무관하다'(27.4%)에 이어 '특정 시점부터
떨어졌다'(23.6%)는 순서이나, 여성은 '시간 경과와 무관했다'(47.5%)가 절
반에 육박해 남성과는 대조적이다. '특정 시점부터 떨어졌다'(28.5%)와
'신혼 초 가장 높다가 점점 떨어졌다'(14.5%) 등의 의견이 이어졌다.

　제약과 구속을 싫어하고 변화를 추구하는 남성들은 결혼 후 일정 기
간이 지나면 싫증을 느낀다. 반면 안정과 익숙함을 선호하는 여성은 결
혼 기간보다는 배우자와의 애정지수에 더 큰 영향을 받는다.

기혼男, "부부관계, 의무방어전도 '결과는 좋았다'"

　우리나라 기혼자들은 10명 중 6~7명이 본인 의사와 상관없이 부부관
계를 가지고 있었다. 온리-유의 '전 배우자와 결혼생활 중 원하지 않는
부부관계를 가진 경험'에 대한 조사에서　남성 61.6%와 여성 70.1%가
'많든 적든 있었다'고 답해 소위 '의무방어전'을 치르거나 억지 성관계를
갖고 있었다.

　또 남녀 불문하고 10명 중 8명가량이 내키지 않더라도 배우자가 부

부관계를 요구하면 응해주고 있었다. 남성 82.4%와 여성 77.6%가 '마지 못해 응했다'(남 47.0%, 여 48.5%)거나 '부부애 증진 계기로 삼았다'(남 35.4%, 여 29.1%)고 부부관계의 현주소를 털어놓았다. '절대 응하지 않았다'는 응답자는 남성 17.6%, 여성 22.4%에 불과했다.

부부간의 성생활은 상징적 의미가 크다. 물론 상호 합의하에 이루어지는 것이 가장 바람직하다. 하지만 경우에 따라서는 화해의 신호나 충동적 욕구, 또는 위로받고 싶은 마음의 발로 등과 같은 다양한 동기로 배우자가 다가올 수 있으므로 가능하면 자존심을 버리고 응하는 것이 장기적인 관점에서 유리하다.

본인의 의사와 상관없이 부부관계를 가질 경우 그 결과는 남편과 아내 사이에 크게 달랐다. 남성은 평소의 부부관계 시와 비슷하나 여성은 불만스러웠다. 남성은 68.0%가 '평소와 비슷했다'고 답했고, 6.6%는 '평소보다 높았다'고 답해 결과적으로 응답자 4명 중 3명꼴인 74.6%가 '평소의 만족도 이상'이라는 반응을 보였다. 여성은 '평소보다 낮았다'가 62.5%를 차지했고, '평소와 비슷했다'는 34.7%였으며, '평소보다 높았다'는 응답은 2.8%에 불과했다.

이런 부부관계, 안 하는 것만 못해!

'전 배우자와의 부부관계 상 불만이 가장 컸던 사항이 무엇이었나?'에서는 남성 45.2%와 여성 78.8%가 '너무 일방적이었다'고 토로해 우리나라 기혼자들의 부부관계의 최대 문제점으로 꼽혔다. 특히 여성들의 불만이 컸다. '오르가즘에 도달하지 못했다'(남 41.1%, 여 14.5%)가 그 뒤를 이었는데, 이는 주로 남성들의 하소연이었다.

결혼생활 중 부부관계를 하고 싶지 않을 때도 있다. 남성은 '스트레스를 받을 때'(45.5%) 성관계를 피하는 사람들이 가장 많고, '배우자의 모습이 꼴불견일 때'(22.8%)도 성욕이 사라진다고 한다. 여성들은 '컨디션이 안 좋을 때'(42.2%)와 '스트레스 받을 때'(22.0%) 제발 그냥 내버려 두기를 원한다. 또 '배우자가 술에 취했을 때'(16.8%)도 여성들은 마음이 내키지 않으므로 주의를 요한다.

우리나라 이혼 부부들 3쌍 중 2쌍은 부부관계상의 문제가 이혼에 직접적인 영향을 주지는 않았다고 한다. '부부관계 만족도가 이혼에 미친 영향'을 주제로 실시한 설문조사에서 남성 65.0%와 여성 65.2%가 '별 영향을 주지 않았다'에 체크를 한 것이다. 또 '이혼을 앞당겼다'는 대답은 남성 16.3%, 여성 10.9%에 그친 데 반해, '이혼을 늦추는 데 기여했다'는 비중은 남녀 각 18.7%와 23.9%에 달해, 부부관계가 이혼에 미친 영향은 크지 않다는 것을 알 수 있다.

돌싱女 10명 중 9명, '속궁합, 재혼 때는 좀 더 고려'

재혼 상대를 고를 때 여성이 남성보다 속궁합을 더 적극적으로 고려하겠다고 하여 주목을 끈다. 재혼 희망 이혼 남녀에게 '재혼 상대를 고를 때는 초혼 시와 비교하여 속궁합을 어느 정도 고려할 것인가?'라고 의중을 물었더니, 남성은 '비슷하게 고려한다'(49.3%)가 절반에 가까워 가장 많고, '좀 더 많이 고려한다'(33.1%), '덜 고려한다'(17.6%)의 순이나, 여성은 '좀 더 많이 고려한다'가 47.7%로 가장 많았고, '비슷하다'(45.9%)가 바짝 뒤쫓았다.

'재혼 배우자 후보와의 속궁합을 알아보는 방법'에 대해서도 여성들이 대담했다. 남성들은 '교제를 하면서 성관계를 통해 알아보겠다'(60.2%)에 의견이 집중된 데 반해, 여성은 '일정기간 동거를 해보겠다'(26.9%)는 의향을 내비친 비중이 가장 높은 데서 적극성을 읽을 수 있다. 속궁합을 확인하는 또 다른 방법으로 남성은 '일정기간 동거'(17.3%)를, 여성은 '교제하며 성관계'(21.5%)와 '사주, 궁합'(16.9%) 등을 차선책으로 택했다.

결혼 경험 남녀, '혼전 성관계, 결혼생활에 긍정적'

결혼 경험자들은 남녀 불문하고 결혼 상대와의 혼전 성관계는 결혼 후의 부부생활에 긍정적인 영향을 미칠 것으로 생각했다. '결혼 전 배우자감과 성관계를 가질 경우 결혼 후 부부생활에 미치는 영향'을 조사한 결과, 남성의 37.1%와 여성의 31.9%가 '속궁합이 검증돼 장기적인 측면에서 유리할 것'이라는 입장을 보였다. 그 뒤로는 남녀 간에 대답이 갈렸는데, 남성은 '혼전 성관계와 부부생활은 무관하다'(22.3%)에 이어 '신비감이 줄어든다'(17.9%), '신혼 기분이 빨리 사라진다'(13.5%) 등의 순으로 답했으나, 여성은 '상호 신뢰감이 공고해진다'(27.1%)를 두 번째로 꼽았고, '신혼 기분이 빨리 사라진다'(20.3%)와 '신비감이 줄어든다'(14.3%) 등의 순서이다.

위의 조사결과를 종합해 볼 때 혼전 성관계가 부부생활에 긍정적으로 작용할 것으로 평가하는 비중이 높다는 것을 알 수 있다. 즉 신혼 기분이 빨리 사라진다와 신비감이 줄어든다 등과 같은 '부정적인 평가'(남 31.4%, 여 34.6%)보다는 속궁합이 검증돼 장기적으로 유리하다든가, 혼전 성관계와 부부생활은 무관하다, 그리고 상호 신뢰감이 공고해 진다 등과 같은 '긍정적인 평가'(남 68.6%, 여 65.4%)가 훨씬 우세하다.

만족스러운 부부관계는 원만한 결혼생활에 윤활유 역할을 한다. 혼전 성관계가 보편화된 현실에서 결혼 전에 확인할 수 있는 사항은 최대한 짚고 넘어가야 결혼 후 불만 요인이 하나라도 줄어들 수 있다는 것이 결혼 경험자들의 공통된 시각이자 결혼 경험을 통해 얻은 교훈이라고 할 수 있다.

한편 결혼 경험자 4명 중 3명꼴(남 78.0%, 여 77.0%)은 초혼 때 정식 결혼 전에 예비 신랑신부와 성관계를 가진 것으로 드러났다. 혼전 성관계를 가진 기간은 남성의 경우 '6개월 이상'(36.6%)이 가장 많았고, '3개월~5개월'(25.5%)과 '1개월~2개월'(15.9%)이 뒤따랐다. 여성은 31.0%가 '3개월~5개월'로 답해 가장 많았고, '1개월~2개월'(26.4%)에 이어 '6개월 이상'(19.6%)의 순이다.

부정행위

　부정행위, 외도, 탈선, 바람, 한눈팔기…. '아버지와 남편을 제외한 모든 남자는 늑대이다!'.

　비에나래가 일전에 '남성과 여성의 가장 큰 차이'를 조사했더니, 남성이 보는 여성은 '끝없이 이어지는 수다', 여성이 보는 남성은 '주체할 수 없는 성욕'으로 대변되었다. 수다는 범법이나 과실로 다스릴 수 없으나 성은 잘못 휘둘렀다가는 치명상을 입게 된다. 그래서 남자는 성에 눈을 뜨는 순간부터 그 기능이 다하는 순간까지 늘 그 문제로 '고통' 받는다. 하지만 이제는 성 문제가 남성들만의 전유물이 아니라 여성 침범자들도 속출하고 있다.

부정행위로
이혼 당하는 여성, 남성보다 많다!

　"전 배우자는 미국에서 석사학위를 받아온 유학파였는데 결혼 후 2년 정도 지나자 귀가시간이 늦어지는 등 가정에 불충실하고 씀씀이가 커지더라고요. 수상하게 여겨 카드결제 내역을 추적했더니 전처가 내연男에게 코트와 양복, 가방 등 값비싼 선물을 사준 것으로 드러나 바로 이혼 절차를 밟게 됐지요. 평소 자유분방한 사고였는데 자신이 출강하는 학원의 젊은 학생과 놀아났답니다!"

연봉이 4억5천만 원대인 명문대 의대 출신 개업의 L씨(남, 39세)의 사연이다. 이들 부부는 서울 중심가의 고가 아파트에 거주하며 풍요로운 생활을 누렸을 뿐 아니라 남편인 L씨는 177㎝의 키에 외모까지 탁월했다.

겉보기에는 아무런 부족함이 없어 보이는데 배우자가 빗나가는 바람에 결혼한 지 얼마 되지 않아 결국 갈라서게 됐다. 이와 유사한 사례는 얼마든지 있다.

"창피해서 이혼 사유를 밝히기도 싫지만…, 저의 전 배우자는 언제부터인가 제가 운영하는 회사의 직원과 눈이 맞아 우리 집에서 100m 정도 떨어진 곳에 숙소까지 얻어주며 놀아났습니다. 이렇게 되니까 결국 아이들도 못 데려가고 쫓겨나다시피 했지요. 그 여자는 저와 결혼하기 전에 다른 남자와의 사이에 아이가 둘이나 있었습니다. 외모가 뛰어나고 동정심도 가고 하여 결혼을 했는데 타고난 끼를 억누르지 못하더군요!!"

본인 재산이 1,500억 원대에 달하는 사업가 P씨(남, 50세)가 결혼정보회사에서 이혼 사유를 밝히고 있다. 자수성가형 사업가인 P씨는 회사 일에 파묻혀 살다보니 가정은 제대로 챙기지 못했다. 자신의 이런 상황을 역이용하여 외간 남자를 끌어들였다며 아쉬워했다.

이혼 경험자들과 상담을 하다보면 위의 사례와 같이 최근에는 여성의 부정행위로 남성이 이혼을 제기하는 사례도 적지 않다. 실제 온리-유가 비에나래와 공동으로 전국의 이혼 남녀 564명(남녀 각 282명)을 상대로 '전 배우자와의 이혼에 가장 큰 영향을 미친 요인'에 대한 설문조사를 벌인 결과에서도 이런 현상을 쉽게 확인할 수 있다. 이 조사에서 '전 배우자의 부정행위'로 이혼했다고 답한 비중을 보면 여성 15.3%, 남성은 17.7%로 남성이 여성보다 2.4%포인트 높은 것이다.

과거에는 여성들이 남편의 부정행위를 문제 삼아 이혼을 제기하는 사례가 절대적으로 많았다. 그러나 최근에는 역전 현상이 일어나 격세지감을 느끼게 한다. 기혼 여성들의 사회활동이 증가하면서 이성과 접할 기회가 늘어난 점을 그 이유 중 하나로 꼽을 수 있다. 또 한편으로는 남성들의 부정행위는 그럴 수도 있다는 인식이 강해 덮어주는 경향이 있으나 여성들에게는 좀 더 엄격한 잣대가 적용되는 것도 이런 통계를 가능하게 만든다.

여성 부정행위자 중에는 고학력의 중산층이 많다는 점도 특징 중 하나이다. 물질적으로는 풍요로우나 정신적인 빈곤감에 시달리는 여성들이 일탈의 유혹에 쉽게 빠진다. 특히 이런 부류의 여성들은 취미활동이나 각종 모임도 많아 탈선을 부추긴다.

이혼 남녀, *결혼생활 중에도 유혹의 손길이…!*

유부남, 유부녀임에도 불구하고 '외부 이성으로부터 유혹의 손길이 끊임없이 뻗쳤다!', '유혹에 빠져 실제 교제를 해본 적도 있다!'는 것이 결혼 경험자들의 고백이다. 이혼 경험자들 중 남성은 10명 중 8명 이상이 전 배우자와 결혼생활을 하면서 외부 여성들로부터 유혹을 받아본 적이 있었고, 4명 중 1명은 실제 교제까지 갔다. 여성은 4명 중 3명가량이 유혹을 받았고, 5명 중 1명은 사귄 적이 있었다.

이혼 경험자들에게 '전 배우자와 결혼생활 중 외부 이성으로부터 유혹을 받아본 경험'과 관련된 설문지를 돌렸다. 이 설문에 참여한 남성의 82.1%와 여성의 75.6%가 '자주 있었다'(남 20.9%, 여 17.5%)거나 '가끔 있었다'(남 61.2%, 여 58.1%)고 답해 예상을 초월했다. 또 '상대가 누구였냐?'고 다그치자 돌아온 대답도 다양했다. 남성은 '왔다갔다 자주 마주치는 여성'(35.0%)이 가장 많았고, '같은 직장의 여성'(22.6%)이나 '동호회 참석자'(17.5%), '업무상 거래선'(15.2%) 등이었다. 여성은 남성과 달리 '같은 직장의 동료 선후배'(37.8%)가 가장 많고, '업무상 거래선'(21.4%), '동창'(16.4%), 그리고 '동호회 참석자'(12.4%) 등이 유혹했다고 밝혔다.

외모를 중시하고 신선함을 추구하는 남성들은 이런저런 계기로 우연히 마주치는 여성 중에서 호감을 느끼는 사례가 많다. 반면 능력이나 경제력, 가치관 등을 많이 고려하는 여성들은 잦은 만남을 통해 확실히 검증된 직장 관계자 중에서 눈이 맞기 쉽다.

유혹의 상대까지 파헤쳐진 상황에서 이제 남은 궁금증은 '결과가 어떻게 됐을까'에 모아진다. 그러나 싱거운 걸까 아니면 다행스러운 걸까! 남녀 모두 절반가량이 '그냥 아는 사이로 지냈다'(남 53.7%, 여 47.5%)는 반응을 보였다. 하지만 교제로 연결된 기혼자도 적지 않아 남성은 4명 중 1명(24.8%), 여성은 5명 중 1명(20.6%)에 달했다. '(상대의 유혹을) 무시했다'는 응답자는 남성 21.5%, 여성 31.9%였다.

유혹에도 불구하고 교제로 연결되지 않은 것은 왜일까! 도덕적으로 용인되지 않아서? 마음에 안 차서? 뒤탈이 두려워서? 당연한, 그리고 다행스러운 대답이겠지만 도덕적인 이유가 가장 많았다. 남성 60.0%와 여성 37.0%가 '도덕적으로 용인되지 않아서'로 답했다. 그 외 남성은 '직장 등에서 불이익이 두려워서'(20.7%)와 '뒤탈이 겁나서'(11.1%)를, 여성은 '뒤탈이 겁나서'(28.5%)와 '직장에서 불이익이 두려워서'(24.7%)를 각각 교제로 발전하지 못한 두세 번째 이유로 내세웠다. 남성은 주로 도덕적인 이유를 꼽은 데 반해 여성은 불이익이나 뒤탈을 두려워한 점이 특징이다.

'결혼생활 중에 만난 이성 가운데 자신이 독신이라면 꼭 교제해보고 싶었던 이성의 수'를 묻자 남성 80.7%와 여성 68.0%가 '1명 이상이 있었다'고 답했다. 또 결혼생활 중 실제 1명 이상의 이성과 진지하게 교제를 해봤다는 비중도 남녀 모두 절반(남 51.3%, 여 48.6%)에 가까웠다. '1명'(남 21.6%, 여 28.0%)과 '2명'(남 13.5%, 여 9.3%)의 이성과 교제해봤다는 결혼 경험자가 가장 많고, '5명 이상'(남 8.1%)과 '3명'(여 5.7%)의 애인을 뒀던 기혼자도 있었다.

전 배우자가 한눈 팔 때? 男 '다툰 후' – 女 '출산 후'

결혼생활을 하다보면 생각하기도 싫지만 배우자가 자신에게 무관심할 때도 있고 한눈을 팔기도 한다. 결혼 경험자들은 결혼생활 중에 전 배우자가 자신에게 가장 냉담하고 불충실했을 때는 어떤 상황이었던 것으로 기억할까?

이 의문에 대한 답을 찾기 위해 2013년 이혼 경험자 632명(남녀 각 316명)을 대상으로 '결혼생활 중 전 배우자가 외부 이성에 눈을 돌리는 등 자신에게 가장 불충실했던 시기'를 설문조사했다. 남성은 응답자의 38.0%가 '크게 다툰 후'로 답해 가장 많은 답변이 몰렸고, '그런 적 없다'가 31.6%로 그 뒤를 이었다. 여성은 39.2%가 '자녀 출산 후'로 답해 가장 많았고, '크게 다툰 후'(22.5%)와 '그런 적 없다'(16.8%)의 순을 보였다.

여성은 남편이 자신을 감싸주는 존재이기를 바라나 배척하려는 듯한 모습을 보일 때 섭섭한 마음에 배우자를 등한시하게 된다. 남성들은 배우자가 자녀에 집중하며 자신에게 무관심할 때 외부로 눈을 돌리는 사례가 많다.

전 배우자와 이성문제로 다툰 이유? 男 '오해' – 女 '유흥가 출입'

"정말 못 살아! 이건 또 뭐야? 파운데이션이랑 립스틱이랑…. 와이셔츠가 아주 휘황찬란하네!"

"아, 미안해. 그거 아무것도 아니야. 어제 회식하면서 도우미 아가씨들이 장난친다고 그런 거라니까!"

"장난은 무슨 장난이야! 아주 가슴에 껴안고 야단났구먼! 한두 번도 아니고 잊을 만하면 또 이러고…. 나가요, 나가! 꼴도 보기 싫어! 지저분한 사람 같으니…."

결혼생활을 하다보면 크고 작은 문제가 발생한다. 그중 대부분의 부부에게 가장 심각하고 깊은 상처를 남기는 문제는 역시 '외도'이다. 앞에서 보았듯이 남성이나 여성 모두 이성을 만날 기회는 항상 열려 있고, 사고도 자유분방하게 바뀌어 가 방패막이도 사라지고 있다. '사고'의 위험이 커지면서 부부간의 다툼도 끊이지 않는 양상이다.

'전 배우자와 결혼생활 중 이성문제로 심각하게 다툰 것은 상대에게 어떤 문제가 있을 때였나?' 이 질문을 받은 남성의 절반에 가까운 48.1%가 '별 감정 없는 이성에 대해 (상대가) 오해할 때'로 답해 남성들 간에 폭넓은 공감대를 형성했고, '결혼 전의 진지한 연애경험이 노출됐을 때' (27.5%), 그리고 '배우자가 과거와 관련하여 과도하게 집착할 때'(16.5%) 심하게 다퉜다고 했다.

여성은 36.4%가 '유흥주점 도우미와 만나는 낌새를 포착했을 때'로 답해 첫손에 꼽혔고, '별 감정 없는 이성에 대해 상대가 오해할 때' (26.9%), '애인이 생겼을 때'(22.2%) 부부간에 갈등이 심화됐다.

기회만 있으면 한눈을 파는 남성들의 성향을 잘 아는 여성들은 배우자의 조그마한 이상 징후에도 민감하게 반응한다. 남성은 각종 회식 때 유흥주점을 이용하는 빈도가 잦은데 이때 도우미들과 어울린 흔적을 남기는 경우가 많아 분쟁의 불씨가 된다.

이혼女 77%, '배우자의 부정행위로 다툰 적 있다'

유혹하는 외부 이성과의 잦은 교류는 결국 탈선으로 연결되고 마는 걸까? 연애의 법칙 중에 '근접성의 법칙'(Law of proximity)이 있다. 남자와 여자가 가까이서 자주 만나다보면 사랑에 빠지기 쉽다는 것이다. 감정 교류가 쉽고 사랑을 주고받을 기회도 많아지기 때문이다. 성적 충동이 강하고 사회 활동이 왕성한 남성들은 그만큼 '위험'에 노출될 가능성도 높은 것일까! 결혼 경험 남녀 각 292명 중 여성의 77.3%가 결혼생활 중 배우자의 부정행위로 1회 이상 다투어본 적이 있었다. 남성은 45.5%인 점을 감안하면 남녀 간에 현격한 차이가 있다.

배우자에게 부정행위의 가능성이 열려 있다고 하여 늘 따라다니며 감시할 수는 없다. 부부 모두 나름대로의 느낌으로 부정행위를 포착한다. 남편들은 '잦은 외출'(32.5), '수상한 문자, 메일'(25.8%), '늦은 귀가'(19.8%) 등과 같은 현상이 아내에게서 포착되면 바람을 의심한다. 또 아내들은 '뭔가 수상한 행동'(28.7%)이 있거나, '수상한 통화'(21.1%), '늦은 귀가'(18.5%), '옷에 묻은 흔적'(15.8%) 등을 남편의 바람 징후로 본다.

배우자가 바람피운다는 사실이 포착되면 남성은 당장 야단을 치거나(32.9%), 별거를 하는 경우가 있는가 하면(22.8%), 당분간 모른 체 하기도 한다(17.4%). 하지만 여성은 말을 하지 않는 부류가 가장 많고(38.5%), 당장 야단을 치거나(18.7%), 조용히 타이르는(15.4%) 등의 양상을 보이고 있었다.

바람피우다 들키면?
男 '더 당당' – 女 '딱 잡아떼'

부부로서의 절제를 벗어나 탈선으로 발전하다 보면 이상 징후가 감지

되고, 그러다 보면 결국 뒤가 밟히게 된다. 바람을 피우다 들키면 우리나라 기혼자들은 어떻게 대응할까? 먼저 남성들의 체험담을 들어보자. 남성 3명 중 1명꼴(32.7%)은 전 배우자가 '딱 잡아뗐다'고 주장했고, '오히려 더 당당해졌다'(23.5%)거나 '두루뭉술하게 넘어갔다'(18.4%)와 같은 방식을 취했다고 밝혔다. 여성들에 따르면 남성은 '오히려 더 당당해지는' 성향을 보인다는 주장이 38.5%로 가장 많았다. '딱 잡아뗐다'(33.8%)가 바짝 뒤쫓았고, '두루뭉술하게 넘어갔다'(11.3%)가 그 뒤를 이었다.

'배우자가 바람을 피우는 시기'는 '부부사이가 좋지 않을 때'(남 27.4%, 여 33.4%)와 '출장 등으로 장기간 떨어져 있을 때'(남 22.6%, 여 10.4%), 그리고 '권태기 등 애정이 식었을 때'(남 17.4%, 여 43.8%) 등이 상위권에 포진됐다. 순위상에는 남녀 간에 차이가 있었는데, 남성은 부부사이가 좋지 않을 때, 여성은 권태기 등 애정이 식었을 때 각각 배우자가 한눈을 파는 경우가 많았다는 전언이다.

신혼의 달콤한 순간을 지나 결혼생활도 일상으로 바뀌게 되면 그 동안 묻어두었던 옛 추억도 새록새록 피어나기 시작한다. 이런 기운과 함께 옛 애인이 서서히 부부 사이를 헤집고 들어온다. 특히 '(옛 애인과의) 추억의 장소를 지날 때' 정겨운 기억으로 남은 과거 연인이 머리를 스친다. 이런 현상에는 남성과 여성이 다르지 않았다. 조사 대상자 중 남성 59.3%와 여성 57.7%가 동일하게 답한 것. 또 다른 사람들은 '부부생활이 고통스러울 때'(남 16.9%, 여 19.4%), '배우자보다 옛 애인이 더 낫게 느껴질 때'(남 12.7%, 여 12.8%) 옛 애인이 모습을 드러낸다고 했다.

배우자의 부정 상대? 男 '과거 애인' – 女 '접대부'

'배우자의 외도 상대'로 남성은 '과거 애인'(24.8%)과 '동창'(22.4%), '회사 동료, 거래처 직원'(19.8%) 등의 순으로 지목했고, 여성은 '유흥업소 접대부'(29.4%)와 '과거 애인'(22.7%), '회사 동료, 거래처 직원'(18.5%) 등을 주 탈선 상대로 꼽았다.

'배우자가 바람을 피우는 이유'에 대해서는 남편과 아내들 사이에 서로 다른 시각을 가지고 있었다. 남성은 '일탈차원'(27.6%)과 '홧김에'(22.0%), '타고난 바람기'(14.9%) 등을 주 요인으로 봤으나, 여성은 '타고난 바람기'(38.5%) 때문이라는 시각이 단연 높고, '충동적'(20.3%), '일탈차원'(13.5%) 등의 인식이 강했다.

외도의 이유를 또 다른 시각에서 조사했다. 즉 '스스로 생각해 볼 때 외도의 원인'이다. 질문을 이렇게 바꾸어 묻자 남성이나 여성이 비슷한 의견을 내놨다. '부부관계상의 문제'가 1위에 올랐다. 남성 56.2%와 여성 33.6%가 한 표씩을 던졌다. 두 번째 이유로는 남성 30.6%와 여성 29.8%로부터 지지를 받은 '배우자에 대한 불만'이 꼽혔고, 그 다음으로는 '천성'(남 10.2%, 여 19.6%)이었다.

돌싱女, 배우자 외도 '한 번은 봐준다' – 男은?

이유 여하를 막론하고 이미 일어난 외도에 대해 배우자는 어떤 자세를 취할까? 우리나라 기혼자들의 배우자 외도에 대한 기준은 매우 엄격했다. 남성은 '절대 용납할 수 없다'는 입장이고, 여성은 '한 번 정도만 눈감아 줄 수 있다'는 자세를 보였다. 2013년 7월 온리-유가 결혼 경험 남녀 530명을 대상으로 '결혼생활 중 배우자의 외도에 대한 용인 한도'에 대해 설문조사한 결과 이같이 나타났다. 이 주제에 대해 남성은 응답자의 절반이 넘는 51.7%가 '절대 용서할 수 없다'고 답했고, 여성은 43.4%가 '한 번만 (봐준다)'로 답해 성별 입장을 대변했다. 이어 남성은 '한 번'(28.3%)과 '두 번까지'(9.4%)가 뒤따랐고, 여성은 '절대 용서할 수 없다'(19.2%)와 '두 번까지'(17.4%)가 뒤를 이었다.

아직도 사회 분위기 상 남성보다 여성의 외도에 대해 좀 더 엄격한 잣대가 적용된다. 거기에 결혼 경험자들은 전 배우자와의 결혼 경험을 통해 원만한 가정생활이 유지되기 위해서는 외도가 없어야 한다는 교훈을 얻은 것이 이 설문에 반영된 결과일 수도 있겠다.

배우자의 외도에 대해 우리나라 부부들은 그 책임을 누구에게 돌리는지도 궁금하다. 관련 조사를 실시했더니 놀랍게도 남성과 여성 간에 시각이 거의 일치했다. 즉 '배우자에게도 다소의 책임이 있다'는 데 양성 모두 가장 많은 표가 몰렸다. 남성 57.0%와 여성 46.8%가 이 의견에 동의했다. 자신의 과오에 대한 일종의 변명일 수도 있고, 배우자의 외도를 직간접적으로 조장한 데 대한 일종의 자책감이라고 볼 수도 있겠다. 그 뒤로 '전적으로 본인 책임'(남 36.2%, 남 32.1%)과 '반반'(남 6.8%, 여 21.1%)이라는 의견이 잇따랐다.

외도란? 男 '정신적 교감' - 女 '키스만 해도'
배우자 외도에 대한 정의도 매우 까다로웠다. '배우자 외도에 대한 기준'을 묻는 질문에서 남성의 45.3%가 '이성과 정신적 교감을 가질 때'로 답해 가장 높은 응답률을 보였고, '키스할 때'(38.1%)에 이어 '성관계를 가질 때'(16.6%)가 뒤따랐다. 여성은 조사 참여자의 49.1%가 '키스할 때'로 답해 남성보다는 외도 기준이 한 단계 낮았다. 그 바로 뒤는 '이성과 성관계를 가질 때'(41.1%)가 차지했다. 그 외 '이성과 정신적 교감을 가질 때'는 9.8%였다.

이성 간에는 사소한 계기가 외도의 단초로 작용할 수 있다. 따라서 배우자가 자신이 아닌 다른 이성에게 관심을 가진다거나 간단한 스킨십만 가져도 민감하게 반응한다.

돌싱 남녀, 연애 악몽 1위 '배신행위'

기혼자가 외부 이성에게 한눈을 팔면 안 된다! 누구나 알면서도 인간인지라 잘 지켜지지 않는다. 부정행위이기 때문에 늘 조마조마하고 문제의 소지 또한 많다. 일이 꼬이면 곤경에 빠지곤 한다. 그중에서도 최악은 상대의 배신행위이다. 기혼자들에게 치를 떨게 한다. 2013년 4월 돌싱 588명(남녀 각 294명)을 상대로 '연애 상대로부터 겪은 비이성적인 행태 중 평생 악몽으로 남을 최악의 경험'에 대한 조사결과가 이를 뒷받침한다. 조사 대상자 중 남성은 52.0%, 여성은 45.6%가 '배신행위'로 답해, 그 다음의 '스토커'(남 20.8%, 여 22.8%)를 큰 차이로 따돌렸다. 그 외 남성은 '꽃뱀'(15.6%)을, 여성은 '공갈협박'(19.7%)을 악몽 같은 경험으로 떠올렸다.

'연애 상대로부터 치가 떨리는 경험을 당한 시기'는 남성의 경우 '미혼 때'(41.2%)가 가장 많았고, '(전 배우자와) 결혼생활 중'(29.3%)에 이어, '돌싱 때'(17.7%)가 세 번째였다. 반면 여성은 '(전 배우자와) 결혼생활 중'(38.4%)에 악몽 같은 경험을 가장 많이 당했고, '돌싱 때'(31.0%)에 이어 '미혼 때'(23.1%)로 이어졌다.

　남성은 결혼 전의 혈기왕성한 나이에 무분별하게 교제를 벌이다가 악의적인 여성을 만날 경우 혼비백산이 된다. 여성은 결혼생활 중 한눈을 팔다가 상대가 유부녀인 점을 악용하여 해코지를 할 경우 난감한 상황을 맞게 된다.

돌싱男, 연애 악몽 후 '잘못하면 신세 망치겠다!'

　연애의 '연'자도 떠올리기 싫을 정도로 치가 떨리는 악몽 같은 연애 경험! 그러나 거기서 얻는 교훈도 있다. 남성은 '여자 잘못 건드렸다가 신세 망치겠다'(45.9%)는 것이고, 여성은 '사람은 겉보기와 실제가 정말 다르구나'(65.9%)라는 교훈을 얻었다고 했다.

부부싸움

부부싸움은 있을 수 있다. 부부싸움에는 부부 둘만의 문제도 있지만 제3자가 개입되기도 한다. 사소한 언쟁도 있고 심각한 다툼도 있다. 예상치 못한 방향으로 부부사이가 꼬이기도 한다. 부부싸움이 피할 수 없는 숙명 같은 것이라면 어떻게 후유증을 최소화하느냐가 관건이라 하겠다. 부부싸움이 발생하는 원인과 화해 방법, 그리고 부부싸움이 남기는 영향 등을 파헤쳤다. 부부싸움을 효과적으로 관리하도록 하기 위함이다.

부부싸움의 첩경
'시가와 처가 험담'

배우자 가족에 대한 험담은 부부싸움의 지름길이다. 온리-유가 결혼 경험자 516명에게 '결혼생활 중 부부가 같이 해서 본전 찾기 힘든 것'을 나열해 보도록 했다. 조사에 응한 남성 중 35.3%와 여성 31.4%가 '배우자 가족, 즉 처가 혹은 시가에 대한 험담'으로 답해 당당히 1위에 올랐다. 그 다음으로는 남성의 경우 '쇼핑'(24.4%)과 '친가 부모 생활비 협의'(14.7%) 등이고, 여성은 '운전'(23.6%)과 '직장과 관련된 문제'(18.6%)를 배우자와 함께했다가는 본전 찾기 어렵다고 실토했다.

가족은 자신의 '근본'에 해당되기 때문에 누군가로부터 비난받을 경우 자존심에 상처를 입게 된다. 특히 배우자가 이런 험담을 하게 되면 자신을 무시하는 것으로 간주되어 언쟁으로 비화될 소지가 크다.

부부간 성격 부조화 '끝내 못 고쳤다'

'세 살 버릇 여든까지 간다.' 결혼 경험자들에 의하면 신혼 때 잘 맞지 않던 성격은 이혼으로 헤어지는 그날까지도 서로 융화되지 않고 물과 기름처럼 겉돌았다고 한다. 2013년 4월 결혼 경험 남녀 690명(남녀 각 345명)에게 '전 배우자와 결혼해 살면서 성격상 잘 맞지 않는 부분은 그후 어떤 식으로 정리됐는가?'라는 설문지를 돌렸다. 회수된 답변을 집계했더니 '끝까지 융화되지 않고 (물과 기름처럼) 겉돌았다'(남 33.9%, 여 38.0%)는 대답이 가장 많았다. 그 뒤로는 남성의 경우 '살다보니 서로 적응됐다'(24.9%)와 '서로 차이를 인정하고 살았다'(22.0%)는 등의 답변이 이어졌으나, 여성은 '서로 차이를 인정하고 살았다'(28.7%)는 응답자가 두번째로 많았고, '서로 포기하고 살았다'는 응답자도 19.1%에 달했다.

과거 남존여비 사상이 강할 때는 여성들이 참고 살았기 때문에 부부간의 성격차이가 덜 부각됐다. 최근에는 남녀 모두 개성이나 취향도 뚜렷하고 부부간의 위상도 대등하여 각자 잘 굽히려 하지 않는다. 따라서 부부간에 충돌 요인이 생기면 휘발성이 강하다.

부부싸움 후 스킨십!
만병통치일까?

"부부간에 언쟁이 있은 후에는 한번 안아주고 툭툭 털어 버리면 되지 않나요?"라며 대수롭지 않게 여기는 인천에 사는 42세의 남성 K씨.

"부부싸움이 있은 후에는 그 원인을 밝혀내어 깔끔하게 해소하고 넘어가야지!"라며 감정을 드러내는 서울 대치동에 사는 38세의 여성 K씨.

화성 출신 남성과 금성 출신 여성이 한 공간에 살다보면 예기치 못한 언쟁거리도 많을 수밖에 없다. 문제는 지혜로운 해결이다. 우리나라 부부들은 언쟁이나 부부싸움이 발생했을 때 어떤 식으로 타개해 나갈까? 우선 '화해 신호를 보내는 방법'부터 살펴보자. 부부싸움이 있은 후에는 자존심 문제로 화해를 먼저 청하기가 쉽지 않다. 그러나 조사에 응한 남성 53.1%와 여성 48.7% 등 절반에 가까운 기혼자들이 '말'로써 직접 화해를 청한다고 했다. '문자'나 '메일'을 통해 간접적으로 신호를 보내는 비중도 남성 22.8%, 여성 24.6%로 적지 않았다. '부부싸움 후의 화해 현황'을 주제로 결혼 경험자 510명(남녀 각 255명)을 대상으로 실시한 설문 조사의 결과이다.

또 재미있는 사실은 남녀 간의 밀당('밀고 당기기'의 줄임말)은 연애할 때 뿐 아니라 결혼 후에도 계속된다는 점이다. 부부싸움을 한 후 상대가 화해 신호를 보내면 남성은 절반이 넘는 50.9%가 '흔쾌히 응하나', 여성은 39.9%가 화해를 할까 말까 머리를 굴리며 '밀고 당기기를 했다'는 것이다. '못 이긴 척 응했다'는 대답은 남성 27.6%, 여성 34.2%로 두 번째로 많았다.

토라진 배우자 달래기, 男 '외식' - 女 '시간이 약'

부부가 토라진 상태에서 상대의 마음을 돌리기 위해 애용하는 방법도 남녀 간에 달랐다. 남성은 '외식'(29.0%)이나 '직접적인 사과'(23.1%), 그리고 '스킨십'(19.2%) 등의 방법을 주로 동원하나, 여성은 '시간이 약'(28.2%)이라는 식으로 소극적으로 대응하는 유형이 가장 많았다. 그러나 '맛있는 요리'(21.2%)와 '시가 가족에 호의 베풀기'(16.5%) 등과 같은 적극적인 방법을 통해 상대의 마음을 풀어주는 비중도 적지 않았다.

부부 사이가 틀어지면 식사나 가사 등의 문제로 보통 남성들이 불편을 겪는다. 따라서 남성은 외식 등과 같은 적극적인 방법을 동원하나, 여성은 화해에 시간이 걸려도 별로 손해 볼 것이 없다는 생각으로 소극적으로 대응하는 경향이 있다.

부부싸움 후 남성들은 스킨십을 통해 얼렁뚱땅 넘어가려는 경향이 있으나, 그렇게 했다가는 화해는커녕 분란만 더 키우게 될 소지가 높다. 여성들은 이런 식의 해결을 전혀 원치 않기 때문이다.

'부부싸움 후 상대가 스킨십을 통해 화해를 시도할 경우 그 효과'를 묻자 남성은 응답자의 55.7%가 '효과가 크다'고 답했으나, 여성은 63.1%가 '문제만 키운다'(42.0%)거나 '별로 효과가 없다'(21.1%)와 같이 부정적인 대답을 내놨다. '효과가 크다'는 여성은 36.9%였다.

한편 '전 배우자와 부부싸움을 한 후 상대로부터 항복을 받아내는 데 가장 효과적인 방법'을 묻는 질문에서는 '(꽁하게 있으면서 상대에게) 말을 안 한다'(남성 38.8%, 여성 32.7%)고 답한 비중이 가장 높았다. 그 다음으로 남성이 자주 쓰는 방법은 '늦은 귀가'(22.7%)와 '(문을 쾅쾅 닫거나 화를 버럭 내는 등) 감정적 언사'(20.1%) 등이고, 여성은 '식사를 안 챙겨준다'(20.5%)거나 '가사를 소홀히 한다'(17.3%)는 등의 방법을 통해 상대를 제압한다고 했다.

부부싸움을 한 후 화해를 하는 데 걸리는 시간은 여성이 남성보다 길었다. 남성은 '하루'만에 풀리는 비중이 30.7%나 되고, '3일'(20.1%)과 '한나절'(18.6%) 등으로 비교적 짧으나, 여성은 '3일' 정도 지나야 화해한다는 비중이 28.4%로 가장 높았다. 그 뒤로 '7일'(19.3%)과 '14일 이상'(17.0%) 등이 뒤따라 남성보다 사뭇 길다.

부부싸움은 칼로 물 베기?
'No, 이혼의 첩경'

'부부싸움은 칼로 물 베기'라는 속설은 요즘도 통할까? 불행스럽게도 그렇지 않다. 이 속설에 '공감한다'는 반응은 남성 30.7%, 여성 16.2%에 불과하고, 나머지 남성 69.3%와 여성 83.8%는 '상처가 쌓여 곪아 터진다'(남 46.1%, 여 52.2%), '싸움 후 즉시 화해해야 탈이 없다'(남 23.2%, 여 31.6%) 등과 같이 뒤탈을 우려하는 분위기가 높았다.

위의 사실을 입증해주는 조사결과도 나왔다. '전 배우자와 결혼생활 중 냉전이 장기간 지속될 때 나타나는 현상'에 대해 남성은 절반가량인 48.1%, 여성은 3명 중 2명꼴인 65.5%가 '점점 더 멀어지더라'는 경험담을 털어놨다. 그 밖에 소수 의견으로는 남성의 경우 '상대가 조심한다'(25.8%)와 '서로 안 부딪혀 편하다'(17.0%)는 등의 의견을 제시했고, 여성은 '(상대가) 밖에서 한눈을 팔 수 있다'(16.3%)거나 '상대가 조심한다'(11.0%)와 같은 인식을 드러냈다.

냉전이 장기화되면 부부 사이가 점점 더 멀어진다! 남성과 여성 공히 높은 비중의 돌싱들이 지적했으나 응답률 면에서 여성이 남성보다 17.4% 포인트 높은 점도 간과할 수 없겠다. 부부간에 갈등이 생길 경우 특히 여성들은 자존심을 내세워 남편을 장기간 피하는 경향이 있다. 그러다 보면 소원한 관계가 장기화되어 부부관계는 악화일로를 걷게 된다.

그러면 부부간에 토라진 상태로 있을 때 가장 불편한 점은 무엇일까? '답답하다'(39.6%) - '식사를 안 챙겨준다'(22.7%) - '부부관계를 안 가진다'(16.9%) - '처가 가족 볼 때 어색하다'(11.4%) 등이 남성들의 불편사항 1위부터 4위까지이다. 다음은 여성들의 불편사항들로, '시가에 고자질을 한다'(35.3%) - '답답하다'(26.7%) - '배우자에게 부탁을 할 수 없다'(19.6%) - '시가 가족 볼 때 어색하다'(14.9%) 등의 순이다.

남녀 공히, 전 배우자와 싸우면 '내가 졌다'

우리나라 부부들은 언쟁이 발생하면 서로 상대가 이기고 자신이 진다는 인식을 가지고 있었다. '부부싸움의 승자'를 묻는 질문에 남녀 모두 10명 중 6명 정도(남 59.0%, 여 63.7%)가 '전 배우자'라고 답했다.

부부싸움은 대부분 뚜렷한 증거도 부족하고 판단의 근거도 모호하여 승패를 가리기 쉽지 않다. 남녀 모두 자신이 패자라는 인식이 강하다는 것은 그만큼 전 배우자로부터 상처를 많이 받았다는 의미가 된다. 또 다른 한편으로는 부부싸움에서는 승자는 없고 모두 패자라는 뜻도 내포한다.

그렇다면 부부싸움의 승패는 어디에서 갈릴까? 남성은 '전 배우자가 막무가내여서 본인이 졌다'(25.2%)고 답한 비중이 가장 높고, '본인이 논리적이어서 상대를 이겼다'(21.2%)가 그 뒤를 이었으나, 여성은 '배우자가 논리적이어서 본인이 졌다'(21.6%)가 먼저이고 '(본인이) 막무가내로 나가서 (이겼다)'(19.1%)가 그 다음이었다.

일반적으로 부부싸움을 할 때 남성은 논리적인 데 반해 여성은 감정적이다. 따라서 남성은 여성의 막무가내 식 공격에 두 손 들게 되고, 여성은 남성의 논리적 이론 전개에 굴복하는 경우가 많다.

결혼생활 중
배우자 가족과의 관계

베일에 가려졌던 배우자 가족,
결혼 후 실망의 근원!

시가, 특히 시어머니에 대한 며느리의 인식은 최근 많이 개선되기는 했으나 여전히 불편한 존재이다. 요즘은 사위도 백년손님이 아니다. 장모도 '시어머니' 같은 존재로 바뀌어 가고 있다. 결혼은 가족과 가족 간의 결합이라는 인식이 강하여 결혼을 하고 나면 좋으나 싫으나 시가나 처가와 관계를 맺는다. 배우자에 대해서는 결혼 전에 연애를 통해 어느 정도 파악하고 친밀해지기도 하나 그 가족들은 여전히 베일에 싸여 있는 경우가 대부분이다.

이런 연유로 결혼 직후에는 배우자보다 그 가족들에게 실망하는 사례가 더 많다는 조사결과가 나왔다. 연애 때는 미처 몰랐던 배우자 가족을 결혼 후 가까이서 접해보고 실망을 금치 못하는 사람들이 많았다. 이런 반응은 남자나 여자나 별반 다르지 않았다. '전 배우자에 대해 결혼 전에 생각했던 것과 결혼 후 알게 된 실상 사이에 차이가 가장 컸던 사항'을 하나씩 꼽으라고 했더니, 남녀 모두 '가족사항'(남 28.8%, 여 37.1%)에 가장 많은 표를 던졌다. 여성이 남성보다 8.3%포인트 높아 신랑보다는 신부가 더 많이 실망했다는 것을 알 수 있다. 두 번째로는 4명 중 1명 꼴로 지적한 '배우자의 책임감'(남 24.6%, 여 23.5%)이었다.

우리나라에서는 결혼을 하고 나면 여성은 물론 남성도 배우자의 가족들로부터 자유롭지 못하다. 사정이 이렇다 보니 결혼을 하고 나서 이전에 미처 몰랐던 배우자의 가족에 대한 내막을 알고 충격에 휩싸이는 사례가 비일비재하다.

비슷한 맥락에서 '연애 때 모르던 사실을 결혼 후 알고 당황스러웠던 점'을 묻는 질문에서도 '베일에 가려졌던 배우자 가족의 내력'(남 36.0%, 여 41.1%)이 첫 번째로 꼽혔다. 그 뒤를 '배우자의 비이성적 습성, 관행'(남 22.9%, 여 21.8%)이 차지했다. 배우자 가족이 결혼 초기에 뜨거운 감자 역할을 한다는 것을 다시 한 번 확인시켜준다.

부부 사이 벌려놓는 '명절 등 가족모임'

결혼생활을 해본 사람들은 남녀 불문하고 10명 중 6명이 넘게 추석 등 양가의 대소사가 있을 때 전 배우자가 자기 가족 위주로 챙겼다는 인식을 가지고 있었다. 결혼 경험 남녀 각 255명을 대상으로 '추석 등 가족행사 때 전 배우자의 양가 배려상 균형감각'을 조사한 결과, 남성의

61.1%와 여성의 74.1%가 '자기 가족 위주로 챙겼다'고 답한 데서 알 수 있다. '양가를 균형 있게 대했다'는 반응은 남성 20.4%, 여성 9.8%에 불과했다.

여기서도 여성들의 불만이 더 크게 노출됐다. 부부의 위상이 대등해지고는 있지만 가정, 특히 결혼 관행에서는 아직도 과거의 가부장적 잔재가 많이 남아 있기 때문이다.

위와 같은 사실을 뒷받침해주는 또 다른 조사결과가 있다. '양가 가족 관리와 관련하여 전 배우자와 마찰이 가장 컸던 사항'을 묻는 질문에서도 '추석 등 가족행사에 대한 전 배우자의 참여도'(남 24.7%, 여 25.1%)를 가장 많이 선택한 것이다. 그 외 남성은 '평소 관심도'(23.9%)에 이어 '마찰이 없었다'(22.4%)와 '양가 체류 시간'(18.0%) 등의 순이었고, 여성은 '방문 횟수'(21.6%)와 '양가 체류 시간'(16.1%), '평소 관심도'(14.5%) 등을 주요 이슈로 꼽았다.

특기할 사항으로는 남성의 경우 평소 시가에 대한 관심을 중시하고, 여성은 친정과 시가의 방문 횟수에 관심이 높다는 점이다. 또 양가 관리 문제로 마찰이 없었다는 응답에서도 22.4%의 남성과 13.3%의 여성 사이에 9.1%포인트의 차이가 났다는 점을 간과해서는 안 되겠다.

돌싱女, 명절 때 '친정은 아군' – '시가는 적군'

명절이 지나면 여성들이 이혼을 많이 제기한다는 통계가 있다. 시가에서 명절을 보낸다는 것이 대부분의 기혼 여성들에게는 큰 고통 중의 하나라는 증거이다. 실제 결혼생활 중 명절을 맞아 양가를 방문해 보면 여성들의 경우 친정과 시가 사이에 아군과 적군 같은 큰 차이를 느끼고, 남성들도 본가에서는 언행이 진솔하나 처가에서는 가식적인 면이 많아지는 등 남녀 모두 친가와 배우자 가족 사이에 보이지 않는 큰 벽을 느꼈다고 했다.

'이혼하기 전에 명절 등의 각종 가족모임 때 친정과 시가(여성), 본가와 처가(남성)를 방문할 때 양가에서 느껴지는 분위기나 자신의 처신상의 차이'에 대한 조사에서 남성의 30.7%가 '본가에서는 자신의 언행이 진솔한 데 비해 처가에서는 가식적이 된다'고 답했고, 여성은 29.5%가 '친정과 시가의 차이를 아군과 적군 같았다'고 실감나게 표현했다.

친가와 배우자 가족 간의 차이를 실감하게 하는 또 다른 통계가 있다. '전 배우자와 결혼생활을 할 때 친누이동생과 아내(남성), 친오빠와 남편(여성)의 자신에 대한 애정 상 차이'를 묻는 질문에서도 남녀 간의 평가가 확연히 갈렸다. 남성은 자신에 대한 여동생과 아내의 애정상 차이로 '좋을 때와 싫을 때 차이가 극명하다'(28.7%)를 가장 많은 사람들이 선택했고, '천륜이다 vs 깨지기 쉽다'(23.2%), '무조건적 vs 조건부'(17.3%) 등과 같이 둘 사이의 차이점을 지적했다. 여성은 남성과는 달리 '(친오빠는) 감싸주는 존재' vs '(남편은) 헐뜯는 존재'(26.8%)를 친오빠와 남편의 가장 큰 차이로 봤고, '좋을 때와 싫을 때 차이가 크다'(21.7%), '무조건적 vs 조건부'(18.1%)를 각각 두세 번째로 꼽았다.

본가나 친정 식구들은 평소 무덤덤하게 느껴지나 서로 이해하고 감싸주려는 끈끈한 정이 마음속 깊이 자리 잡고 있다. 반면 배우자는 서로 다른 취향과 습성, 수준을 가진 남녀가 성인이 되어 결합하기 때문에 상호 이해나 배려보다는 자기중심적이고 이해타산적인 관계로 자리매김되는 경우가 많다.

기혼 여성들, 시간 지나며 시가에 대한 인식도 개선!

여성들에게는 예나 지금이나 시가 식구는 껄끄러운 존재이다. 그러나 시대가 변하면서 이런 관념도 서서히 변해가는 양상을 보여준다. 돌싱 여성들을 상대로 '전 배우자의 가족에 대한 인식'을 조사한 결과, 2006년도만 해도 시가식구 중 일부는 두려움의 대상이었으나, 2013년도에는 그런 인식에서 탈피한 모습을 보여준다.

우선 2006년도의 설문조사 결과를 살펴본다. 당시 이혼 남녀 각 292명에게 '전 배우자의 가족에 대한 감정'을 묻자 '생각만 해도 진절머리가 난다'와 '별로 생각하고 싶지 않다' 등과 같이 부정적인 반응을 보인 비중이 압도적으로 높았다. 특히 여성은 70.2%로 남성 57.2%를 크게 상회했다. '가끔 보고 싶을 때도 있다'거나 '좋은 감정으로 남아 있다'는 등의 긍정적인 답변은 남성 30.1%, 여성 10.5%였다. '무덤덤하다'는 남성 12.7%, 여성 19.3%이다.

'결혼생활 중 전 배우자의 가족으로부터 서운함을 느꼈던 때'도 남성과 여성 간에 많이 달랐다. 남성은 '다툴 때 배우자를 일방적으로 옹호할 경우'(42.9%)와 '자기 자식만 소중하다고 생각할 때'(30.7%) 처가 가족에게 서운함을 느꼈고, 여성은 '경제적 지원 등 요구사항이 많을 때'(32.5)와

'집안일을 자신들끼리 협의·결정할 때'(26.8%), 그리고 '다툴 때 배우자를 일방적으로 옹호할 때'(24.4%) 시가 가족들이 야속했다고 실토했다.

'결혼생활을 하면서 본인은 친가와 배우자 가족 간에 어떤 비율로 관심을 가졌는가?'에서는 '양가에 비슷하게 대했다'(남 50.1%, 여 33.1%)는 응답자가 가장 많았다. 특히 남성이 두드러졌다. 그 뒤로 남성은 '친가에 3/4, 처가에 1/4 정도 관심을 기울였다'(24.8%)와 '처가에는 거의 관심을 기울이지 않았다'(15.4%)는 답변이 이어졌고, 여성은 '시가에는 거의 관심을 기울이지 않았다'(28.5%)와 '시가에 3/4 정도, 친정에 1/4 정도 관심을 기울였다'(23.1%)의 순을 보였다.

결혼 경험女, "시어머니, 시누이 이제 '겁 안나'"

기혼 여성들은 이제 더 이상 '시금치'를 싫어할 필요가 없겠다. 얼마 전까지만 해도 시가, 시어머니, 시누이 등이 지겨워서 '시'자가 들어가는 단어도 피하고 싶다는 우스갯소리가 있었다. 그러나 이제 여성들이 시어머니, 시누이 등의 시가 식구들을 더 이상 두려워하지 않는 세상이 됐으니 시금치를 싫어할 이유도 없어진 것이다.

2013년 온리-유와 비에나래가 결혼 경험 남녀 518명에게 '전 배우자와 결혼생활 중 가장 대하기 어려웠던 상대 가족'을 꼽으라고 의뢰했더니 7년 전인 2006년도의 조사 때와는 사뭇 다른 결과가 나왔다. 즉 남녀 모두 10명 중 3명이 넘게 '(대하기 어려웠던 사람이) 없었다'(남 32.0%, 여 32.4%)고 답해 가장 높은 비중을 차지한 것. 특히 여성의 경우 '시어머니'나 '시누이'가 대하기 어려웠다고 답한 비중은 각각 10.8%와 7.2%에 그쳐 높지 않았다. 자세한 조사결과를 보면 '없었다' 다음으로 남성은 '장인'(22.8%)을 가장 불편하게 생각하고, '처제와 처형'(18.3%)에 이어 '장모'(16.4%)의 순이다. 여성은 '시아버지'(25.1%)를 시어머니보다 훨씬 높게 꼽았고, '시동생과 시아주버니'(18.0%)가 그 뒤를 이었다.

여성의 지위 향상과 함께 가정 내에서의 위상도 하루가 다르게 높아지고 있다. 이런 시대 흐름에 맞춰 시가에서 며느리를 대하는 태도도 많이 달라졌다. 특히 여성이 먼저 제기하는 이혼이 증가하면서 시가에서 오히려 며느리의 눈치를 살피는 사례가 많다.

'전 배우자의 가족 중 자신을 가장 호의적으로 대해줬던 사람'에 대해서는 남성의 경우 '장모'(46.0%)를 첫 번째로 꼽은 데 이어 '없다'(18.5%)와 '장인'(13.8%)이 뒤따랐고, 여성은 3명 중 1명꼴로 '시아버지'(34.4%)가 가장 호의적이었다고 평했다. '시어머니'(18.9%)가 두 번째로 많았고, '없다'(15.2%)가 그 뒤를 이었다.

'전 배우자의 부모가 자신을 대했던 태도'에 대해서는 남녀 간에 평가가 엇갈렸다. 남성은 '무난했다'(35.9%)는 답변이 가장 많고, '가식적이나마 호의적이었다'(15.8%)와 '어른스럽게 대해줬다'(13.5%), '친아들같이 대해줬다'(12.0%) 등과 같이 악감이 별로 없었다. 여성은 '가식적이나마 호의적이었다'(31.7%)는 답변이 가장 많고, '무난했다'(25.5%)가 그 다음으로 많았다. 그러나 4명 중 1명(25.4%)은 '뭔가 트집을 잡으려 했다'(15.8%)거나 '친자녀와 차별이 심했다'(9.6%)는 반응을 보여 호의적이지 않은 감정을 내비쳤다.

양가 모두 부모의 입장에서 사위나 며느리에게 최선을 다하는 모습이 느껴진다. 그러나 배우자 가족이 아무리 잘 대해준다 해도 친가 가족에는 못 미치고, 또 배우자 가족에게는 처음부터 일정한 거리를 두고 대하기 때문에 처가(혹은 시가) 가족들의 진심을 액면 그대로 받아들이지 못하는 측면도 있다.

결혼 경험女 82%, '이혼 전 자녀는 내 편이었다!'

우리나라의 기혼자들은 남성, 여성 구분 없이 서로 절반 이상이 자녀가 자신의 편이었다고 주장했다. 특히 여성은 10명 중 8명 이상이 이와 같은 생각을 가져 남성보다 훨씬 높았다. 결혼 경험 남녀 492명을 대상으로 '이혼 전 자녀는 부부 중 누구의 편이었나?'라는 조사를 벌인 결과 '내 편이었다'는 비중이 남성은 57.1%, 여성은 무려 81.9%에 달한 것이다. 그 밖에 남성은 '배우자의 편이었다'(21.7%)와 '양쪽 비슷했다'(21.2%)는 응답 사이에 큰 차이가 없었다. 여성은 '양쪽 비슷했다'가 13.8%이고, '배우자 편이었다'는 4.3%에 그쳤다.

여성은 임신부터 출산, 양육 등의 전 과정에 걸쳐 자녀와 밀접한 관계를 유지할 뿐 아니라 자녀에 대한 애착 또한 강하다. 남성들은 평소 친밀도나 애정표현 측면에서는 아무래도 여성에 뒤진다. 하지만 핏줄에 대한 관념이나 책임감 측면에서 깊은 관심을 가지고 있으므로 자녀도 이런 아버지의 마음을 헤아려주기를 희망한다.

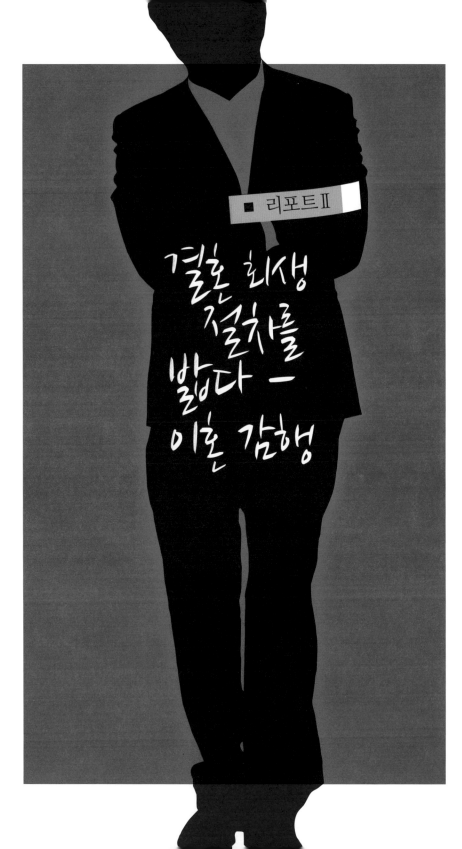

리포트 II

결혼 희생
절차를
받다 —
이혼 감행

인생의 쿠데타가 아닌 혁명을 기대하며~

사업이 망해서, 명예퇴직 당해서, 바람을 피워서, 장모나 시어머니 등살에 못 이겨서, 몰상식한 언행을 견디기 힘들어서, 사고방식이 달라서…. 부부의 조합이 각기 다르듯 결혼생활에서 생기는 불화도 각양각색이다.

혼인 상태를 유지하느냐 깨느냐? 어떻게 보면 종이 한 장 차이이다. 이혼을 하는 부부라고 하여 특별히 문제가 있는 것도 아니고, 또 결혼생활을 계속 유지하는 부부라고 하여 문제가 없는 것도 아니다. 좀 더 참고 덜 참고의 문제이고, 직면한 상황을 어떻게 관리하느냐의 '선택상'의 문제일 따름이다. 미국의 빌 클린턴 전 대통령의 경우를 보면 금방 알 수 있다. 그가 모니카 르윈스키와 스캔들을 일으켰을 때 그의 부인 힐러리 클린턴은 이혼을 할 수도 있었고 그대로 참고 살 수도 있었다. 이혼을 한다고 그에게 돌을 던질 사람은 아무도 없었을 것이고, 또 참고 산다고 하여 손가락질할 사람도 없다. 선택은 순전히 당사자의 몫이다. 또 이혼 결정에는 사회적인 분위기도 큰 몫을 차지한다. 이혼도 일종의 유행이요, 사회적 흐름이다. 똑같은 문제라도 5년 혹은 10년 전에 발생했을 때와 지금 발생할 때 그 결과에는 엄청난 차이가 있을 수 있다. 이혼에 대한 사회적 인식도 다르고 이혼 시 적용되는 법규도 많이 달라지기 때문이다.

이혼과 재혼 관련 사고, 유행처럼 바뀐다?

어쨌든 결혼은 인륜지대사이다. 그것을 깰 때는 그만한 사유가 있어야 한다. 진지하게 다각도로 심사숙고해야 한다. 순간적인 감정이나 단편적인 판단으로 결정할 사안이 아니다. 이혼을 한다고 해서 미래가 밝으리라는 법도 없고 또 불행하리라는 예단도 불가하다. 불가피하게 이혼을 택했다면 마무리도 잘 해야 한다. 인생행로를 뒤집는 결단을 내렸다면 인생의 쿠데타가 아니라 혁명이 돼야 한다. '결혼은 인생 최대의 비즈니스'라고 하지 않았던가! 결혼이 비즈니스라면 정리할 때도 비즈니스다워야 한다. 손익계산서를 철저히 따져봐야 한다는 의미이다. 밑지는 장사가 아니라 남는 장사를 해야 한다. 재혼할 때 이득이 될 만한 사항은 챙기고 부담 요인은 가급적 줄여야 한다. 그래야 재혼을 할 때 협상력이 높아지고, 혼자 살더라도 뒤가 든든

하다. 초혼 때 남성은 물론 여성도 결혼 준비를 얼마나 많이 하는가! 재혼에도 준비
가 필요하다. 그러나 막상 이혼을 하고 나면 재혼을 할 때까지 별로 시간이 없다. 남
성은 평균 0.7년, 여성은 0.3년 만에 재혼을 하기 때문이다. 결국 이혼을 할 때 이미
재혼 상대로서의 등급이 거의 다 정해진다는 의미가 된다.

이혼하려면… 손익계산서 철저히 따져야!!

    그렇다고 억지나 생떼를 동원하라는 것은 절대 아니다. 이혼 위기에 처하기는 했
지만 부부의 인연을 맺었던 사람이니만치 끝까지 예를 갖춰야 한다. 또 쿠데타가 아
닌 혁명이 되기 위해서는 모든 절차나 결정이 상식과 순리에 기반을 둬야 한다. 그
래야 추후에도 일이 꼬이지 않는다. 단지 합리적인 선에서 준비할 것은 준비하고, 챙
길 것은 철저히 챙겨야 한다는 뜻이다.

이혼의
발단과 원인

초혼 실패 원인?
男 '상대파악 미흡' – 女 '아량부족'

"그쪽도 결혼생활 할 만큼 했을 텐데 이 나이에 왜 헤어졌나요?"

"잘 아시겠지만 살다 보면 사소한 것 가지고 토닥토닥 싸우게 되잖아요? 그런 게 쌓이고 쌓이다 보니 시쳇말로 정년 이혼을 한 거지요. 여태까지는 애들 학교 뒷바라지도 해야 되고 해서 그냥 참기도 하고 무시하기도 하면서 살았는데…, 남은 인생이라도 그 그늘에서 벗어나고 싶더라고요."

"그런데 전 배우자의 어떤 점이 그렇게 힘들었나요?"

"솔직히 양쪽 모두에게 책임이 있지요. 자그마한 것 갖고 트집 잡고 자존심 내세우다 보면 장기간 소원해지고…. 그런 일이 잦아지면 한집에 살아도 남남이 되는 거죠 뭐. 그러시는 그쪽은 왜 가정을 깨셨나요?"

"아, 예…. 남자들이 대부분 그렇듯 나도 겉만 보고 속은 들여다보지 않고 서둘러 결혼을 했었죠. 결혼해서 살아 보니 결혼 전에 생각했던 사람과 완전히 딴판이더라고요. 아기 생기고는 이혼할 분위기도 못되고, 언젠가는 나아지겠지 생각하며 살아오다가 결국…."

재혼 맞선에서 만난 58세의 남성 P씨와 51세의 여성 C씨가 나누는 대화 중 일부이다. 서로 상대의 이혼 사유를 묻고 있다.

이혼에 이르게 된 배경도 저마다 다르다. 사람을 잘못 보고 결혼을 한 경우도 있고, 살면서 상황이 꼬였을 수도 있다. 혹은 상대를 대하는 태도상의 문제일 수도 있다. 거기에 시가나 처가 등 제 3자가 개입되기도 한다. 남성들은 상대를 잘 모르고 결혼한 것이 이혼의 가장 큰 원인이라고 생각하고, 여성들은 결혼생활을 하면서 서로 이해하려는 자세, 즉 아량이 부족하여 파경을 맞게 됐다는 인식의 소유자가 가장 많았다. 온리-유가 이혼 경험 남녀 550명을 대상으로 '초혼에 실패한 근본 원인'을 조사한 결과이다.

이 질문을 받은 남성들 중 42.2%가 '결혼 전에 상대 파악이 부족했다, 즉 상대를 잘 모르고 결혼했다'고 답했고, 여성은 34.9%가 '살면서 서로 이해하려는 자세가 부족했다'고 답해 최다 의견을 기록했다. 2위 이하는 남성의 경우 '살면서 아량의 부족'(22.5%)과 '결혼생활 중 예기치 못한 일의 발생'(16.2%) 등이 꼽혔다. 여성은 '잘 모르고 결혼해서'(23.3%)와 '궁합이 잘 안 맞아서'(19.7%) 등이 아량 부족의 뒤를 이었다.

男 29%, '처가 간섭'이 이혼 촉발!

결혼생활을 하다 보면 이런저런 문제가 발생한다. 그중에서도 이혼이라는 최후 수단을 꺼내들게 한 요인이 무엇일까? 남성들 중에서는

28.9%가 '처가의 간섭'이라고 답해 가장 높은 비중을 차지했다. '몰상식한 언동'(22.9%)과 '급여 관리상 문제'(17.4%) 등이 2위와 3위를 차지했다. 이에 반해 여성은 절반이 넘는 53.0%가 '몰상식한 언동'을 이혼 촉발 요인으로 꼽았다. '경제적 치명상'(17.8%)과 '부정행위'(13.0%) 등이 그 다음 순위로 꼽혔다.

이 조사결과에는 시대 변화를 실감하게 하는 의미 있는 내용들이 많다. 우선 남성들이 지적한 처가의 간섭이다. 이는 장서갈등, 즉 장모와 사위 간의 불협화음을 뜻하는데 최근 이혼의 중대 요인으로 부상하고 있다. 여성들에게서 고부갈등이 줄어드는 점과 대비된다. 한편 여성은 물론 남성도 상대의 몰상식한 언동을 이혼의 단초로 많이 지적했다. 이는 자아의식이 강하고 개성과 취향이 뚜렷해지는 반면 인내심은 취약하여 자그마한 언쟁도 큰 문제로 비화하는 데 기인하는 바 크다. 다음 세 번째로는 배우자의 부정행위이다. 남성은 15.0%, 여성은 13.0%가 이혼의 원인으로 꼽아 남성이 더 높게 꼽은 점도 특기할 만하다.

냉정하게 생각해본 이혼 책임?
男 '양쪽 모두' – 女 '상대방'

이혼 얘기가 오고갈 정도가 되면 이성보다는 감정이 앞서기 쉽다. 모든 대화나 논리도 감정적으로 흐르기 쉬운 것. 이혼 당시 생각한 이혼의 주요 원인과 일정 시간이 지난 후 냉정을 되찾고 생각해 본 이혼의 이유에는 어떤 차이가 있을까?

헤어질 당시, 즉 감정이 머리끝까지 솟구쳐 있을 때는 남성 47.5%와 여성 64.5%가 '상대방, 즉 전 배우자'에게 이혼의 책임을 돌렸다. '양쪽 모두의 잘못'(남 38.1%, 여 33.7%)이라는 의견이 그 다음으로 많았고, '본인의 잘못'이라는 응답률은 남성 14.4%, 여성 1.8%에 그쳤다.

응답 순서는 남녀 비슷하지만 세부적으로 살펴보면 유의미한 차이가 있다. '상대방의 잘못'으로 답한 비중에서 여성이 훨씬 더 많은(17.0%포인트) 반면 '본인의 잘못'이라고 답한 비중은 남성이 12.6%포인트 더 높다. 기혼 부부들을 대상으로 배우자나 결혼생활에 대한 만족도 조사를 하면 일관되게 여성들의 불만지수가 높다. 이혼의 책임에 대한 조사결과도 이런 현상과 맥을 같이한다고 볼 수 있다.

'전 배우자와 이혼을 하고 어느 정도 시간이 지난 시점에서 생각해 볼 때 이혼의 주범'을 묻는 데서는 남성의 경우 '양쪽 모두의 잘못이었다'(45.1%)는 의견이 가장 많았고, '상대방의 잘못'(31.9%), 그리고 '본인의 잘못'(23.0%) 등의 순으로 생각이 바뀌었으나, 여성은 헤어질 당시와 마찬가지로 '상대방의 잘못'이라는 대답이 52.0%로 절반을 넘었고, '양쪽 모두의 잘못'(40.1%)이 뒤를 이었다. '본인의 잘못'은 7.9%이다.

그러나 여성도 '상대방의 잘못'으로 답한 비중은 이혼 당시에 비해 12.5%포인트 감소한 반면 '양쪽 모두의 잘못'과 '본인의 잘못'은 각각 6.4%와 6.1%포인트 증가했다.

'전 배우자 입장에서 볼 때 결혼생활 중 자신에게 가장 서운하게 느꼈을 것 같은 사항'에 대해서는 남성과 여성의 의견이 일치했다. '자기중심적인 면'(남 46.9%, 여 38.5%)을 지적한 비중이 압도적으로 높고, '감정적인 면'(남 14.1%, 여 16.5%)이 뒤따랐다.

이혼 배경, 男 '예기치 못한 일 발생' – 女 '쌓이고 쌓여서'

'전 배우자와 이혼에 도달할 때까지의 과정과 배경'에 대해서는 남녀 간에 현격한 차이를 보였다. 남성은 '예기치 못한 일이 발생하여'(36.4%)와 '쌓이고 쌓여서'(34.2%), 그리고 '별 것 아닌 게 꼬여서'(27.4%) 등의 3가지 요인을 비슷한 비율로 꼽았으나, 여성은 '쌓이고 쌓여서'(80.2%) 이혼을 선택했다는 데 의견이 집중됐다.

이혼을 고려할 정도의 심각한 문제는 보통 남성이 그 단초를 제공한다. 따라서 남성은 이혼의 원인을 주변 상황으로 돌리려는 경향이 있으나, 당하는 입장의 여성은 한 번 두 번 참고 또 참다가 결국 이혼이라는 최후의 카드를 꺼냈다는 인식이다.

돌싱들, '지금 생각해보니 궁합이 문제였어~'

뭔가 불행한 일이 발생하거나 일이 꼬이면 '운명' 탓으로 돌리는 사람들이 많다. 이혼 남녀들에게 '운명적 요인 중 자신의 결혼생활에 가장 큰 영향을 미친 사항이 무엇이었나?'하고 물었더니 돌아온 대답은 남녀 간에 완전히 딴판이었다. 남성은 '없다'는 대답이 45.8%로 가장 많고, '궁합'(32.7%)과 '사주'(13.1%) 등이 뒤따랐으나, 여성은 궁합이 나빠서 이혼하게 됐다'는 답변이 31.6%로 가장 많아 남성과 대조를 보였다. '사주'(26.5%)가 뒤를 잇고, '없다'는 21.1%, '이름이 나빴다'도 11.8%를 차지했다.

여기에서도 '없다'는 응답 비중에서 남녀 간에 큰 차이를 보였고, 또 남녀 구분 없이 돌싱 3명 중 1명꼴로 궁합이 결혼생활에 영향을 미쳤다고 봤다.

불행이나 시련이 닥칠 경우 특히 여성들은 외부 요인, 즉 운명으로 원인을 돌리는 경향이 있다. 이혼 여성들 중에는 이름을 고치거나 종교를 가지는 비중이 매우 높은데, 이런 일련의 조치들도 운명을 바꾸려는 시도로 볼 수 있다.

전 배우자와의 궁합에 대해서는 부정적인 답변이 우세했다. 초혼 때 궁합을 봤다는 결혼 경험자들을 상대로 '전 배우자와의 궁합이 어땠나?'라는 질문을 던졌더니 남성의 49.5%와 여성의 40.1%가 '별로 안 좋았다'(남 9.5%, 여 21.6%)거나 '결혼 못 하게 했다'(남 35.2%, 여 18.5%)와 같이 부정적이었다고 답했다. '(궁합이) 그저 그랬다'는 대답은 남성 37.9%, 여성 30.7%였고, '좋았다'고 긍정적으로 답한 비중은 남성 12.6%, 여성 29.2%에 불과했다.

돌싱女, 살아 보니 '궁합, 믿었어야'

'이혼을 한 후에 생각해 볼 때 결혼 전에 본 궁합은 어느 정도 정확했나?'에서는 남성의 경우 '반은 맞고 반은 틀렸다'(43.2%)가 가장 많고, '맞았다'(38.0%)가 그 다음이었다. '안 맞았다'는 18.8%로 낮았다. 여성은 '맞았다'(43.0%)가 가장 많고, '반반 정도'(29.4%)와 '안 맞았다'(27.6%)가 비슷한 비중을 차지했다.

초혼 때 본 궁합에 대해 맞았다는 대답이 안 맞았다는 대답보다 월등히 높다. 이는 지나서 볼 때 당시의 결혼 결정에 후회스러운 부분이 많았음을 의미한다고 볼 수 있다.

고부갈등은 옛말, 장서갈등이 대세!

35세 이하 이혼 사유, 男 '장서갈등' 1위 vs 女 '고부갈등' 3위

"김서방! 퇴근했는가?"

"아직입니다. 회사 끝나고 업무상 중요한 약속이 있어서 거래처 사람과 식사 중입니다."

"거래처는 무슨 거래처! 퇴근시간이 되면 매일같이 술친구 찾는다고 여기저기 기웃거리면서…. 결혼한 지 얼마 되지 않았는데 허구한 날 밤늦게 들어오고, 들어올 때면 술에 떡이 돼 있고, 거기에 주사까지…. 우리 은정이 그렇게 독수공방 시킬 거면 뭐 하러 결혼했나?"

공기업에 다니는 34세 남성 P씨는 장모로부터 이와 같은 전화를 자주 받았다. 전화뿐 아니라 아예 장모가 집에 와서 훈계를 하는 경우도 허다했다. 그런 후에는 당연히 아내와 언쟁을 벌인다. 부부간 다툼이 있으면 다음날 바로 장모의 귀에 들어가게 되고, 이는 사위에 대한 또 다른 추궁으로 이어졌다. 참다못한 P씨는 외박이나 외출이 잦아졌고 자연히 결혼도 파국으로 치달았다. 결국 1년 반 정도의 결혼생활을 청산했다.

또 다른 비슷한 사례를 보자!

모 종합병원 내과의사인 34세의 여성 S씨는 2009년 9월 같은 병원 외과의사인 37세의 남성 N씨와 축복 속에 결혼식을 올렸다. 그러나 결혼의 기쁨도 잠깐. 서울 출신의 아내와 경상도 출신의 남편 사이에는 사고 방식과 생활습성 차이로 크고 작은 언쟁이 끊이지 않았다. 그중에서도 가사분담 문제와 급여관리 방식 등이 가장 큰 이슈였다. 같은 의사로 맞벌이를 하는 상황에서 여성은 당연히 가사도 적절히 분담하기를 원했다. 그러나 경상도 지방의 가부장적인 집안에서 자란 남편은 권위적인 자세로 일관했다. 거기에 더해 가사도우미를 쓰라는 장모의 제의마저 사생활 방해를 이유로 거절했다. 근처에 살며 딸 부부의 집에 들러 가사를 돌봐주던 S씨의 친정어머니가 이들 사이에 끼어들면서 문제는 점점 확대됐다. 사위에게 이런 저런 잔소리와 불만을 늘어놓은 것이다. "커피나 물은 아내에게만 시키지 말고 직접 좀 가져다 마셔라", "휴일에는 청소기도 돌리고 자동차 세차도 좀 하라", "급여는 여자가 관리하게 하여 빨리 전세에서 벗어나도록 하라" 등등. 부부간은 물론 장모와 사위 간의 갈등마저 심해지자 더 살아봐야 개선의 여지가 없다고 판단한 이들 부부는 누가 먼저랄 것도 없이 합의이혼 절차를 밟았다.

위 두 사례의 공통점은 모두 여성의 친정어머니가 적극 개입하면서 갈등을 부추겼다는 점이다. 사위에 대한 장모의 간섭은 사위로 하여금 딸은 물론 처가까지 멀리하게 하여 이혼의 촉매제 역할을 한다. 이와 같은 장모와 사위 간의 갈등, 즉 장서갈등에 따른 이혼은 결혼 초기인 35세 이하에서 특히 많다. 실제 2011년 한 해 동안 온리-유와 비에나래에 접수된 35세 이하 재혼 상담 신청자 329명(남 141명, 여 188명)의 '이혼 배경'을 분석한 결과에서도 이런 사실이 증명된다. 이 조사에서 남성의 경우 '처가의 간섭과 갈등'으로 이혼한 비중이 26.2%를 차지하여 가장 높았다. 이 수치는 여성들이 '시가의 간섭과 갈등'으로 이혼한 비중(17.0%)보다 무려 9.2%포인트나 높아 새로운 이혼 추세로 자리 잡아가고 있음을 보여준다.

참고로 35세 이하의 이혼 경험자에게서 나타나는 이혼 사유를 보면 남성의 경우 장서갈등에 이어 '성격, 습성 상의 차이'(21.1%), '배우자의 부정행위'(15.4%)가 2위와 3위를 차지했다. '경제적 요인'은 13.8%였다. 여성은 '배우자의 부정행위'(28.0%)가 가장 높고, '경제적 요인'(24.8%)이 바짝 뒤를 쫓았다. '시가의 간섭'(16.8%)과 '가치관, 습성상의 차이'(13.2%) 같은 전통적인 요인들도 여전히 여성들의 이혼 사유 중 무시할 수 없는 위치에 있다.

남성이 주요 이혼 사유로 꼽은 처가의 간섭에는 가정경제나 가사, 자녀 계획은 물론 가족의 대소사, 시가 관계 등 제반 사항에 대해 장모 등 배우자 가족이 개입하는 것을 뜻한다. 여성이 결혼 파탄의 치명적인 원인으로 꼽은 배우자의 부정행위에는 결혼 전부터 교제해오던 이성과의 불륜관계 유지, 직장동료와의 부적절한 관계, 그리고 잦은 외박과 늦은 귀가 등이 포함돼 있었다. 한편 35세 이하에서 경제적인 요인으로 이혼하는 비중은 35세 이상의 연령층에 비해서는 상대적으로 낮았다. 또 그 의미상에도 차이가 있었다. 사기 결혼이 있는가 하면, 신혼집에 대한 남성의 준비 미흡이나 혼수예단에 대한 여성의 소홀도 경제적인 요인으로 분류됐고, 가장 혹은 주부로서의 책임감 결여, 과소비 등도 여기에 포함됐다.

장서갈등의 심화 현상은 딸을 둔 부모의 입장에서는 이해되는 측면도 없지 않다. 자녀에 대한 성별 선호도가 사라졌을 뿐 아니라 성장과정에서도 아들에 비해 딸이 더 착하고 반듯하게 자라는 경우가 많기 때문에 딸에 대한 애정이 각별하다. 그런 딸이 결혼 후 부당한 대접을 받거나 결혼생활이 고통스러울 경우 방관하기 쉽지 않을 것이다. 그렇다고 엄연한 성인의 부부생활에 무분별하게 간섭하고 개입하다 보면 더 큰 문제를 야기할 수 있으므로 신중을 기해야 한다.

최근에는 20년 이상 장기간 결혼생활을 유지해온 부부의 이혼도 증가하고 있기는 하나 아무래도 결혼생활이 짧으면 이혼 결정도 쉽다. 혼인 유지 기간이 길면 자녀문제나 재산, 이혼 후의 생활 등과 같은 난제들이 복잡하게 얽히고설키기 때문에 이혼을 쉽게 결정하지 못한다. 그러나 결혼 초기에는 이해관계가 비교적 단순하고 최근의 이혼 보편화 현상까지 겹쳐 쉽게 갈라서는 형국이다.

장서갈등에 의한 이혼이 증가하는 데는 35세 이하의 결혼 초기 이혼자가 늘어나는 추세와도 연관이 있다. 통계청 자료에 의하면 결혼 4년차 이하의 이혼 건수가 2011년 3만700건, 2012년에는 2만8,200건으로 꾸준히 일정 수준을 유지하고 있다. 또 비에나래가 온리-유와 공동으로 조사한 통계에서도 비슷한 현상을 보인다. 즉 2009년에는 전체 재혼 신청자 2,382명(남 1,081명, 여 1,301명) 중 35세 이하가 7.9%(남 7.7%, 여 8.1%) 수준이었으나, 2011년에는 11월 현재 전체 2,564명(남 1,152명, 여 1,412명) 중 11.1%(남 10.7%, 여 11.4%)를 차지하여, 2년 사이에 3.2%포인트(남 3.0%P, 여 3.3%P) 증가한 것이다.

2012년 현재 초혼 평균연령이 남성 32.1세, 여성 29.4세인 점을 감안하면 결혼생활을 별로 하지도 않은 채 이혼을 결정하고, 또 이혼 후 바로 재혼 준비에 들어간다는 것을 알 수 있다.

이혼의
징조

**이혼 경험자, 첫 권태기가
이혼의 중대 고비!**

첫 권태기 때 이혼의 기로에 선다!

이혼 경험 남녀 각 268명의 첫 번째 권태기 도래 시점과 이혼을 진지하게 고려한 시점을 비교·분석한 결과 상당수가 겹치는 것으로 확인됐다.

첫 번째 질문으로 '전 배우자와 결혼생활 중 첫 번째 권태기가 찾아온 것은 언제였나?'라고 묻자, 조사에 참여한 남성의 39.6%가 '1년이 경과한 시점'이었다고 답해 가장 많았다. 그 뒤로 '3년'(22.8%)과 '6개월'(17.2%), '5년 이상'(11.6%) 등이 이어졌다. 한편 여성은 35.1%가 '3년'으로 답해 남성보다 권태기가 늦었다. '6개월'(20.9%)과 '5년 이상'(17.5%), '1년'(13.8%) 등이 뒤따랐다.

두 번째 질문으로 '전 배우자와 결혼생활 중 이혼을 진지하게 고려하게 된 것은 결혼 후 얼마가 지난 시점이었나?'라고 물었다. 이 질문을 받은 남성 29.1%가 '1년'을 꼽아 권태기 도래시점과 일치하는 비중이 높았다. 그 외 '결혼 후 3년'(17.9%)과 '5년'(15.7%), '6개월'(12.3%) 등의 순으로 나타났다. 여성은 '7년'(27.6%)으로 답한 비중이 가장 높아 역시 남성보다 이혼을 신중하게 고려한다는 것을 알 수 있고, '5년'(17.2%)과 '15년'(14.9%), '3년'(11.9%) 등이 뒤를 이었다.

위의 두 조사결과를 종합해 보면 남성의 경우 첫 번째 권태기를 맞은 것도 결혼 후 1년과 3년이 경과한 시점이 가장 많고, 이혼을 진지하게 고려하기 시작한 것도 똑같이 1년과 3년이 가장 많아 첫 번째 권태기 때 이혼의 중대 기로에 선다는 것을 알 수 있다.

남성들은 배우자 조건으로 외모나 신체조건을 중시한다. 그러나 결혼 후 일정 기간이 지나면 배우자에 대한 신비감이 사라지고 단점이 서서히 노출되면서 실망과 함께 싫증을 느끼게 된다. 새로운 것을 추구하는 성향까지 합세하여 이혼이라는 생각이 불쑥불쑥 솟구쳐 오른다. 이럴 때 장서갈등 등이 겹치면 결혼이 위기에 봉착하기 쉽다.

그러나 여성의 경우는 권태기 도래시점과 이혼고려 시점상에 유의미한 공통점이 미약하다. 권태기와 이혼 간에 특별한 관계가 없어 보이는 것이다. 여성들은 결혼 후 일정 기간이 지나면 자녀를 출산하는 등 배우자 외에 집중할 대상이 생긴다. 권태기를 맞더라도 자녀 등에 의지하면서 결혼생활의 무료함을 이긴다.

이혼 단행 기간, 男 '6개월' – 女 '5년 이상'

'이혼 결심 후 실행으로 옮기는 데 걸린 기간'도 남성과 여성 간에는 큰 차이가 있었다. 남성은 이혼하기로 결심하면 '6개월'(27.3%) 내에 이혼을 단행하는 경우가 가장 많고, 그 다음으로는 '1년'(18.2%)과 '1.5년'(15.9%)이 걸렸다. 여성은 이혼 결심 후 단행까지 '5년 이상'(33.1%)이 걸렸다는 비중이 3명 중 1명꼴인 33.1%를 차지해 가장 많았다. '3년'(26.7%)과 '2년'(15.2%)이 그 다음으로 높았다.

여성이 남성보다 신중하게 이혼에 임한다는 것을 알 수 있다. 그러나 한편으로는 이혼을 여성이 제기하는 경우가 많기 때문에 여성은 오랫동안 심사숙고한 후에 실행에 옮기나, 남성은 본인 의사와 무관하게 이혼을 당하는 사례가 많아 기간이 짧게 걸릴 수밖에 없다.

야속한 당신!!
男 '본척만척' – 女 '외박'

서로 믿고 결혼했다가 이혼으로 갈 때는 고비도 여럿 있었을 것이다. 섭섭할 때, 미울 때, 한탄스러울 때, 꼴도 보기 싫을 때, 원수 같을 때…. 그러면 결혼생활을 하면서 배우자가 가장 야속하게 느껴질 때는 언제였을까? 아내가 본척만척 무관심할 때 남편은 야속한 마음에 가슴이 아린다. 아내 또한 시도 때도 없이 늦게 귀가하거나 외박을 일삼는 남편을 지켜보며 치를 떤다.

2011년 11월, 이혼 경험 남녀 각 254명에게 '이혼 전 배우자가 가장 야속하게 느껴졌을 때가 언제였는지'를 말해달라고 주문했다. 이 질문에 남성은 35.4%가 '본척만척 무관심할 때'를, 여성은 절반이 넘는 54.3%가 '늦은 귀가와 외박'을 각각 첫손에 꼽았다. 또 남성 27.6%와 15.8%는 각각 '늦은 귀가와 외박'과 '부부관계를 거절할 때'로 답해 두 번째와 세 번째로 많았다. '같이 식사 안 해줄 때'라는 응답자도 11.9%였다. 여성은 '생활비 안 줄 때'(19.7%)와 '본척만척 무관심할 때'(14.8%), 그리고 '부부관계 거절할 때'(8.4%) 등이 늦은 귀가와 외박의 뒤를 이었다.

한집에 살면서 본척만척하거나 귀가가 불규칙적이면 배우자로서 모멸감을 느낀다. 결혼생활의 핵심이 상호 관심과 존중이기 때문이다.

야속한 단계를 지나면 이혼의 징조가 나타나기 시작한다. 그 대표적인 현상이 '대화 단절'이다. 남성 35.8%, 여성 34.7%가 지적한 이혼의 징조이다. 두 번째로는 '각방 사용'(남 19.7%, 여 21.6%)이 꼽혔다. 그 밖에도 남성은 '언어폭력'(14.2%)과 '잦은 외박, 외출'(11.8%), '별거'(11.0%) 등을 위험신호로 봤고, 여성은 '잦은 외박, 외출'(17.2%)과 '폭언, 폭행'(11.6%), '별거'(8.9%) 등의 순으로 지적했다.

부부간에 대화가 없거나 각방을 사용한다는 것은 서로 마음의 문을 닫는다는 것을 의미한다. 이와 같은 현상이 장기간 지속되면 관계가 점점 소원해지고 불신은 갈수록 깊어져 결국 돌아올 수 없는 루비콘 강을 건너게 된다.

놀라운 사실은 결혼생활 중 이혼이라는 단어가 일단 입 밖으로 나오면 이미 되돌리기 어려울 정도로 마음이 굳어진 상태라는 것이다. 이혼 남녀에게 '부부간에 이혼 문제가 본격화됐을 때 양측의 이혼에 대한 입장이 어떤 상태였나?'고 물었더니 '결심이 확고한 상태였다'(남 54.0%, 여 60.3%)는 대답이 절반을 넘었다. '화가 나서 무의식 중에 이혼하자고 했다'는 반응은 여성 21.4%, 남성 10.7%로 여성이 두 배 정도 많았다. 반면 '위협 차원에서 이혼하자고 했다'는 비중은 남성이 13.4%이고 여성은 6.3%로 남성이 훨씬 많았다. 그 외 '심사숙고한 상태에서 이혼을 거론했다'(남 16.1%, 여 8.5%)는 비중도 남성이 높았다.

남녀 이구동성,
이혼은 '내가 먼저' 제기했다!

전 배우자와의 이혼은 누가 먼저 제의했나? 이 물음에 남성 38.0%와 여성 46.0%가 '본인'이라고 주장해 그 다음으로 높은 '전 배우자'(남 27.7%, 여 33.9%)를 10.0%포인트 이상씩 따돌렸다. 본인이라고 대답한 비중에서 여성이 남성보다 8.0%포인트 더 높다. 그 외 제 3자가 이혼을 주도했다는 의견도 상당히 높았다. 남성은 28.6%, 여성은 17.9%였다. 남성은 '전 배우자의 가족'(16.1%)과 '본가 가족'(12.5%)을 이혼 주동자로 꼽았고, 여성은 '본가 가족'(12.1%)과 '자녀'(5.8%)로 답했다.

주목할 사항은 남성은 처가 가족들에 의해 이혼을 당하는 사례가 상당히 많으나, 여성이 시가 가족에 의해 이혼을 당하는 경우는 별로 없다는 점이다.

돌싱男, '이혼 결심한 후 아내가 집 나가'
이혼 결심이 서면 꼴 보기 싫은 남편을 피해 여성이 집을 나간다! '이혼을 결심한 후부터 최종적으로 갈라설 때까지의 부부간 거주 형태'에 대한 조사에서 남성의 26.1%가 '배우자가 집을 나갔다'고 답했고, 여성은 38.8%가 '본인이 집을 나갔다'고 답한 데서 알 수 있다. '각방을 사용하는' 비중이 남성 21.7%, 여성 25.8%로 두 번째로 높았다. '배우자의 외박이 잦아졌다'는 남성도 15.2%나 됐고, '배우자가 집을 나갔다'는 여성 역시 19.4%로 적지 않았다.

이혼 문제가 불거지면 부부 모두 이혼을 피해보려고 노력한다. 특히 많은 경우 이혼의 원인을 제공하는 남성 측이 더 적극적이다. '이혼을 막기 위한 노력'에 대한 조사에서 남성은 '사과를 하거나 이해를 구했다'(20.8%)는 대답이 가장 많았고, '배우자의 가족이 만류했다'(16.2%)와 '자녀가 말렸다'(13.2%)와 같이 본인이든 제 3자든 간에 이혼을 막아보려고 노력했다는 점을 강조했다. 여성은 '숙려기간을 가졌다'(19.4%)거나 '이혼을 막으려는 노력이 별로 없었다'(18.8%)고 답해 이혼을 기정사실로 받아들인 비중이 높았다.

이혼 억지효과 1위? '사회생활상 불이익'

이혼을 못할 리는 없지만 아직도 꺼림칙한 것은 사실이다. 가장 큰 이유는 이혼 후 혹시 있을지 모를 각종 불이익이다. 이혼 남녀 496명(남녀 각 248명)을 대상으로 실시한 '가능하면 이혼을 하지 않도록 억지효과가 가장 컸던 사항'에 대한 설문조사에서도 이 점을 가장 우려했다. 남성 응답자의 30.6%와 여성의 36.3%가 '향후의 사회생활이 걱정됐다'고 토로했다. 그 외 이혼을 망설이게 한 요인들로 남성은 23.8%가 '정서적 문제',

16.9%는 '가족, 친지 보기 민망해서', 그리고 13.7%는 '이혼 딱지' 등을 2 위에서 4위로 꼽았다. 여성은 향후의 사회생활에 이어 '가족, 친지 보기 민망해서'가 30.2%를 차지해 남성보다 월등히 높고, '이혼 딱지'(18.2%) 와 '이혼 후의 경제력'(12.1%) 등을 주로 걱정했다.

이혼이 늘고는 있지만 여전히 주변의 시선에서 자유롭지 못한 게 사실 이다. 사회생활에서 직간접적인 불이익과 불편을 감수해야 하기 때문에 가능하면 참고 살거나 이혼을 해도 주변에 알리지 않는 사례가 많다.

'부부사이가 위기에 처했을 때 최대한 참게 만든 배우자의 장점'으로는 남성이 '자신에 대한 사랑, 애정'(24.6%)을 첫손에 꼽았고, '과거의 추억' (17.2%)과 '만족스러운 성생활'(14.8%)을, 여성은 '과거의 추억'(27.6%)을 생각하며 파국을 막아보려 애쓴 경우가 가장 많았고, '자녀에 대한 사랑' (24.1%)과 '성실근면성'(20.7%), 그리고 '자신에 대한 사랑, 애정'(13.8%) 등이 버팀목 구실을 했다고 답했다.

이혼 대비
사전 조치 사항

기혼女 넷 중 셋,
'결혼생활 중 이혼 대비한다!'

"저는 2년 가까이 결혼생활을 했습니다. 그러나 혼인신고도 하지 않았고 출산 경험도 없습니다. 양심상 밝히기는 하지만 저만 입을 다물면 법적으로 모든 게 깨끗합니다. 전 배우자와 결혼준비 과정부터 혼수문제 등으로 티격태격했고, 결혼 후에도 가치관이나 습성 등이 잘 맞지 않아 분란이 끊이지 않았습니다. 평생 같이 살 수 있을까라는 의문이 들면서 남편이나 시가의 요구에도 불구하고 출산은 물론 혼인신고도 하지 않았습니다."

금융권에 종사하며 연봉이 7,000만 원에 달하는 35세 여성 L씨의 재혼 상담 내용 중 일부이다. 결혼준비 단계부터 서로의 관계가 원만하지 않자 이혼을 할 수도 있겠다는 생각에 앞으로 살아가는 데 불리하게 작용할 요인들을 사전에 방지했다는 얘기이다.

이런 현상은 남성도 별반 다르지 않다.

"저는 법적으로는 15년가량 혼인상태를 유지했지만 실질적인 결혼생활은 2년~3년밖에 되지 않습니다. 전 배우자는 시쳇말로 심한 공주병 환자여서 살림은 뒷전이고 늘 사치와 과소비를 일삼았을 뿐 아니라 친정 챙기기에 혈안이 돼 있었습니다. 당연히 저는 이혼 절차가 진행될 때 재산을 조금이라도 더 보전할 수 있도록 각종 조치를 취했고 전문가로부터 이런저런 조언도 받았지요. 그 덕분에 이혼 시 재산분배에서는 다소 유리하게 적용받아 경제력은 괜찮은 편입니다."

연봉 2억 원대의 변리사인 46세 남성 K씨의 이혼 후일담이다. 이혼 시 재산분배에 대비하여 제반 대책을 강구하고 해당 분야의 전문가와 면밀히 협의한 결과 재산 보전이 가능했다는 것이다.

재혼 상담을 해보면 혹시 있을지 모를 파경에 대비하여 각종 대비책을 세웠다는 이혼자들이 많다. 이혼 절차가 본격적으로 시작되기 전부터 추후의 삶에 다소나마 유리하게 적용될 수 있도록 남성은 남성대로, 여성은 여성대로 각자 필요한 조치를 강구한다는 것이다. 한편으로는 현명하고 다른 한편으로는 야박하기도 하다.

돌싱男 37%, '이혼 시 재산분배 줄이려 사전 대비'

이와 같은 사실은 온리-유가 비에나래와 공동으로 2013년 1월 이혼 경험 남녀 586명(남녀 각 293명)을 대상으로 '전 배우자와 결혼생활 중 혹시 있을지 모를 이혼에 대비하여 자신에게 유리한 상황을 만들기 위해 취했던 조치 사항(복수 선택 가능)'을 조사한 결과에서도 잘 나타난다.

조사에 참여한 이혼자들 중 남성은 10명 중 7명꼴인 69.6%, 여성은 4명 중 3명꼴인 74.7%가 결혼생활 중 이혼에 대비하여 한 가지 이상의 사후 대비책을 강구했었다.

세부 내용에서는 남녀 간에 차이가 있었는데, 남성은 '재산분배에 대비하여 유리하게 조치했다'와 '전문가와 협의했다'는 응답자가 각각 36.9%와 32.1%로 가장 많았다. 그 외에도 '배우자에게 불리한 증거를 확보했다'(29.0%)와 '혼인신고를 연기했다'(23.9%), '자녀출산을 막았다'(21.2%)는 등의 사전 조치를 취했다.

가정의 주 수입원인 남성은 주식투자나 금융상품 가입 등 각종 재테크를 활용하는 경우가 많다. 평소 재산 관리를 철저히 하여 배우자와의 재산 분배나 위자료 등의 결정 시 본인에게 유리하게 적용될 수 있도록 제반 대책을 강구해 놓는 사례가 많다.

여성들의 이혼 대비책 1위 '출산 억제' – 2위 '혼인신고 연기'

한편 여성들은 주로 '자녀출산 억제'와 '혼인신고 연기' 등으로 이혼에 대비를 한다. 조사 대상 여성 중 35.2%와 31.1%가 이렇게 답했다. 그뿐 아니라 '상대에게 불리한 증거를 확보했다'(27.0%)와 '재산 분배에 대비하여 유리하게 조치했다'(24.9%), 그리고 '전문가와 협의했다'(22.2%) 등과 같은 방법도 동원하고 있었다.

이혼이 늘기는 해도 여성이 이혼 딱지를 달고 살기는 쉽지 않다. 또한 재혼을 하려고 해도 이혼 경력이 있거나 자녀를 양육하고 있으면 불리할 수밖에 없다. 따라서 여성들은 자신들의 실행 결정권이 상대적으로 강한 출산이나 혼인신고 등을 통해 혹시 있을지도 모를 이혼에 대비하는 사례가 많다.

결혼생활 중에는 물론 이혼 절차가 진행되는 과정에도 재혼에 다소나마 유리하게 적용되도록 각종 조치를 취한다. 이런 면에서 남성이 여성보다 훨씬 적극적이다. '전 배우자와 이혼 조건을 협의할 때 재혼에 유리하도록 고려했는가?'라는 질문에 남성은 무려 68.6%가 '다소 고려했다'(남 49.0%, 여 21.1%)거나 '많이 고려했다'(남 19.6%, 여 6.6%)고 답했으나 여성은 27.7%에 그쳤다. '전혀 고려하지 않았다'(여 52.6%, 남 9.8%)거나 '거의 고려하지 않았다'(여 19.7%, 남 21.6%)와 같이 대비하지 않은 비중은 여성 72.3%, 남성 31.4%였다.

평소 사회생활 등을 통해 논리적이고 체계적인 습성에 길들여진 남성은 이혼 조건을 정할 때 재혼을 염두에 두고 협의에 임한다. 여성들은 장기적 관점보다는 감정적으로 처리하는 성향이 있다.

재혼 대비 고려사항, 男 '자녀 나이' – 女 '자녀 양육'

이혼 협의 단계에서 재혼을 염두에 뒀다고 답한 이혼 경험자들에게 '재혼을 하는 데 유리하기 위해 주로 어떤 사항을 고려했나?'라고 물었더니, 남성은 '자녀의 나이'(37.7%)에 관심을 뒀다는 비중이 월등히 높고, '재산 분배'(28.3%)가 뒤따랐다. 그 외 '재혼 전 초혼 흔적 지우기'(18.9%)와 '자녀 양육권과 친권 정하기'(9.4%) 등에도 제법 많은 사람들이 신경을 썼다. 여성은 남성과는 달리 '자녀의 양육권과 친권 정하기'(34.6%)

와 '재혼 전 초혼 흔적 지우기'(30.9%)에 주력한 비중이 높고, '자녀 나이'(24.7%)가 그 뒤를 이었다. '재산 분배'는 6.2%에 그쳤다.

남성들은 재혼을 하게 되면 결국 새로운 배우자가 자녀를 돌봐야 하기 때문에 손이 많이 가지 않도록 대비한다. 여성들은 자녀에 대한 애착이 강해 양육권과 양육비 등에 사활을 거는 경우가 많다.

미혼 여성들, 결혼 때부터 이혼 가능성 열어놓아

기혼자들만이 이혼에 대비하는 것은 아니다. 사실은 결혼 때부터 이미 이혼의 가능성을 열어놓고 거기에 대비하는 사례도 적지 않다. 이와 같은 사실은 비에나래가 연애결혼 정보업체 커플예감 필링유와 공동으로 2011년 6월, 전국의 미혼 남녀 526명(남녀 각 263명)을 대상으로 실시한 '결혼 후 혹시 있을지 모를 이혼 대비책'에 대한 조사결과에서 잘 나타난다.

그 첫 번째 질문인 '결혼생활 중 혹시 있을지 모를 이혼에 대비하여 결혼 초기에 취할 조치사항'에 대해 남성 응답자의 48.7%, 그리고 여성은 무려 77.2%가 '자녀 출산을 미룬다'고 답해 남녀 모두 가장 높은 비중을 차지했다. 또 남성 27.4%와 여성 14.5%는 '혼인신고를 미룬다'고 답해 두 번째로 높았다. 남성들 중에는 '재산 공개를 최소화하겠다'는 응답자도 21.2%나 됐다.

결혼에 실패할 경우 자녀는 부모와 당사자 양측 모두에게 많은 상처와 부담을 안긴다. 그렇기 때문에 특히 여성들은 이혼이 증가하는 현실에서 신중한 입장이 된다.

미혼들, 자녀 출산은 결혼 후 男 '6개월' – 女 '1년'

그 다음 질문인 '결혼 후 첫 자녀를 가지기에 적당한 시기'에 대한 답변에서는 남성 3명 중 1명꼴이 '결혼 후 6개월이 경과한 시점'(35.0%)으로 답한 데 반해, 여성은 가장 많은 비중(27.4%)이 '1년이 경과한 시점'으로 답해 남녀 간에 입장차를 보였다. 이어 남성은 '1개월 이내'(26.2%), '1.5년 경과 시점'(17.5%), 그리고 '1년 경과'(11.7%) 등의 순이고, 여성은 '6개월 경과'(24.8%), '1개월 이내'(22.9%), 그리고 '2년 이상 경과'(11.0%) 등의 순을 보였다.

첫 아이 갖는 시기를 여성이 남성보다 늦춰 잡으려 한다는 것을 알 수 있다. 그러나 결혼 후 1년 6개월 이상이 경과하고 자녀를 갖겠다는 답변에서는 오히려 남성이 여성보다 높다는 점에 주목할 필요가 있다. 예전에는 결혼 실패 관련 대비에 여성이 훨씬 민감했다. 그러나 최근에는 남성도 여성 못지않게 신경을 쓴다. 이혼 시 재산 분배나 위자료, 양육비 지급 등의 현실적인 문제들이 개입되기 때문이다.

한편 '결혼생활 초기 단계에 배우자와 관련하여 중점적으로 관찰할 사항'에 대해서는 남성과 여성의 생각이 비슷했다. '생활습성'(남 50.2%, 여 34.6%)이 최우선적인 관찰 사항이고 '배려심'(남 17.7%, 여 29.6%)이 두 번째로 많았다. 소수 의견으로는 남성이 '이성 관계'(8.8%)와 '연봉, 빚'(8.0%) 등을, 그리고 여성은 '연봉, 빚'(14.8%)에 이어 '집안 내력'(9.9%)

등을 결혼 초기에 눈여겨보겠다고 했다.

결혼 초기 男 '과소비' – 女 '폭행' 발견되면 심각!

결혼 초기 배우자를 관찰한 결과 아내에게서 '과소비 습성'(22.4%)이나 '좋지 못한 생활습성'(21.7%), '바람기'(20.3%) 등과 같은 사항이 발견되면 남성들로서는 고민에 빠지게 된다. 반면 여성들에게는 남편의 '폭행 성향'이 드러나면 결혼 전선에 빨간불이 켜진다. 여성의 56.7%가 심각하게 받아들인다. '시가 가족들의 간섭'(16.5%)과 '바람기'(12.7%) 등도 결혼의 전도를 흐리게 만든다.

이혼 절차도 *끝나기* 전에 재혼회사 *노크한다!*

"이혼을 하려니 궁금한 게 많네요. 아직은 회사에 임원으로 다니고 있는데 머지않아 퇴임을 하게 됩니다. 웬만큼 먹고 살만은 하나 이혼을 하면 보유 중인 재산을 분배해야 하는데 현재의 재산을 유지하기 위해서 재혼 시 경제적인 보탬을 줄 수 있는 배우자가 필요합니다. 교사 등 안정된 직장에 자기 관리를 잘 하는 40대 중후반의 여성이면 좋겠습니다."

재혼정보회사에서 53세 대기업 임원인 남성 P씨가 재혼 상담을 하는 장면이다. 상대를 찾는 데 있어 회사 퇴임 전과 후의 차이라든가 본인이 희망하는 배우자가 있는지 여부, 그리고 여성들은 재혼 상대 조건으로 어떤 사항을 중시하는지 등에 대해 꼼꼼하게 문의를 하고 있다.

"3년간 별거 중인데 곧 이혼 절차를 밟으려 합니다. 딸, 아들 각 하나씩 데리고 있는데 둘 다 받아줄 남성이 있을까요? 현재 운영하고 있는 학원은 재혼을 하면 정리하고 살림만 하고 싶습니다. 경제력이 뒷받침되고 사려 깊은 남성을 원하는데 그런 분이 있을까요?"

47세의 기혼 여성이 재혼 상담을 하고 있다. 이혼 시 자녀의 친권과 양육권에 대해 현재의 배우자와 어떻게 조정하는 것이 재혼에 유리할지, 자녀들이 좀 더 큰 후에 재혼을 해야 할지 아니면 자신이 한 살이라도 어릴 때 하는 게 좋을지, 재혼 상대는 어떤 사람이 있는지, 또 그런 남성이 본인에게 호감을 느낄지 등의 궁금증을 쏟아낸다.

위에서 본 바와 같이 최근 재혼전문 업체에는 이혼 절차를 밟기도 전에 재혼 상담을 오는 사례가 빈번하다. 막상 결혼생활을 접으려니 미래에 대한 걱정과 불안이 엄습해오기 때문이다. 재혼을 하게 되면 어떤 사람을 만날 수 있고, 조금이라도 좋은 조건으로 재혼을 하기 위해서는 이혼 시 어떤 점에 주의해야 할지 등등이 궁금해서이다.

그뿐 아니라 현재 진행 중인 이혼 절차가 미처 끝나기도 전에 재혼 상담을 오는 경우도 적지 않다.

"한 달 정도면 이혼 절차가 완료됩니다. 결혼생활을 1년도 못 채우고 헤어지게 됐습니다. 법적 정리가 마무리 되는 대로 가능하면 빨리 재혼을 하고 싶습니다. 돌싱 신분을 최소화하여 주변 친지들이 이혼을 눈치채지 못하도록 하려고요. 지금 가입을 해놓을 테니 대상자를 엄선하여 보내주세요. 이혼 절차가 완료되면 바로 만남을 가지겠습니다."

32세의 무출산 여성인 공무원 S씨의 사연이다. 이혼의 흔적을 최소화하고 하루빨리 좋은 배우자를 만나 새롭게 시작하겠다는 의도이다. 불안과 기대가 큰 만큼 마음도 급하다.

대도시에서는 누군가 이혼을 해도 가까운 지인 외에는 눈치채지 못하는 경우가 많다. 이에 돌싱 신분을 최대한 짧게 하여 상처를 최소화함과 동시에 이혼 사실 은폐를 함께 도모한다.

이와 같은 추세는 통계적으로도 잘 나타나고 있다. 온리-유가 비에나래와 함께 2012년 2월과 3월에 상담한 재혼 희망자 623명(남 318명, 여 305명)을 분석한 결과 30.2%인 188명(남 101명, 여 87명)이 이혼 수속이 완료되지 않은 상태였다. 이는 전체 상담자 대비 남성은 31.8%이고, 여성은 28.5%를 차지했다. 남녀 불문하고 상당히 높은 수준이고, 여성에 비해 남성이 좀 더 서두른다는 사실을 알 수 있다.

이혼의 꾸준한 증가와 함께 재혼 비율도 매년 일정 수준을 유지하고 있다. 그러나 아직 재혼에 대해 조언을 구하거나 재혼 상대를 찾는 데는 한계가 있다. 따라서 이혼 절차가 끝나기 전부터 재혼 업무를 실무적으로 다루는 결혼정보업체를 찾아 궁금증을 해소하는 예비 돌싱들이 많다.

男 57% − 女 35%, '이혼 전 재혼 상대 알아봤다'

위의 통계와 같은 맥락에서 이혼하기 전에 재혼 상대를 수소문하는 예비 돌싱들도 상당수 있는 것으로 조사됐다. '이혼하기 전에 재혼 상대를 어느 정도 알아봤나?'라는 질문에 남성 57.1%와 여성 35.2%가 많든 적든 알아본 적이 있었다. 특히 남성의 28.6%에게는 '결혼 얘기는 없었으나 진지하게 교제하는 상대'(17.9%)나 '결혼하기로 합의한 상대'(10.7%)가 있었다. '연애 상대'가 있는 경우는 14.3%였다. 한편 여성의 17.8%는 '결혼하기로 완전 합의한 상대'가 있었다.

이혼 협상 결과 및
이혼 후의 감정

이혼 경험女, 이혼 협상 결과
'나에게 유리했다'

이혼을 하게 되면 '님'에서 '남'으로 신분이 바뀌게 된다. 재산 및 살림살이 분배, 자녀에 대한 친권과 양육권, 위자료, 양육비, 자녀 면접권 등 당연히 이것저것 나누고 조정하며 이런저런 협의 과정을 거친다. 부부의 혼인 유지 기간이나 미성년 자녀 유무, 이혼 사유 등에 따라 협의 결과도 각자 다르게 나온다. 그러나 그 과정에는 복잡하고 미묘한 문제가 연루되기 쉽다.

그러면 우리나라 부부들은 이혼 협상 결과에 대해 얼마나 만족할까? 2011년 4월, 이혼 남녀 각 274명에게 '전 배우자와의 이혼 협상 결과는 누구에게 유리했나?'라는 질문을 던지자, 남성과 여성이 한목소리로 여성에게 유리했다는 대답을 내놨다. 남성 41.6%가 '전 배우자에게 유리했다'로 답해 가장 많았고, '공평했다'(38.8%)가 바짝 뒤쫓았다. '본인에게 유리했다'는 19.6%에 불과했다. 여성 역시 절반에 가까운 47.9%가 '본인에게 유리하게 결정됐다'라고 답해 가장 많았다. '전 배우자에게 유리했다'는 대답은 39.2%, '공평했다'는 12.9%였다.

'이혼 협상에서 위에서 답한 바와 같이 결정된 이유가 무엇인가?'라고 묻자 남녀 모두 각자의 입장을 재미있게 표현했다. '전 배우자가 떼를 써서'(28.8%)가 남성들이 가장 많이 내세우는 이유이고, '합리적으로 결정됐다'(23.3%)가 그 다음으로 많았다. 일부는 '현재의 생활 능력을 감안하여'(15.5%)와 '법원 등 전문가의 중재로'(13.2%) 그와 같은 결정이 나왔다고 주장했다. 그러나 여성은 34.2%가 '이혼 귀책사유가 전 배우자에게 있어서'로 답해 여성의 입장을 대변했다. 그 외 여성들이 거론한 이유로는 '법원 등 전문가의 중재로'(21.1%)와 '상대가 떼를 써서'(17.1%) 등이 있었다. 11.4%는 '합리적으로 결정됐다'는 생각이었다.

위의 조사결과를 자세히 살펴보면 이혼 협상 결과를 받아들이는 데 있어 남녀 간에 미묘한 감정 차이가 느껴진다. 남성은 이혼 조건이 합리적으로 결정되지 않은 데 대해 불만스러운 심정이고, 여성은 사필귀정이라는 시각이다.

'재산분할 방법'에 대해서도 남녀 간의 자존심 다툼이 팽팽했다. 남성은 '양자 협의를 통해 이뤄졌다'는 의견이 54.6%에 달해 최대 다수를 점했으나, 여성은 가장 많은 32.5%가 '자신이 제시한 대로 결정됐다'고 주장해 의기양양한 모습이다.

위의 세 가지 항목에 대한 조사결과를 종합해 보면, 남성들은 이혼 조건을 협의할 때 전 배우자가 떼를 써서 자신에게 불리하게 결정됐다고 생각하는 반면, 여성은 이혼의 귀책사유가 전 배우자에게 있으므로 본인이 협상을 주도적으로 이끌어 만족스러운 결과를 도출했다는 입장이다.

이혼 남녀, 자녀 양육권은 '애정'이 좌우!

이혼을 할 때 가장 큰 난제 중 하나가 자녀 문제이다. 남성은 남성대로, 여성은 또 여성대로 자녀에 대한 애착이 매우 강하기 때문이다. 이런 상황에서 이혼 시 자녀 양육권은 어떤 기준으로 결정할까? 이혼 경험자들에 의하면 '(부모의) 자녀에 대한 애정'이 가장 큰 영향을 미쳤다. 남성의 48.8%와 여성 39.8%가 양육권 결정 시 최우선적으로 고려한 기준이다. 그 밖에 남성은 '경제력'(20.7%)과 '법적 판단'(18.3%)을 주로 고려했고, 여성은 '법적 판단'(27.2%)을 '경제력'(21.9%)보다 우선시했다. 한편 '자녀의 의견'을 고려했다는 비중은 남성 12.2%, 여성 11.1%로 많지 않았다.

부부가 이혼을 할 때 미성년 자녀가 있을 경우 상호 협의 하에 양육권을 정하게 돼 있다. 이 때 보통 자녀와의 친소관계나 양육여건 등이 많은 영향을 미친다.

이혼 협상에는 민감한 문제들이 많아 서로 양보하기 어려운 사안도 있기 마련이다. 그중에서도 '재산 분배'(남 54.1%, 여 38.1%)와 '자녀 양육권과 친권'(남 20.7%, 여 31.6%)에 대한 타협이 가장 어려웠다는 게 이혼 남녀들의 지배적인 생각이다. 세 번째로는 남성의 경우 '살림살이 분배'

(18.0%)를, 여성은 '위자료'(25.3%)를 꼽았다.

이혼? 男 '참을걸' –
女 '더 빨리할걸!'

돌싱 남녀 과반수, 이혼 직후 '후련했다'

가정법원에서 드디어 '남'으로 갈라서는 절차가 완료될 때 그 당사자들의 기분은 어떨까? 남녀 불문하고 절반 이상이 후련했다는 반응이다. 비에나래가 2011년 4월 전국의 이혼 남녀 514명(남녀 각 257명)을 대상으로 '이혼 절차가 종결된 직후의 감정'을 설문조사한 결과로 나온 대답이다. 조사에 응한 남성 51.0%와 여성 52.5%가 '후련했다'고 답해 2위의 '걱정스러웠다'(남 22.0%, 여 26.3%)를 크게 앞섰다.

이혼이 거론되기 시작할 때부터 절차가 완료될 때까지는 보통 장기간이 소요된다. 따라서 그 동안의 각종 다툼과 신경전에서 벗어나 홀가분한 느낌을 갖는 것이다. 앞날이 걱정되지 않는 것은 아니나 그것은 차후의 일이다.

이혼을 한 후에 느끼는 기분도 시간이 지남에 따라 변화를 거듭하는 것으로 밝혀졌다. 위의 내용과 비슷한 설문인 '전 배우자와 이혼할 때의 기분, 분위기'를 5년 전인 2006년 6월에 실시했을 때는 전혀 다른 결과가 나왔었다.

당시 이혼 남녀 438명(남녀 각 219명)을 대상으로 실시한 조사에서 남성은 '아쉬웠다'(28.3%)는 반응이 가장 많았고, '무덤덤했다'(23.6%)와 '후련했다'(18.9%) 등이 뒤따랐다. 여성은 당시에도 '후련했다'(36.5%)가 1위를 차지했고, '무덤덤했다'(31.3%)는 반응이 그 다음으로 많았다.

2006년도만 해도 이혼을 바라보는 사회적 인식이 지금보다 훨씬 더 부정적이었다. 주로 이혼을 당하는 입장의 남성들은 주변의 시선을 의식해야 함은 물론 가사, 사회생활 등에 대한 불편과 불이익을 떠올리지 않을 수 없었을 것이다.

또 이혼 직후와 냉정을 되찾은 후의 감정 변화는 어떨까? 이혼을 전후해서는 아무래도 감정적인 면이 많을 수밖에 없다. 그러나 이혼을 하고 나서 일정 시간이 지나면 냉정을 되찾게 된다. 좀 더 냉철하게 이혼을 평가할 수 있을 것이다. 그러면 냉정을 되찾고 생각해 볼 때 이혼이 과연 적절했다고 판단될까? 여기에 대해 남성들의 생각과 여성들의 생각이 완전히 달랐다. 남성은 절반 이상인 51.7%가 '참을걸!'로 답해 가장 많았고, '후회 없다!'가 27.9%로 2위, 그리고 '더 빨리할걸!'은 20.4%로 3위를 차지했다. 거기에 비해 여성은 '더 빨리할걸!'로 답한 비중이 41.1%로서 가장 높고, '참을걸!'(34.3%)과 '후회 없다'(24.6%)는 등의 대답이 그 뒤를 이었다.

즉 남성은 '이혼 결정이 너무 성급했다'는 후회이고, 여성은 이혼을 너무 오랫동안 미룬 데 대해 또 다른 의미의 후회를 했다. 이혼을 하고 나니 '이렇게 편하고 자유로운데 왜 그 동안 참고 살았나'라는 게 여성들의 후회이다. 남성은 막상 이혼을 하고 보니 당장 가사나 자녀양육 등으로 불편한 점이 한두 가지가 아니다. 여성은 경제적으로 어려울 수 있으나 해방감으로 그 공간을 메운다.

男 '사랑의 밀어' vs 女 '가족과의 약속' 마음에 걸려…

아무리 '웬수'같은 배우자와 헤어져도 가슴 한쪽에는 회한이 서려 있게 마련이다. 남성들은 결혼 전에 나누었던 사랑의 밀어를 생각하며 가슴이 미어지고, 여성들은 결혼해 잘 살겠다고 부모형제에게 한 약속을 지키지 못해 상심이 컸다고 한다. 온리-유가 2012년 5월 전국의 이혼 남녀 476명(남녀 각 238명)에게 '전 배우자와 헤어질 때 결혼 전의 어떤 사연을 생각하며 가슴이 아팠는가?'라는 내용의 설문지를 보냈다. 접수된 답변을 집계한 결과 남성은 26.9%가 '(결혼 전의) 사랑의 밀어'를 생각하며 가슴이 아팠고, 여성은 36.1%가 '부모형제에게 한 결혼관련 약속' 때문이라고 했다. 이어진 남성의 답변은 '부모형제에게 한 결혼관련 약속'(23.5%)과 '전 배우자 가족에게 한 약속'(16.0%) 등이고, 여성은 '사랑의 밀어'(17.6%)와 '(결혼식의) 혼인서약'(15.5%) 등이다.

결혼을 하기 전에 남성은 상대의 마음을 사로잡기 위해 감성적인 말이나 시적인 표현을 동원하며 정성을 들이기 때문에 오랫동안 마음에 남는다. 여성들은 결혼을 할 때 아쉬워하는 가족들에게 위로 차원에서 '행복하게 잘 살겠다'고 약속을 하는 사례가 많아 결혼에 실패할 경우 죄송스러운 마음이 들게 된다.

사람마다 다르기는 해도 대부분의 부부들은 인생의 황금기를 함께 보낸다. 결혼하기 전에는 연애를 하며 청춘을 불사르고, 결혼 후에는 신혼의 달콤함과 자녀 출산, 내 집 마련 등과 같은 희열의 시간을 공유한다. 결혼에 실패하고 나면 이런 사항들이 가슴에 한으로 남는다고 한다. '초혼에 실패한 후 가장 아쉽고 안타깝게 생각됐던 것이 무엇이냐?'는 질문에 남성 48.3%와 여성 35.3%가 '잃어버린 청춘'으로 답한 것도 이와 같은 맥락일 것이다. 그러나 응답률 측면에서 남녀 간에 13.0%포인트의 차이가 있다는 점을 간과해서는 안 되겠다. 그 외에도 '같이 희망을 가지고 살림을 일구던 일'(남 24.0%, 여 18.9%)과 '그 동안의 헌신'(남 17.2%, 여 28.2%) 등도 진한 아쉬움으로 남았다고 했다.

이혼에 대한
주변의 반응

이혼한다고? '집안망신이다!'
vs '불쌍해 어쩌나!'

아들의 이혼 소식을 들으면 부모로서 망신스러운 생각이 들고, 딸의 파경에 대해서는 측은한 마음이 든다. '전 배우자와 이혼을 한다고 했을 때 자신을 바라보는 부모들의 심정'을 대변한 표현이다. 이혼 경험자 448명(남녀 각 224명) 중 남성 응답자의 31.7%가 '(부모가) 망신스러워했다'고 답해 가장 많았다. '한심하게 생각했다'(28.6%)거나 '현명하다고 생각했다'(21.4%)는 등의 엇갈린 반응이 뒤를 이었다. 반면 여성은 절반에 가까운 49.6%가 '(부모가) 측은하게 생각했다'고 전했고, '(고생 많았다고) 격려 했다'(25.0%)거나 '망신스러워했다'(13.8%)는 등의 반응도 많았다.

자녀가 이혼에 봉착할 경우 아들에 대해서는 가장으로서 가정을 지키지 못한 데 대해 질책하는 경향이 있다. 그러나 딸에 대해서는 피해자로 간주하여 연민의 정과 함께 감싸주려는 생각이 든다.

　'이혼을 한다고 했을 때 부모가 어떤 조언을 했나?'에서도 남녀 간의 답변상 차이가 컸다. 즉 남성은 '알아서 해라!'라고 했다는 대답이 48.2% 로 절반에 가까워 가장 많았고, '가능하면 그냥 살아라!'거나 '이혼은 절 대 안 된다!' 등과 같이 이혼에 반대하는 의견이 31.5%를 차지했다. '헤 어지는 편이 낫다'거나 '빨리 헤어져라'와 같이 이혼에 동의하는 조언은 20.3%로 많지 않았다. 그러나 여성은 부모가 '이혼에 반대했다'는 의견이 53.1%로 과반수를 차지했고, 찬성은 26.8%, '알아서 해라'는 20.1%로 남성과 대조를 이뤘다.

전 배우자와 이혼 시,
시가 '만류' – 처가 '비난'

　이혼이 거론될 때 배우자의 부모, 즉 시가나 처가의 가족들은 친가 가 족과는 또 다른 입장에 놓인다. 전 배우자와 이혼 얘기가 오갈 때 남성 측 가족, 즉 시가 가족들은 며느리에게 이혼을 재고해보도록 종용한 비 중이 66.1%에 달해 절대 다수를 차지했다. 그러나 여성 측 가족인 처가 에서는 사위를 향해 비난을 퍼부었다는 대답이 43.5%에 달해 가장 높 았다. 남성들 응답 중 '(처가에서) 만류했다'는 32.5%, '사죄했다'는 21.8% 였다. 여성은 '(시가에서) 후련하게 생각했다'가 16.6%, '비난했다'가 10.7%이다.

　결혼생활 중 특별한 경우를 제외하면 중대 과오를 저지르는 쪽은 남성 이다. 남성의 부모 입장에서 보면 며느리를 달래야 하는 입장에 놓인다.

반면 여성의 친정 부모들 입장에서는 사위가 얄미울 수밖에 없다. 따라서 여성 측 가족은 사위를 향해 질타를 퍼붓게 된다.

이혼할 때 자녀는? 男 '무덤덤' – 女 '만류'

'전 배우자와 이혼할 때 자녀의 반응'도 남녀 간에 달랐다. 남성은 절반 이상인 51.0%가 '무덤덤했다', 즉 이혼을 하든 말든 자녀가 크게 신경 쓰지 않았다는 반응이고, '만류했다'(40.4%)가 그 뒤를 따랐다. 반면 여성은 '만류했다'는 비중이 52.2%로 '무덤덤했다'(31.9%)를 크게 앞섰다. '(빨리 헤어지라고) 재촉했다'는 대답은 남성 8.6%, 여성 15.9%로 여성이 훨씬 많았다.

일반적으로 자녀들은 어머니와 친밀하다. 그러나 경제적인 자립이 어려운 여성들이 많기 때문에 이런 현실을 감안하여 많은 경우 자녀들이 어머니의 이혼을 만류한다. 한편 자녀와 아버지는 평소 무덤덤한 관계로 이혼과 같은 중대사가 발생해도 자녀가 특별히 간여할 여지가 없다.

설문결과 중 주의 깊게 봐야 할 대목은 자녀들이 부모의 이혼에 대해 방관자적 태도를 보이거나 오히려 이혼을 부추기는 듯한 입장을 보인 비중이 매우 높게(남 59.6%, 여 47.8%) 나타났다는 점이다. 이는 이혼이 증가하면서 참고 살아야 한다는 인식이 크게 줄어든 결과라고 볼 수 있다.

빛 좋은
개살구
'돌싱 라이프'

자유를 찾으니 생활이 어렵군!

결혼생활에 지친 많은 기혼자들은 '커플 탈출'을 꿈꾼다. 지겨운 배우자만 벗어나면 온통 연분홍빛 세상이 열릴 것 같다. 미혼 때 결혼에 대한 환상을 갖듯 기혼자들은 '돌싱 환상'에 빠지곤 한다. 그러나 막상 돌싱 신분이 돼 보면 모든 게 기대만큼 만족스럽지 못하다. '돌아온 싱글!' 돌싱은 같은 싱글이지만 미혼 때와는 처지가 다르다. 미혼일 때는 신체적으로나 정신적으로, 그리고 물질적으로 부모에게 의존적인 면이 많았다. 자연히 책임도 크지 않았다. 그러나 돌싱은 상황이 다르다. 결혼을 계기로 성인이 됐고, 독립적인 개체로 신분 변화가 이루어진 상태이다.

또 결혼생활을 할 때는 부부가 성 역할에 따라 각자의 몫을 수행하면 됐다. 상대의 존재 자체가 구속이고 짜증의 원천일 수도 있지만 상호 보완적인 면도 강했다. 그러나 돌싱이 되는 순간 모든 역할이 자신에게 몰린다. 본인 고유의 책무뿐 아니라 전 배우자의 몫까지 합쳐진다. 생활 환경도 많이 바뀐다. 얽히고설키고 뒤죽박죽되기 십상이다. 매사가 불완전하고 불안정하다.

일차 욕구가 해결되지 않는 男 – 황야로 내몰린 女

식사나 성(性) 등 일차적 욕구가 유난히 강한 남성은 근본적인 문제에 봉착하고, 가사나 자녀 양육도 부담스럽다. 여성 또한 누군가의 울타리 안에서 온실의 화초처럼 보호받고 살다가 이제는 비바람 몰아치는 황야로 내몰려야 한다. 먹고사는 문제를 걱정해야 하고 자녀 부양도 힘에 부친다. 인간은 사회적 동물인지라 남녀 불문하고 각종 모임에도 참석해야 한다. 자녀의 학교도 방문해야 하고 친지들 경조사에도 가야 하는데 남자가 혼자 가려니 어색하다. 여성은 여성대로 혼자 가는 친정 가족행사가 민망하기 그지없다. 이혼이 늘고는 있어도 떳떳하지는 않다. 부부생활 이야기나 이혼 관련 대화가 나오면 쥐구멍부터 찾게 된다. 그래서일까? 많은 돌싱들 중 여성은 3개월~4개월, 남성은 8개월만에 재혼이라는 또 다른 결혼을 선택한다.

누군가는 반문한다. 다시 찾은 로맨스의 자유가 있지 않느냐고! 이혼에서 오는 각종 불이익과 스트레스를 한방에 날려 보낼 수 있지 않느냐는 것이다. 그러나 오랜만에 나서는 애인 사냥도 그렇게 호락호락하지만은 않다. 돌싱으로서 찾는 로맨스 현장은 미혼 때와는 상황이 다르다.

경제적으로는 비교적 안정적이나 생활이 불편한 남성, 속박이 없어 마음은 편하나 생활이 넉넉하지 못한 여성…. 각자 이혼의 손익계산서는 과연 어떻게 나올까? 에이브러햄 메슬로(Maslow)의 욕구 5단계설을 대입해 보면 대충 해답이 나올 것 같다. 1단계의 '생리적 욕구'나 2단계의 '안전의 욕구', 그리고 3단계의 '사회 소속의 욕구' 상에는 아마도 대부분 마이너스를 기록했을 것이다. 그 외의 '존경 받고 싶은 욕구'와 '자아실현의 욕구' 등과 같은 4단계, 5단계 상에는 어떤 영향이 있을지 각자 주판을 튕겨볼 일이다.

돌싱생활의
장단점

결혼생활이 난관에 부딪히면 남편은 남편대로, 또 아내는 아내대로 불편한 점도 많고 고통도 크다. 원수 같은 사람끼리 좁은 공간 안에서 서로 마주쳐야 한다는 그 자체가 고통스럽기 짝이 없다. 그러나 그 상황을 벗어났다고 해서 모든 게 속 시원히 해결되는 것은 아니다. 아쉬운 것도 있고 불편하고 난처한 사항도 많다. 결혼의 지옥에서 벗어난 돌싱들의 복잡다단한 이해관계 중에서 우선 장점부터 살펴본다.

男 '원수 안 봐' –
女 '속박탈출' 돌싱 브라보!

부부, 커플의 신분에서 싱글로 복귀한 돌싱들! 남성은 원수같이 느껴지던 전 배우자를 보지 않게 되어 속이 시원하고, 여성은 아무런 구속 없이 자신이 원하는 대로 생활을 영위할 수 있다는 점이 날아갈 듯 기쁘다고 한다.

2011년 11월 '돌싱이 된 후 결혼생활을 할 때보다 편리한 점이 무엇인가?'라고 돌싱 남녀 510명(남녀 각 255명)에게 질문했다. 응답자 중 남성의 31.0%가 '원수 같은 전처에서 해방돼서'라고 답했고, 여성은 42.0%가 '속박 없는 생활'을 꼽아 각각 돌싱 남녀의 최대 장점으로 꼽혔다. 이어 남성은 '속박 없는 생활'(24.3%)과 '잔소리 들을 필요가 없어서'(18.2%), 그리고 '자유로운 이성교제가 가능하여'(12.2%) 등을 2위부터 4위까지로 선택했다. '처가에서의 탈출'이라는 대답도 10.9%가 있어 이채롭다. 여성은 '속박 없는 생활'에 이어 '원수 같은 남편에서 해방'(22.8%)과 '잔소리 들을 필요가 없어서'(11.4%), 그리고 '가사부담이 적어서'(9.5%) 등을 돌싱녀의 4대 장점으로 꼽았다.

부부 사이가 원만하지 못하면 상대의 언행 하나하나가 마음에 거슬린다. 이런 상황에서는 상대가 원수같이 보일 뿐 아니라 함께 생활하는 자체가 구속이고 속박이다.

이런 연유로 이혼에서 얻는 가장 큰 만족감은 뭐니 뭐니해도 자유이다. 그러면 이혼을 하고 나서 해방감을 만끽할 때는 과연 언제일까? 남성은 31.4%가 '하고 싶은 것 마음대로 할 수 있을 때'를 선택해 가장 많은 대답이 몰렸고, '퇴근 후 2차, 3차 마음대로 갈 수 있을 때'(17.1%)와 '자신의 취향대로 살 수 있을 때'(14.3%) 싱글임에 감사한다. 여성은 남성과는 달리 '시가 가족에 대해 신경 안 써도 될 때'(23.8%)를 가장 많이 선택했고, 거기에는 못 미치나 '하고 싶은 것 마음대로 할 수 있을 때'(17.8%)와 '동창회 등 각종 모임에서 시간제약 받지 않을 때'(14.9%) 싱글의 자유를 만끽한다.

돌싱의 불편사항,
男 '성적 욕구 해결' – 女 '자녀 양육'

돌싱으로 혼자 사는 데 편리한 점이 있다면 불편한 점 또한 없을 수 없다. 남성에게는 당장 밤마다 맞닥뜨리는 '성적 욕구를 해결하는 것'(27.5%)이 난감하기 이를 데 없다. '식사 해결'(22.7%)과 '자녀 양육'(18.3%)도 평소 습관이 돼 있지 않다. 여성은 여성대로 '자녀 양육'(28.6%)이라는 큰 짐이 안겨지고, '성적 욕구 해결'(24.0%)도 남성만의 문제는 아니다. 특히 '혼자 산다고 주변에서 깔볼 때'(16.6%)도 모욕감을 느껴야 한다. 어디 그 뿐이랴! '무심코 하는 대화 중에 이혼 얘기가 나올 때'(남 13.8%, 여 14.2%)나 '부모형제를 뵐 때'(남 9.2%, 여 10.0%)도 마음 한구석에 불편함이 자리 잡는다.

남성은 일차원적 욕구가 여성보다 훨씬 강하다. 따라서 부부생활을 벗어나 혼자 살게 되면 이런 문제를 해결하는 것이 현실적인 문제로 대두된다. 반면 경제력이 부족한 여성은 자녀 양육에 따른 부담감이 커진다.

돌싱에게는 불편한 점만 있는 것이 아니라 허전할 때도 있다. '퇴근 후 아무도 없는 적막한 집에 들어설 때'(47.8%) 남성들은 누군가 반겨주었으면 하는 기분이 들고, 여성들은 '생일 등 뭔가 의미 있고 특별한 날'(28.6%) 챙겨줄 배우자가 있었으면 하는 생각이 든다. '단란한 가족들을 볼 때'(남 23.9%, 여 22.9%)도 많은 남성과 여성이 부러움을 느낀다.

남성들에게는 아침식사를 해결하는 것도 보통 어려운 문제가 아니다. 특히 가부장적인 분위기로 부부생활을 영위해온 남성들에게는 더더욱 큰 과제이다. 그러나 놀라운 사실이 발견됐다. 남성들은 아침을 해먹는 비중이 높으나 여성들은 대충 때우는 경우가 많은 것. 돌싱들에게 '아침 식사를 어떻게 해결하나?'라고 물었더니 남성은 과반수인 51.4%가 '해 먹는다'고 답했고, 4명 중 1명 꼴인 24.9%는 '굶는다', 16.6%는 '간단히 때운다'로 답했다. 반면 여성은 '간단히 때운다'는 비중이 40.8%를 차지 해 예상외로 높았고, 34.5%는 '해 먹는다', 18.7%는 '브런치(아침 겸 점심)로 해결한다'(18.7%)고 답했다.

男 '자녀 학교 방문' – 女 '가족 모임' 배우자의 빈자리 느껴져!

일상생활상의 불편함을 지나 배우자의 빈자리가 크게 느껴질 때도 있다. 남성은 '자녀의 학교를 방문해야 할 때'(24.7%)와 '가족 모임이 있을 때'(16.4%), 여성은 '가족 모임이 있을 때'(29.4%)와 '자녀를 혼자 키울 때'(23.5%), 그리고 '직장생활이 힘들 때'(14.7%) 배우자의 역할을 실감한 다고 토로했다.

그런가 하면 우리 사회에 알게 모르게 존재하는 남녀 간의 성 역할도 가끔 돌싱들의 입장을 난처하게 만든다. 남성이 해야 할 일이 있고, 여성 이 하는 것이 자연스럽게 느껴지는 것도 있기 때문이다. 그리고 배우자 가 없으면 왠지 어색할 때도 있다. 가장 대표적인 경우가 남성에게는 '친 지의 경조사에 참석할 때'(32.7%)이고, 여성에게는 '부모상을 당했을 때' (27.8%) 배우자가 옆에 없으면 왠지 어색하다. 그 외에도 '자녀 학교의 학 부모 모임이 있을 때'(29.0%)와 '딸의 사춘기 때'(14.5%) 남성들은 입장이 곤란하고, 여성은 '이사 등 집안의 큰일이 있을 때'(24.2%)와 '친지의 경 조사에 참석할 때'(20.8%) 배우자의 필요성을 느낀다. 이 내용은 2012년

3월 온리-유가 '돌싱이 된 후 배우자가 가장 절실하게 느껴질 때'에 대해
설문조사를 실시한 결과이다. 돌싱 남녀 496명(남녀 각 248명)이 조사
에 참여했다.

이혼의 영향 &
그림자

이혼이 늘기는 해도
떳떳하지는 않아!

이혼했다고 죄책감을 느낄 필요는 없지만 그렇다고 남에게 자랑스럽게 드러낼 정도로 떳떳하지도 않다. 그래서 주변 사람들과 대화 중에 이혼 관련 얘기가 나오면 입에 지퍼를 달았다가 꼭 필요할 때만 마지못해 한두 마디 거들게 된다.

2012년 8월 실시한 '대화 중 이혼관련 주제가 나올 경우 어떻게 대응하나?'라는 주제의 설문조사에서 이 같은 결과가 도출됐다. 이 조사에 참여한 돌싱 남녀 522명(남녀 각 261명) 중에서 남성의 50.6%와 여성 73.6%가 '(꼭 필요할 때만) 어쩔 수없이 한두 마디 한다'로 답해 많은 공감대를 형성했다. '피한다'고 답한 비중도 남성 28.0%, 여성 16.5%로 두 번째로 높았다. '스스럼없이 대화에 참여한다'는 대답은 남성 16.9%, 여성 3.4%로 특히 여성이 낮았다.

이혼이 늘어나면서 일상적인 대화에서도 무의식중에 이혼 관련 사항이 화젯거리로 자주 등장한다. 결혼 실패 경험이 있는 돌싱들은 자신의 이혼 사실이 알려지거나 대화가 자신의 결혼 실패로 연결되지 않을까 걱정되어 화제가 빨리 다른 곳으로 옮겨지기를 고대한다.

이혼 사실 공개범위? 男 '친구' – 女 '친척'

결혼 실패를 떳떳하지 않게 생각하기 때문에 이혼 사실을 공개하는 것도 제한된 사람에 한한다. 남성은 '막역한 친구와 동료까지'로 한정하는 경우가 33.0%로 응답자의 1/3을 차지해 가장 많고, '가까운 친척까지'(27.2%)와 '가족에게만'(21.8%) 공개하는 돌싱도 절반에 가까웠다. 여성은 '가까운 친척까지만 공개한다'는 비중이 31.8%로 가장 많고, '가족에게만 공개'(26.8%), '막역한 친구와 동료까지 공개'(22.6%) 등의 순이다. '숨기지 않고 아무에게나 공개한다'는 응답자는 남성 18.0%, 여성 18.8%에 그쳤다.

이혼 사실을 아무에게나 공개하지 않는 첫 번째 이유는 '자랑스럽지 않기 때문'(남 47.5%, 여 39.8%)이다. 다른 이유로는 남성이 '색안경 끼고 볼까봐'(20.3%)를 5명 중 1명이 꼽았고, 그 외 '공개할 기회가 없어서'(13.8%)와 '자존심이 상해서'(11.5%) 공개하지 않는다고도 했다. 여성은 '기회가 없어서'(31.8%)라는 궁색한 답변이 두 번째로 많았고, '자존심이 상해서'(15.7%)와 '색안경 끼고 볼까봐'(8.0%) 등의 답변이 뒤를 이었다.

이혼이 보편화돼 가고는 있지만 유교 세대의 영향이 상존하는 등 아직 이혼자를 바라보는 시선이 곱지만은 않다. 남성은 가장으로서 가정을 원만하게 이끌지 못한 자책감을 느끼고, 여성은 결혼 실패 경험 자체에 대해 가슴 한쪽에 회한의 응어리가 남아 있다.

이혼 후 싱글로 살다보면 소외감을 느낄 때도 많다. '직장동료가 배우자를 언급할 때'(33.8%)나 '결혼한 친구가 부부생활 얘기를 할 때'(24.6%) 남성들은 다른 나라 사람 같은 이질감을 느끼고, 여성들은 '결혼한 친구가 부부생활 얘기를 할 때'(46.5%) 나는 뭔가라는 회의감에 빠진다.

이혼에 대한 인식이 호의적이지만은 않기 때문에 이혼을 한 후 대하기 껄끄러운 사람도 있다. 남녀 불문하고 '부모형제'(남 25.8%, 여 22.6%)와 '전 배우자의 친지'(남 23.5%, 여 28.3%)를 대하기가 가장 민망스럽다. 단지 남성은 부모형제를, 여성은 한 때 가족과 친척으로 지냈던 전 배우자의 친지를 더 많이 꼽은 점이 특징적이다.

'이혼하더니 사람 많이 바뀌었네!'

"우리 팀장님은 이혼하더니 결혼 관련 얘기만 나오면 잠수를 타시네~."
한 자동차회사의 영업팀 직원들이 팀장인 44세 남성 L씨에 대해 쑥덕거리고 있다. 평소 활달한 성격인 L씨가 돌싱이 된 후에는 결혼 얘기만 나오면 얼굴빛이 바뀐다는 것이다.

통계에서도 잘 나타난다. 이혼 후 돌싱들에게 가장 빈번하게 나타나는 변화는 '결혼 얘기를 잘 안 하는 것'이다. 남성 23.3%와 여성 28.1%가 여기에 해당됐다. 또 남성은 '좀 더 부지런해졌다'(19.6%)거나 '사람 만나기를 꺼린다'(15.9%), '생활이 불규칙해졌다'(14.6%)는 등의 현상이 많고, 여성은 '사람 만나기를 꺼린다'(16.9)와 '겸손해졌다'(14.1%), '부지런해졌다' (12.9%)와 같이 변했다고 했다.

남성과 여성 모두 긍정적인 변화(남성 29.9% : 부지런해졌다와 단점을 고쳤다 등 vs 여성 38.2% : 겸손해졌다, 부지런해졌다, 절제된 생활을 한다 등)보다는 부정적인 변화(남성 70.1% : 결혼 얘기를 안 한다, 사람 만나기를 꺼린다, 불규칙한 생활을 한다 등 vs 여성 61.8% : 결혼 얘기를 안 한다, 사람 만나기를 꺼린다 등)가 많은데 여성보다는 남성이 더 심하다.

이혼을 하게 되면 남녀 모두 속박에서 탈출하여 자유를 찾는 것이 가장 큰 장점이라고들 한다. 그 대표적인 예가 귀가시간이다. 이런 자유를 만끽하기라도 하듯 남녀 모두 돌싱이 된 후에는 귀가시간이 더 늦어졌다. 돌싱 남녀 각 232명에게 '이혼 후의 귀가시간은 결혼생활을 할 때와 비교하여 어떻게 달라졌나?'라고 묻자 절반 가까이(남 48.4%, 여 50.1%) 로부터 '더 늦어졌다'는 답이 돌아왔다. 이에 비해 '더 빨라졌다'는 대답은 남성 25.7%, 여성 18.6%로 훨씬 낮았다. '(귀가시간이) 비슷하다'는 남성 25.9%, 여성 31.3%를 차지했다.

귀가시간이 더 늦어졌다는 대답은 여성이, 더 빨라졌다는 대답에서는 남성이 각각 더 많은 점도 재미있는 대목이다. 싱글의 자유를 좀 더 만끽하는 여성과 가사 부담이 늘어난 남성의 입장을 상징적으로 나타낸다고 볼 수 있다.

이혼 후의 생활수준, 男 '여유' – 女 '궁핍'

'이혼 후의 생활수준'은 남성과 여성 사이에 극명한 차이를 보여준다. '여유롭다'는 반응(남 37.2%, 여 8.7%)은 남성이 훨씬 많은 반면, '궁핍하다'는 대답(여 39.1%, 남 17.1%)은 여성이 많다. '이혼 전과 비슷하다'는 비중은 남성 45.7%, 여성 52.2%이다.

이혼하니 男 '더 불편' – 女 '더 쾌적'

경제적인 여건이 정신적 만족까지 지배하지는 않는 듯하다. 생활수준이 상대적으로 높은 돌싱 남성은 혼자 사는 것이 전 배우자와 같이 살 때보다 불편하나, 경제적으로 더 궁핍해진 여성은 돌싱 생활이 더 쾌적하다는 것이다. '전 배우자와 결혼생활을 할 때와 이혼 후의 생활상 변화'에 대한 돌싱 남녀 530명(남녀 각 265명)의 의견을 종합한 결과 남성은 43.4%가 '이혼 하니 불편한 게 더 많다는 사실을 깨달았다'고 답했으나, 여성은 37.7%가 '혼자 사는 삶이 훨씬 더 쾌적하다는 사실을 깨달았다'고 답해 남녀의 이혼 후 생활상을 대변했다. 그 외에도 남성은 '비관적으로 변했다'(20.8%)거나 '그동안 못했던 것을 실컷 한다'(17.4%)는 등의 변화된 모습을 털어놨고, 여성은 22.6%가 '운명에 기대는 습성이 생겼다'가 두 번째로 많고, 17.4%는 '종교에 심취했다'고 답했다.

또 돌싱들은 '초혼의 실패가 남은 인생에 어떤 영향을 미쳤나?'라는 질문에 '결혼의 소중함을 재인식했다'(남 35.9%, 여 41.7%)는 대답이 가장 많았다. 그 다음부터는 남성과 여성 간에 대답이 엇갈렸는데, 남성은 '강인한 사람으로 다시 태어났다'(17.9%)와 '사람을 주의 깊게 관찰하게 된다'(15.4%)는 대답이 이어졌고, 여성은 '사람을 주의 깊게 관찰하게 된다'(18.6%)에 이어 '자립심이 커졌다'(11.9%)는 대답이 뒤따랐다.

돌싱女 셋 중 하나, '이혼 후 운명 바꾸기 위해 개명'

결혼에 실패한 여성들은 자신의 부정적인 운명을 바꾸기 위해 개명을 하거나 종교활동을 많이 하는 것으로 나타났다. 온리-유가 506명(남녀 각 253명)의 돌싱 남녀를 대상으로 '결혼에 실패한 후 부정적인 운명을 바꾸기 위해 취한 조치사항'을 조사했더니, 남성은 조사 대상자의 절반 이상인 56.1%가 '(조치사항이) 없다'고 답했으나, 여성은 35.2%가 '개명, 즉 이름을 바꿨다'로, 또 비슷한 비중인 34.0%는 '종교에 귀의했다'로 답한 것이다. 특기할 사항은 여성의 경우 응답자의 9.7%를 제외한 나머지 90.3%는 결혼 실패를 운명으로 보아 이를 호전시키기 위해 각자 나름의 조치를 취했다는 점이다. 이는 남성 56.1%가 아무 조치를 취하지 않은 것과 큰 대비를 이룬다.

돌싱男 71%, 재혼 때는 '궁합 보겠다'

돌싱 남녀 10명 중 6~7명은 재혼을 할 때 궁합을 고려하겠다고 한다. '재혼 때는 궁합을 어느 정도 고려할 것인가?'에 대해 남성 70.5%와 여성 64.1%가 '필수적으로 고려한다'(남 28.2%, 여 10.7%)와 '어느 정도 고려한다'(남 42.3%, 여 53.4%)로 답해 높은 관심을 나타냈다. '고려치 않겠다'는 대답은 남성 15.4%, 여성 19.9%에 그쳤다. 아예 '궁합을 안 보겠다'는 대답은 남성 14.1%, 여성 16.0%이다.

돌싱 남성 10명 중 7명 정도가 재혼 시 궁합을 고려하겠다고 답한 점이 이채롭다. 남성들은 궁합을 보지 않거나 봐도 그 내용을 가볍게 여기는 경향이 있는데 결혼에 실패하고 나서는 지푸라기라도 잡고 싶은 심정임을 미루어 짐작할 수 있다.

전 배우자와의
관계

전 배우자?
  가끔 보긴 해도…

"이혼을 한 후 오랜만에 만나면 옛정이 새록새록 싹트지 않나요, 좋은 시절 생각도 나고?"

"옛정은 무슨~. 그냥 업무상 냉랭하게 만났다 헤어지는 거지…."

한번 헤어진 부부는 다시 맺어지기 어려운 것일까? '이혼 후 전 배우자와 재결합을 고려해 본 적이 있나?'에 남성 67.3%와 여성 57.0%라는 높은 비중이 '없다'고 답했다. 다른 대답으로는 '자신은 원하지만 상대가 원하지 않는다'(남 21.0%, 여 5.4%)와 '상대방은 원하나 자신이 원하지 않는다'(남 11.7%, 여 37.6%) 등이 있다.

이혼 후에는 여성이 '갑'이고 남성이 '을'의 위치에 선다는 것을 알 수 있다. 남성은 재결합을 원하지만 여성이 거절하는 사례가 많다.

'전 배우자와의 재결합을 생각해 본 적이 없을 경우 그 이유'에 대해서는 남녀 모두 단호한 입장을 보였다. 즉 남성 46.2%와 여성 34.6%가 '생각할 가치도 없다'는 반응이다. '(재결합보다) 다른 사람과 새 출발하고 싶다'가 4명 중 1명꼴(남 24.2%, 여 26.7%)로 적지 않았다. 나머지 5명 중 1명 정도(남 21.4%, 여 18.7%)는 '아직 상처가 아물지 않았다'는 의견이다.

'전 배우자와의 재결합에 가장 큰 걸림돌'로는 남녀 대부분(남 77.4%, 여 76.0%)이 '전 배우자에 대한 신뢰가 없다'는 것이다. '다른 이성이 생겨서'(남 11.3%), '경제적인 문제'(여 10.4%) 등과 같은 대답도 일부 있었다.

돌싱 절반, 전 배우자와 연락 안 해

전 배우자와는 현재 '연락이 두절된 상태'가 절반가량(남 47.6%, 여 55.8%)이었다. '자녀·재산문제 등으로 업무상 교류'(남 40.8%, 여 31.2%)가 그 다음으로 많았다. '친구처럼 부담 없이 만난다'(남 8.8%, 여 8.3%)거나 '인생 조력자로 서로 연락한다'(남 2.1%, 여 2.9%), '연인처럼 만난다'(남 0.7%, 여 1.8%) 등은 극소수에 지나지 않았다.

'전 배우자와 만날 때의 분위기'는 한 마디로 냉랭하다. 남성 36.6%와 여성 55.8%가 '업무적'이라고 전했고, '다투기 일쑤'(남 26.8%, 여 14.4%)라거나, '싸늘하다'(남 17.9%, 여 20.2%)는 대답 일색이다. 이 조사는 2007년 11월 돌싱 남녀 464명을 대상으로 온리-유가 실시했다.

다시 찾은
로맨스 자유

돌싱女 절반, 접근 남성들
'결혼'보다 '연애' 원해!

  돌싱 남성들에게는 진지한 교제 목적으로 접근하는 여성들이 많으나, 여성들에게는 단순 연애 목적의 남성들이 많이 들이댄다고 한다. 2011년 10월 '돌싱이 된 후 접근하는 이성들의 목적'에 대해 조사한 결과이다. 이 설문조사에는 돌싱 남녀 각 273명씩이 참여했는데, 그중 남성의 46.1%는 '진지한 교제를 위해 접근한다'고 답했고, 26.3%는 '연애 상대로 접근한다', 그리고 21.0%는 '돈 보고 접근한다'고 답했다. 이와는 달리 여성은 '연애 상대로 접근한다'는 응답자가 50.8%로서 가장 많았고, '진지한 교제를 위해 접근한다'는 21.7%, '측은지심에 접근한다'도 14.5%를 차지했다.

  결혼 실패 경험이 있는 여성들은 이성을 좀 더 진지하게 대하려고 한다. 그러나 남성들은 연애 상대로 부담 없이 접근하는 사례도 적지 않다.

돌싱들은 이혼 후 교제 상대로서의 인기도 많이 떨어진 것으로 느끼고 있었다. 미혼 때보다 인기가 '더 높다'(남 25.7%, 여 37.3%)보다는 '더 낮다'(남 58.6%, 여 40.3%)는 응답이 월등히 높았다. '비슷하다'고 답한 비중은 남성 15.7%, 여성 22.4%이다.

주지의 사실이다시피 돌싱이나 미혼이나 각자의 조건과 상황에 따라 인기도에 큰 차이가 있다. 돌싱의 경우 경제력(남성)이나 자기관리(여성) 등에 확실한 강점을 보유할 경우 초혼 때보다 인기가 높을 수 있다. 특히 여성은 자녀 출산 및 양육 여부에 따라 많이 달라진다. 또 젊은 돌싱 여성은 골드미스보다 선호되기도 한다.

돌싱들에게는 접근하는 이성들의 '혼인 상태'도 다양했다. 당연히 같은 상황의 '돌싱'(남 51.1%, 여 43.9%)들이 가장 많았다. 그 다음으로는 '(돌싱, 유부남·유부녀, 미혼 등) 다양하다'는 대답도 남성 25.4%, 여성 36.5%로 높을 뿐 아니라 특히 여성이 11.1%포인트나 높았다. 세 번째로는 남성의 경우 '미혼'(15.3%)에 이어 '유부녀'(8.2%)의 접근이 많았으나, 여성은 '유부남'(14.6%)의 접근이 미혼(5.0%)보다 앞섰다.

'초혼 때와 비교하여 접근하는 이성의 수준'을 묻는 질문에는 남성과 여성의 대답이 엇갈렸다. 남성은 '비슷하다'(45.8%)는 반응이 가장 많고, '낮다'(29.6%)에 이어 '높다'(24.6%)이나, 여성은 초혼 때보다 '높다'(46.2%)는 대답이 가장 많고, '비슷하다'(30.8%), '낮다'(23.0%) 등의 순이다.

교제 상대가 과속하면
男 '웬 떡' – 女 '제동'

바람직한 교제 속도에 대해서도 남성과 여성 사이에 의견을 달리했다. '초혼 대비 돌싱들의 적당한 교제 진도'에 대해 남성은 초혼 때보다 빨라야 한다는 의견이 많았으나, 여성은 비슷하면 된다는 반응이 우세했다. 자세한 조사결과를 보면 남성은 '다소 빨라야 한다'(35.6%)와 '비슷하면 된다'(31.7%)가 상위를 차지했고, '좀 더 신중해야 한다'(19.8%)와 '훨씬 빨라야 한다'(12.9%) 등이 그 뒤를 이었다. 남성과는 달리 여성은 '비슷해야 한다'(37.8%)가 크게 앞섰고, '다소 빨라야'(26.6%)와 '좀 더 신중해야'(21.3%) 등이 그 다음 순위를 차지했다. '훨씬 빨라야'(9.5%)는 아주 낮았다.

남성은 돌싱이 된 후 정서적인 측면에서 궁핍감을 많이 느끼기 때문에 서두르는 경향이 있는 반면 여성은 첫 결혼의 실패를 교훈 삼아 신중하게 접근한다.

'재혼을 위해 이성교제를 하면서 상대의 진도가 지나치게 빠를 때' 남성은 대부분(64.4%) 흔쾌히 받아들이나, 여성은 '제동을 거는' 사람들이 많았다(57.6%). '제동을 거는' 남성은 20.2%에 불과하고, '좋게 타이른다'는 여성도 24.0%나 됐다. 한편 '흔쾌히 받아들이는' 여성은 14.4%이다. 돌싱 남녀 각 278명을 대상으로 2012년 1월 조사한 결과이다.

■ 리포트 Ⅳ

인생재편에
나선
돌싱들의
군상(君羊像)

리본(Reborn) 지원자들, 무리도 다채롭다!!

　재혼이 증가하면서 리본(reborn)이란 신조어가 생겼다. 재혼을 통해 새롭게 태어난다는 의미이다. 그런가 하면 '결혼생활의 고통스러운 기억을 망각할 때 택하는 것이 재혼이다'라는 냉소적인 시각도 있다. 어떤 것을 택하든 그것은 각자의 몫이다. 같은 값이면 적극적이고 긍정적으로 접근할 필요가 있겠다. 새롭게 태어난다는 표현도 너무 소극적으로 보인다. 차라리 인생역전이나 인생혁명, 혹은 부활을 뜻하는 르네상스(Renaissance) 등과 같은 표현이 어떨까? 어쩔 수 없이 이혼을 맞았다면 결혼에 도전할 기회가 한 번 더 생기는 것 아닌가! 그 소중한 기회를 통해 결혼다운 결혼을 다시 해보는 것이다. 꼬인 인생을 가지런히 펴고, 내리막길 인생에 종지부를 찍으며 욱일승천의 계기로 활용하는 것이다. 다시 말해 판을 새롭게 짜는 것이다. 결혼이 일류지대사인 만큼 그것을 어떻게 세팅하느냐에 따라 운명도 많이 바뀔 것이다. 초혼 실패의 교훈에 인생경륜까지 가미하면 실현 가능성은 부쩍 높아질 수 있다.

또 한 번의 결혼 기회, 욱일승천의 기회로 활용해야!

　이미 앞에서도 여러 번 지적했듯이 어차피 결혼 & 결혼생활은 쉽지 않다. 초혼이나 재혼이나 모두 마찬가지이다. 그래도 일말의 희망을 가지고 다시 한 번 도전하는 것이 재혼이다. 각오와 자신감이 충만해야 결과도 좋을 수 있다. 재혼을 하는 사람들은 이혼 후 남성의 경우 평균 0.7년, 여성은 평균 0.3년(2012년도 통계 기준) 만에 새로운 보금자리를 꾸민다. 헤어지기 바쁘게 또 다른 배우자를 맞는 것이다. 지지고 볶고 해도 남녀가 뒤엉켜 사는 것이 혼자 사는 것보다는 낫다는 의미이다. 특히 여성들은 구속을 피해 나온 지 불과 3~4개월 만에 새로운 구속을 선택하는 셈이다. 그만큼 재혼에 대한 기대도 클 것이다. 성공 여부는 각자 하기 나름이다. 이렇게 인생역전, 인생혁명의 꿈을 안고 재혼(부부 중 한쪽 이상이 재혼)을 감행하는 커플이 한해 7만 쌍에 달한다. 연간 전체 혼인 건수의 21.4%를 차지하니 적지 않은 비중이다.

재혼 커플수도 적지 않지만 각 커플의 구성도 다양하다. 인생재편 대열에 서 있는 예비 재혼자들 또한 인적 구성이 다채롭다. 연령에서부터 초혼과 비교 불가이다. 20대에서 시작된 재혼 희망 돌싱은 70대, 80대까지 확장된다. 평균 이혼 연령, 즉 재혼 대상자의 평균 연령도 남성은 45.9세, 여성은 42.0세로서 초혼에 비해 13.7세 많다. 재혼에 막대한 영향을 주는 자녀 출산 및 양육 여부도 제각각이다. 각자의 상황이 천차만별이듯 재산이나 신체조건, 사회적 지위 등도 개인별로 각양각색이다.

　　재혼 대열에 뛰어든 돌싱들의 구성이 다양한 만큼 그들이 그리는 재혼상(像)도 백인백색이다. '리포터 Ⅳ'에서는 재혼 희망자들의 각자 처한 여건과 그들의 생각, 그리고 각오 등을 정리했다.

돌싱들이 그리는
재혼 청사진

"재혼을 하면 초혼 때보다 더 잘 살 수 있을까요?"(강사)

"아무래도 그렇겠죠! 초혼 실패에서 배운 교훈도 있고, 또 나이도 더 먹고 철도 들었으니 좀 더 성숙한 자세로 결혼생활을 할 수 있지 않을까요?"(42세 돌싱 여성 B씨)

"재혼을 한 후 처음에야 좀 그렇겠지만 시간이 지나면 초혼 때나 (마음가짐이) 비슷하게 되지 않을까요? 결국 어떤 사람을 만나느냐가 관건이겠죠!"(38세 돌싱 여성 H씨)

"어떤 사람을 만나느냐보다 어떤 자세로 사느냐가 중요하지 않을까 생각합니다. 자기에게 꼭 맞거나 흠 없는 사람은 없을 테니까…"(48세 돌싱 남성 K씨)

"각자 필요에 의해 많은 돌싱들이 재혼을 택하지만 그 생활도 만만치 않을 것입니다. 자녀도 있고, 상처도 있는 등 언쟁의 소지가 여기저기 도사리고 있으니까요…"(45세 돌싱 남성 S씨)

저자가 돌싱들을 대상으로 강의를 하면서 재혼에 대한 생각을 물었더니 돌싱들이 내놓은 반응들 중 일부이다.

돌싱들 과반수,
'결혼생활, 늘 행복할 수 있다!'

이혼 경험이 있는 돌싱들에게 결혼이란 과연 무엇이고 또 어떤 모습일까? 초혼 때와 같이 무지갯빛 환상? 아니면 완전히 비관적? 그것도 아니면 복불복? 말만 들어도 질릴 듯한데 또 다른 결혼에 나서니 그들의 속내가 궁금하다.

이 의문을 풀기 위해 2012년 8월 온리-유가 '재혼 후 행복 가능성'에 대해 일련의 조사를 실시했다. 돌싱 남녀 510명(남녀 각 255명)이 참여한 이 조사의 첫 번째 질문은 '배우자에 따라 결혼생활의 행복지수가 어떻게 달라질 수 있을까?'였다. 결과는 희망적이었다. 조사 참가자 중 절반이 넘는 남성의 58.0%와 여성의 51.0%가 '잘 맞는 배우자 만나면 늘 행복하다'는 긍정적 신호를 보내와 '좋은 배우자 만나도 고통은 있다'(남 29.0%, 여 39.6%)와 같은 다소 부정적인 의견을 크게 앞섰다. 한편 '어떤 배우자 만나도 늘 고통스럽다'(남 9.8%, 여 5.9%)와 '어떤 배우자 만나도 늘 행복하다'(남 3.2%, 여 3.5%)는 등의 극단적 긍정론자나 부정론자는 소수에 지나지 않았다.

이와 비슷한 맥락의 조사결과가 하나 더 있다. 원만한 부부관계를 위해서는 천생연분의 배우자가 전제돼야 한다는 것이다. 두 번째 질문인 '초혼 실패 경험이 있으므로 재혼을 하면 좀 더 원만한 결혼생활을 영위할 수 있을까?'에 대해 남녀 똑같이 '배우자 만나기 나름이다'(남 54.5%, 여 62.0%)라고 '원만한 생활'의 전제 조건을 붙였다. '당연하다'(남 35.1%, 여 30.8%)는 대답은 그보다 훨씬 낮았다.

결혼생활에 있어 각자의 조건이나 여건, 결혼생활에 대한 자세 등도 무시할 수 없지만 상호 간의 조화가 무엇보다 중요하다. 어느 한쪽만의 노력으로는 원만한 결혼생활이 불가능하다는 것을 초혼 때의 경험을 통해 익히 알고 있는 것이다.

'초혼 대비 재혼의 행복지수'를 묻는 세 번째 질문에서도 재혼 대상자 3명 중 2명 정도가 초혼보다 높을 것으로 예상했다. 남성의 62.9%와 여성의 69.1%가 '훨씬 높을 것이다'(남 34.3%, 여 20.7%)거나 '다소 높을 것이다'(남 28.6%, 여 48.4%)로 답해 재혼 삶이 초혼보다 더 행복할 것으로 전망했다.

초혼보다 재혼이 행복하다! 그 이유는?

'재혼이 초혼보다 더 행복할 것으로 생각하는 근거'로는 '또 다른 실패를 방지하기 위해 상호 노력하기 때문'(남 59.6%, 여 30.0%)을 첫손에 꼽았다. 특히 남성들이 많이 선택했다. '생활기반이 어느 정도 구축돼 있어서'(남 17.9%, 여 28.1%)를 그 다음 이유로 들었다. 여기서는 여성이 유독 높았다. 그 외 남성은 '환상에서 벗어났기 때문에'(11.9%), 여성은 '현실적인 면을 인식하기 때문에'(17.5%)와 '철이 들어서'(10.5%) 등으로 답했다.

반대로 '초혼보다 재혼이 덜 행복할 것 같다면 그 이유가 무엇인가?'에 대해서는 '양측 자녀 등 복잡한 이해관계 때문에'(남 40.9%, 여 29.7%), '초혼에 비해 배우자 선택 폭이 좁아서'(남 15.8%, 여 25.9%) 등을 가장 심각한 요인으로 지적했다. 남성과 여성의 입장에 따라 선택한 대답도 달랐다.

초혼이 백지 위에 둘만의 생각을 담아 그림을 그려나가며 실수와 보정 작업을 반복하는 과정이라고 한다면, 재혼은 서로가 이미 착수해 놓은 그림을 일부 수용하고, 또 일부는 뜯어 고쳐가며 결국 하나의 작품으로 완성시켜나가는 과정이라 할 수 있다. 재혼은 자녀수용 등 단점도 많지만 그동안 구축해 놓은 기반 위에 초혼 실패의 교훈을 거울삼아 좀 더 성숙한 자세로 임한다면 초혼보다 행복한 결혼생활을 영위할 수 있을 것이다.

'재혼해도 행복 보장 못한다!' 그 이유는?

그러나 또 다른 조사에서는 남성과 여성이 비슷한 관점에서 재혼의 문제점을 제기했다. 즉 '초혼 실패를 통해 많이 성숙한데도 불구하고 재혼해도 행복을 보장할 수 없다면 그 이유가 무엇일까?'라는 주제의 조사에서 '살다보면 문젯거리가 생기기 마련이니까'(남 35.0%, 여 32.6%)와 '결점 없는 배우자가 없으므로'(남 26.2%, 여 39.1%) 등과 같은 현실적인 문제가 제기됐다. 또 '(결혼 전에) 상대를 속속들이 파악할 수 없으므로'(남 21.0%, 여 19.6%)와 '내 조건이 크게 좋지 않으므로'(남 17.8%, 여 8.7%) 등과 같은 사항도 행복한 재혼의 장애요인으로 봤다.

언뜻 보면 이혼 경험이 있는 돌싱들인지라 결혼관이 지나치게 부정적인 것처럼 보일 수 있으나 실제로는 그렇지 않다. 돌싱들은 결혼 실패를 통해 결혼의 밝은 면뿐 아니라 현실적인 면까지 잘 파악하고 있다는 증거로 봐야 한다.

초혼과는 사뭇 다른
돌싱들의 재혼 생활상(像)

돌아온 싱글인지라 초혼 때와는 상황이 많이 다르다. 본인도 다르고 상대도 마찬가지이다. 당연히 고려할 사항도 다르고 재혼에 임하는 생각도 다르다. 재혼을 하려는 이유, 목적부터 심상치 않다. 남성은 혼자 보내는 밤이 고통스러워서, 그리고 여성은 혼자 살려니 생활이 불안정해서 각각 재혼을 택한다고 한다. '재혼을 하려는 목적'을 돌싱 남녀 각 313명에게 조회한 결과, 남성 응답자의 41.2%로부터 '밤이 두려워서 (그 해결책을 찾기 위해)'라는 대답이 돌아왔고, 여성은 절반이 넘는 54.3%가 '뭔가 불안하여 (삶의 안정을 찾기 위해)'라는 대답을 내놨다. 두 번째 이하 답변은 남성의 경우 '뭔가 불안하여'(36.1%)와 '가사문제 해결을 위해'(12.5%)이고, 여성은 '경제적으로 어려워서'(23.0%)와 '밤이 두려워서'(13.7%) 등이 차지했다.

결혼생활을 유지하는 동안 부부관계가 일상화돼 있던 돌싱 남성들은 미혼 때와는 비교가 되지 않을 정도로 강한 성적 고통에 직면한다. 여성들은 성적 외로움은 상대적으로 덜 느끼나 정신적·신체적 보호막이 돼줄 울타리 역할의 남성을 필요로 한다. 강도상 다소의 차이는 있겠지만 재혼을 하는 목적도 초혼 때와 별로 다를 바 없다고 할 수 있다. 남성, 여성 똑같이 해당된다.

재혼을 하면 둘만의 기념일도 일 년에 두 번을 가져야 할 듯하다. 남성은 첫 스킨십 가진 날을 연간 기념일로 정하고 싶다는 의견이 많은 반면, 여성들은 공식 재혼일을 가장 소중한 날로 기념해야 한다는 생각이다.

'재혼 후 가장 소중하게 챙길 둘만의 기념일'에 대해 남성은 44.9%가 '첫 스킨십 가진 날'로 답해 30.8%의 '공식 재혼일'보다 많았다. 이에 비해 여성은 '공식 재혼일'이 32.7%의 지지를 받아, 27.3%의 '첫 스킨십 가진 날'을 앞섰다.

남성은 상대가 스킨십에 응한 것을 신뢰의 표시로 받아들이기 때문에 단순한 스킨십 이상의 의미를 부여한다. 여성은 비록 재혼이기는 하나 적절한 의식을 통해 공식적인 부부로 인정받기를 원한다.

돌싱女 82%, 재혼하면 '남편 재산도 내 재산'

재혼을 하게 되면 초혼 때와는 달리 양측 모두 많든 적든 어느 정도의 재산을 보유하고 있다. 양측 재산의 관리 방법에 대해서는 남녀 간에 공통점과 함께 차이점도 발견됐다. 2013년 2월 '재혼 후 배우자가 보유한 재산의 바람직한 관리 방법'을 재혼 희망 남녀 각 266명에게 물었더니, '공동으로 관리하겠다'(남 54.5%, 여 82.3%)는 의견이 지배적이었다. 특히 여성이 27.8%포인트나 더 높다. 다음으로는 남성의 경우 '일체 상대에게 맡긴다'가 36.5%이고, '모두 내가 관리한다'는 9.0%에 머물렀다. 이에 반해 여성은 '모두 내가 관리한다'(10.2%)가 '일체 상대에게 맡긴다'(7.5%)를 앞섰다.

돌싱들은 성별이나 연령대를 불문하고 대부분 노후 대비가 미흡하다. 또 경제력이 있다고 하더라도 노령기에 대비하여 조금이라도 더 비축해 두고 싶어 한다. 남성은 가장으로서, 여성은 가사를 담당하는 입장에서 각자 상대의 재산을 자신의 관리하에 두고 싶어 한다.

재혼이 초혼과 다른 가장 큰 요인 중의 하나가 자녀이다. 부부 중 어느 한쪽이나 양쪽 모두 자녀가 있는 경우가 많기 때문이다. 거기에 재혼을 한 후에 가진 아이까지 추가되기도 한다. 이런 상황에서 어떻게 슬기롭게 자녀문제를 해결해 나가느냐가 부부관계에도 큰 영향을 미친다. 자녀들의 태생이 다른 만큼 하나하나에 대한 관심이나 호감도도 다르기 때문이다.

돌싱들은 이런 다양한 태생의 자녀 중 전 배우자와의 사이에서 태어난 자녀에게 정이 가장 많이 갈 것 같다고 토론했다. 2011년 6월 '재혼 후 정이 가장 많이 갈 자녀'에 대한 조사에서 나온 결과이다. 이 조사에 참여한 재혼 대상자 556명(남녀 각 278명) 중 남성 37.4%와 여성의 51.4%가 '전 배우자와의 사이에서 태어난 자녀'를 선택하여 가장 많은 표가 몰렸다. 두 번째로 많은 지지율은 '똑같다'(남 27.1%, 여 25.6%)가 차지했다. '현 배우자와의 사이에서 태어난 자녀'(남 20.3%, 여 18.3%)를 꼽은 비중은 3위에 그쳤고, '현 배우자에 딸린 자녀'(남 15.2%, 여 4.7%)에게 정이 갈 것이라는 돌싱들은 많지 않았다.

전 배우자와의 사이에서 태어난 자녀에게는 부모로서 이혼에 대한 미안함과 함께 책임감도 겹쳐 이래저래 애착을 느끼게 된다.

재혼 후 자녀들에게 용돈을 줄 때도 민감할 수밖에 없다. 은연중에 각자에 대한 애정지수가 나타날 수 있기 때문이다. 이와 같은 우려는 '재혼 후 각 자녀들에게 용돈은 어떤 기준으로 줄 것인가?'라는 조사에서 현실로 드러났다. 남성은 '똑같이 주겠다'는 응답자가 45.3%로 가장 높았으나, '공식적으로는 똑같이 주고, 본인 자녀에게 몰래 더 준다'는 응답자도

27.3%나 됐다. '각자 본인 자녀를 책임진다'(15.2%)거나 '본인 자녀에게 더 준다'(12.2%)는 등의 대답이 뒤를 이었다. 여성은 한술 더 떠 '공식적으로 똑같이 주고, 본인 자녀에게 더 준다'는 비중이 54.0%로 가장 높았다. 그 뒤로 '본인 자녀에게 더 준다'(15.8%)와 '각자 본인 자녀를 책임진다'(11.2%) 등과 같은 반응이 이어졌다. '똑같이 주겠다'는 대답은 19.0%에 그쳐 남성보다 훨씬 적었다.

남성이나 여성이나 인간인지라 팔은 안으로 굽는 다는 것을 한눈에 알 수 있다. 그런데 자신의 자녀를 끼고 돌려는 의식은 남성에 비해 여성들이 훨씬 더 커 보인다.

재혼 상대에게 자녀가 있을 경우 아들과 딸 중 어느 쪽을 선호할까? 남성은 57.9%가 '딸'을 택했고, 30.6%는 '똑같다', 11.5%는 '아들'로 답해 딸과 아들간에 선호도 상 차이가 컸다. 이에 비해 여성은 '똑같다'가 45.0%이고, '딸'이 34.5%, 그리고 '아들'이 20.5%의 선택을 받아 남성에 비해서는 성별 선호도 상의 차이가 적었다. 남녀 불문하고 아들에 대한 선호도는 매우 낮다는 것을 알 수 있다.

재혼에 나서는 남성들은 상대에게 아들이 있으면 육아나 가족 간의 화합, 상속 등의 측면에서 문제가 복잡하게 얽힐 수 있다고 판단하여 기피하는 경향이 뚜렷하다. 그러나 딸은 이런 측면에서 상대적으로 부담이 적어 선호된다.

재혼 시기?
男 '경제적 준비' – 女 '마음의 준비'

재혼은 초혼과 달리 각자 연령대가 천차만별일 뿐 아니라 사회적 지위나 재정적 여건도 모두 다르다. 저마다 각기 다른 상황에 처해 있는 돌싱들이 재혼 시기를 결정하는 데 가장 큰 영향을 미치는 요인은 무엇일까? 남성은 경제적 준비이고, 여성은 마음의 준비가 선결 과제라고 했다. 2006년 4월 재혼 희망자 406명을 대상으로 '재혼 시기를 결정하는 데 가장 큰 영향을 미치는 요소'를 주제로 설문조사를 벌였다. 이 질문에 대해 남성은 '경제적 준비'(28.6%)를 '자녀의 동의'(24.7%)나 '마음의 준비'(21.4%)보다 높게 꼽았고, 여성은 '마음의 준비'(57.9%)가 '정서적 측면'(15.8%)이나 '경제적 여건'(10.5%) 등을 큰 폭으로 앞섰다.

재혼을 고려하면서도 선뜻 재혼전선에 뛰어들지 못하는 돌싱들도 적지 않다. '내게 맞는 사람이 있을까?'(남 32.2%, 여 39.8%), '재혼하여 평생 같이 살 수 있을까?'(남 16.9%, 11.4%), '혹 떼려다 혹 붙이는 꼴이 되지는 않을까?'(남 10.9%, 여 17.1%) 등 이런 저런 의구심이 꼬리에 꼬리를 문다고 한다.

한편 '이혼을 하고 나서 어느 정도의 시간이 경과한 후 재혼하는 것이 바람직할까?'에서는 남녀 모두 '1년'(남 29.2%, 여 23.5%)이라는 데 가장 많은 대답이 모아졌다. 그 다음으로 남성은 '2년'(24.5%)과 '6개월'(16.7%)의 순이고, 여성은 '3년'(21.8%)에 이어 '1.5년'(17.6%)이 뒤따랐다.

참고적으로 통계청에서 발표한 2012년도의 '혼인과 이혼 통계' 자료에 따르면 이혼에서 재혼까지 걸리는 기간은 남성이 평균 0.7년이고, 여성은 0.3년이다. 남성은 평균 45.9세에 이혼해서 0.7년 후인 46.6세에 재혼을 하고, 여성은 42.0세에 이혼해서 0.3년 후인 42.3세에 재혼을 하는 셈이다. 과거에 비해 이혼부터 재혼까지의 기간이 빠른 속도로 단축되고 있음을 보여준다.

이젠 정신 차려야지…
돌싱들의 재혼 각오!

재혼하면
'이것'부터 고치겠다!

결혼에 성공하기 위해서는 본인은 물론 상대도 잘 골라야 한다. 돌싱들은 특히 초혼 때 상대의 이기적인 성향을 제대로 파악하지 못하고 결혼하여 파경을 맞았다는 인식이 강하다. 2011년 7월 온리-유가 '초혼 때 배우자를 선택하며 간과하여 후회막급인 상대의 생활습성'을 주제로 돌싱 남녀 554명을 대상으로 실시한 설문조사 결과에서 이같이 드러났다. 남성 응답자의 43.3%와 여성의 35.4%가 '이기심'을 지적하여 간과한 생활습성 1위에 올랐다. 이기심에 이어 남성은 '과소비 성향'(21.7%)을, 여성은 '감정적 언사'(21.3%)를 두 번째로 높게 꼽았다.

교제 기간에는 일반적으로 상대에게 호감을 사기 위해 좋은 모습을 보이려 노력한다. 그러나 결혼생활을 하다 보면 양가 관리나 가사, 사회활동 등에서 상대의 입장을 배려하기 보다는 자기중심적으로 처신하는 기혼자들이 많아 불만의 근원으로 떠오르는 사례가 많다.

'충실한 남편이 되겠다'(49.0%) vs '충실한 아내가 되겠다'(48.2%). 초혼의 실패를 거울삼아 재혼을 하면 반드시 고칠 사항 1위이다. 재혼 후 개선사항 2위 이하로는 남성의 경우 '웬만하면 양보하겠다'(19.8%)와 '각방 절대 안 쓴다'(14.6%) 등을, 여성은 '각방 절대 안 쓴다'(18.2%)에 이어 '잔소리를 줄이겠다'(13.8%)가 세 번째 개선사항에 올랐다.

결혼생활을 하다보면 사소한 언쟁이나 불협화음은 어느 부부에게나 있을 수 있다. 다만 부부간에 신뢰가 무너지면 고비가 닥쳤을 때 참고 이겨낼 수 있는 기반이 사라진다. 돌싱들이 재혼을 하면 상대에게 충실한 배우자가 돼야 하겠다고 다짐하는 이유가 바로 여기에 있다. 평소에 점수를 충분히 따놔야 한다는 의미이다.

이와 같이 돌싱들은 평소 배우자로부터 점수를 따 두는 것이 얼마나 중요한지를 몸소 체득했다. 점수를 딴다! 그러면 돌싱들이 생각하고 있는 재혼 후의 주 득점원은 무엇일까? 남성은 '가사 협조'를 통해 득점하겠다는 비중이 33.5%로 가장 많고, '취미생활 등 공유시간의 증대'(19.5%)와 '부부관계 만족도 향상'(13.4%)을 주요 전략으로 내세웠다. 이에 비해 여성은 '취미생활 등 공유시간의 증대'(31.7%)를 통해 상대의 마음을 사겠다는 비중이 가장 높고, '시가에 대한 관심도 제고'(20.2%)와 '잔소리 자제'(13.4%) 등과 같은 여성 특유의 실점 방지 및 득점 전략을 제시했다.

재혼하면 男 '상대 존중' – 女 '상대 이해'

재혼을 하게 되면 '생활자세도 초혼 때와는 크게 달라질 것'이라고 확약했다. 그 구체적인 방법으로 남성은 '상대 의견을 좀 더 존중하겠다'와 '상대를 좀 더 이해하겠다'는 다짐이 각각 34.8%와 31.9%로 비슷했다. 여성은 39.8%가 '상대를 좀 더 이해하겠다'고 답해 단연 앞섰고, '본인의 역할에 좀 더 충실하겠다'(23.7%)는 다짐이 그 다음으로 많았다.

결혼생활을 하면서 남성은 아내의 잔소리에 지치고, 여성은 남편의 가부장적 태도에 불만을 가지는 사례가 많다. 이런 초혼에서 체득한 교훈을 살려 상대방의 불만 요인을 사전에 도려내겠다는 의지를 피력한 것으로 볼 수 있다.

초혼 때는 보통 외모나 경제력 등을 중심으로 배우자를 찾는다. 그러나 살아보니 그것 못지않게 상호 관심과 배려심이 중요하다는 것을 깨달은 걸까! '결혼생활을 해본 결과 행복을 좌우하는 가장 중요한 배우자의 조건이 무엇인가?'라는 질문에, 남녀 모두 절반 이상(남 52.1%, 여 52.9%)이 '상대를 배려하는 마음, 즉 배려심'으로 답한 데서 짐작할 수 있다. 배려심에는 크게 못 미치지만 남성은 '사고방식'(20.2%)과 '서로의 차이를 인정하는 것'(17.3%)을 행복의 관건으로 봤고, 여성은 38.2%가 '경제력'을 꼽아 재혼에서도 역시 빛을 발하고 있다.

돌싱들에게 '결혼식장의 신랑(남), 신부(여)에게 평생 원만한 결혼생활을 유지하는 데 도움이 될 만한 조언을 해준다면 무엇인가?'를 물었다. 가장 많은 대답은 '부부간의 신의'였다. 남성 45.6%와 여성 47.2%가 이

구동성으로 외쳤다. 두 번째와 세 번째로 많은 지지를 받은 조언은 '본인 역할의 성실한 수행'(남 16.7%, 여 15.1%)과 '상대 성격, 습성의 수용'(남 14.4%, 여 19.0%) 등이다. 남성은 본인 역할의 성실한 수행에, 여성은 상대 성격과 습성의 수용에 더 큰 비중을 두었다.

인생사는 하루하루가 배움의 터전이다. 경험에서 배우는 것만큼 확실한 해답은 없다. 결혼하는 신랑신부에게 해주고 싶은 조언은 곧 자신의 경험을 통해 얻은 교훈이요 지혜라고 할 수 있다.

재혼하면 곧바로 혼인신고하고 '배수의 진' 치겠다!

'재혼을 하면 혼인신고부터 하고 더 이상 실패의 여지를 남겨두지 않겠다!' 재혼 대상자들의 마음가짐이다. 그 이면에는 초혼 실패의 상처를 하루빨리 보상받겠다는 계산이 깔려 있다. 온리-유가 2011년 9월 실시한 '재혼 후 바람직한 혼인신고 시기와 그 이유'에 대한 조사에서 나온 대답이다. 이 조사에는 재혼 희망자 518명이 응했고 남녀 동수이다.

첫 번째 질문인 '재혼 후 바람직한 혼인신고 시기'에 대해서는 '재혼 후 즉시'나 '1개월 이내', '1개월~3개월', '3개월~6개월' 등과 같이 6개월 이내에 혼인신고를 필하겠다는 응답자가 남성 78.9%, 여성 66.0%에 달했다. 이는 초혼보다 높은 수치이다.

비에나래가 비슷한 내용으로 2010년 9월 미혼 남녀 1,122명(남녀 각 561명)을 대상으로 설문조사를 실시한 결과 '6개월 이내'로 답한 비중은 남성 70.9%, 여성 63.7%로 남녀 모두 재혼 대상자보다 다소 낮았다.

'혼인신고를 6개월 이내에 가능한 빨리 하겠다고 답한 경우 그 이유'를 묻는 질문에는 '초혼 실패를 보상받기 위해'(남 73.4%, 여 52.6%)가 가장 많았고, '마음의 안정을 찾기 위해'(남 22.7%, 여 35.4%)와 '배우자로서의 당연한 권리를 찾기 위해'(남 3.9%, 여 12.0%) 등이 뒤따랐다. 순위 측면에서는 남성과 여성이 동일하나 비중에서는 큰 차이가 있었다.

우리 사회에 이혼자가 많기는 하나 앞에서 살펴본 바와 같이 당사자 개인별로는 불편한 점이 한두 가지가 아니다. 따라서 재혼 후 가능한 한 빨리 혼인신고를 필하고 온전한 가정의 모습을 복원하고 싶어 한다. 이런 요식행위를 통해 일그러진 가정의 모습을 원상복구하고 마음의 안정과 함께 자존심을 되찾으려는 심리가 작용한 것으로 볼 수 있다.

혼인신고 미루는 이유? 男 '재산분배 대비' vs 女 '중혼 부담'

그런가 하면 혼인신고를 최대한 미루겠다는 사람들도 없지 않다. 그런 돌싱들에게 '혼인신고를 6개월 이상 미루겠다고 대답한 경우 그 이유'를 말해달라고 했더니, '또 다른 결혼 실패 시 재산분배 문제 때문에'(남 48.3%, 여 31.7%)와 '실패 시 중혼(重婚) 부담 때문에'(남 41.3%, 여 35.4%)라는 대답을 가장 많이 내놨다. 남성은 재산분배, 여성은 중혼 부담을 더 많이 우려했다.

재혼 후 혼인신고를 서두르겠다는 사람들이 많기는 하지만 무턱대고 서두르기만 하지는 않는다. '혼인신고를 하기 전에 상대에 대해 반드시 확인할 사항'이 있다. 그 대표적인 것이 '인품'(남 43.6%, 여 49.8%)이다. 인품에는 못 미치나 남성은 '속궁합'(14.4%)과 '폭언·폭행 여부'(12.7%) 등을 사전에 확인하고, 여성은 '폭언·폭행 여부'(14.2%)와 '재산'(12.1%), '부채'(10.7%) 등을 혼인신고 전에 꼼꼼히 살펴보겠다고 했다.

재혼! 무엇을 주고
무엇을 받나?

재혼 통해 얻는 점
'정신적 안정' – 잃는 점은?

이혼의 쓰라림을 딛고 다시 결혼에 나서는 사람들이라면 누구나 이 해득실을 따져볼 것이다. 재혼을 통해 얻는 것은 무엇이고 또 잃는 것은 무엇일까? 우선 재혼에서 얻는 가장 큰 장점은 '정서적 안정'이라고 한다. 남성이 다소 우세하기는 해도 여성도 많은 사람들이 동의했다(남 56.8%, 여 44.5%). 적지 않은 남성들(31.5%)은 '자녀 문제'로 재혼을 하고, 여성 3명 중 1명 정도(34.0%)는 '경제 문제'로 새 출발을 시도한다.

재혼을 하면 불리하거나 단점도 당연히 있을 것이다. 남성들에게는 가족 부양의 책임이 생기고(34.1%), 여성들은 겨우 찾은 해방감을 뒤로 하고 다시 '속박의 굴레'로 들어가야 한다(37.3%). 그 외에도 남성들은 '생활 상의 속박'(28.7%)과 '상대 자녀 수용'(16.8%)과 같은 혹을 달게 되고,

여성들 역시 '가사 책임'(28.0%)이나 '상대 자녀 수용'(18.6%) 등과 같은 부담을 떠안게 된다. 세상에 공짜는 없어 얻는 것이 있으면 잃는 것도 있게 마련이다.

남성은 재혼을 하면 부양할 가족이 생기므로 부담으로 작용한다. 반면 여성은 남편이나 그 자녀, 그리고 시가 식구 등과 밀접한 관계를 맺을 뿐 아니라 가사에 대한 부담도 커져 혼자 살 때보다 개인 생활의 자유는 줄어든다.

재혼 상대로서의 '나'? 장점도 있지만 단점도 만만찮네!!

"저는 초등학교 교사인데 남편의 지속적인 부정행위에 시달리다가 결국 재작년에 이혼을 했습니다. 아들, 딸 각 1명씩 있었는데 아들은 전 배우자가 양육하고 저는 딸을 데리고 있습니다. 제가 찾는 재혼 상대는 나이에 크게 구애받지 않고 웬만한 경제력과 반듯한 삶의 자세를 가진 남성이면 됩니다. 자녀는 적을수록 좋으나 다른 조건이 충족되면 둘까지 수용하겠습니다. 물론 성장하여 독립적인 생활을 하면 더할 나위 없이 좋겠죠."

온리-유의 회원인 46세 여성 P씨가 상담할 때 밝힌 본인 프로필과 배우자 조건이다.

이 여성은 등록 후 세 번째 맞선에서 50세의 대기업 임원을 만나 어렵잖게 결혼에 골인했다. 남성들이 좋아하는 직업(교사)에 양육아도 딸 하나라 상대에게 부담이 크지 않았다. 거기에 배우자 조건도 무난하여 선택의 폭이 넓었다.

"증권사 부장으로 연봉은 9,000만 원 정도 됩니다. 그 동안 재산도 제법 모았었는데 이혼 시 전 배우자에게 분배하다 보니 제게는 달랑 전셋집 하나만 남았습니다. 자녀 둘은 전 배우자가 키우고 있으나 저도 정기적인 면접권을 가지고 있습니다. 양육비도 제법 보내지요. 37세 전후의 초혼이나 출산 경험이 없는 여성을 원합니다. 함께 경제활동을 할 교사나 약사 혹은 대기업, 공무원 종사자 중에서 동안의 여성이면 좋겠습니다."

45세 남성 K씨의 프로필과 배우자 조건이다. 이 남성은 재가입까지 해가며 어렵게 13명의 여성과 맞선을 봤지만 결과는 만족스럽지 못했다. 본래 프로필은 양호했으나 이혼 과정에서 많이 악화됐다. 거기에 상대 조건도 너무 까다로웠기 때문이다.

재혼의 성공 여부는 이혼 과정에서 이미 상당부분 결정된다. 자녀 양육 여부나 보유 재산 등에 따라 재혼 상대로서의 선호도가 확연히 갈리기 때문이다. 배우자 조건을 설정할 때도 당연히 자신의 이런저런 상황을 빠짐없이 고려해야 한다.

재혼 상대로서 매력 포인트? 男 '노후보장' – 女 '무출산'

재혼에 나서는 돌싱들은 초혼 실패 후유증을 비롯하여 상대에게 숨기고 싶은 약점이나 흠결도 있을 것이다. 그러면 이런 부정적 요인을 상쇄할 메리트, 즉 매력 포인트는 무엇일까? 2011년 7월 돌싱 남녀 506명을 대상으로 '재혼 시 상대에게 어필할 수 있는 자신의 가장 큰 강점이 무엇인가?'를 조사했다. 이 조사에 응한 남성의 28.5%가 '노후보장 경제력'을, 23.6%는 '안정된 직장'을 꼽았다. 여성은 남성과는 전혀 달리 23.3%

가 '출산 경험이 없는 점'을, 21.6%는 '자기관리 철저, 즉 외모', 그리고 17.2%는 '동안'이라고 답해 성별 특징이 그대로 드러났다.

재혼 대상자들도 남성은 외모, 여성은 경제력을 여전히 중시한다. 단지 남녀 모두 상대의 자녀에 매우 민감하므로 출산이나 양육과 관련하여 부담이 적으면 배우자감으로 인기가 높다.

'재혼을 한 후 상대에게 줄 수 있는 배우자로서의 가치'에 대해서는 남녀 모두 비슷한 생각을 가지고 있었다. '동반자적 존재'(남 44.0%, 여 54.5%)로서의 역할을 가장 높게 평가했고, '정서적 위안을 주는 상대'(남 27.5%, 여 33.9%)와 '소울 메이트 역할'(남 22.0%, 여 6.1%) 등을 가치 있게 봤다.

재혼 대상자들은 초혼에 비해 상대적으로 나이가 많다. 이런 연유로 상대를 인생의 동반자적 개념으로 보는 사람들이 많다. 따라서 서로를 이해하고 위로해 주면서 상호 의지하는 존재로 배우자를 인식한다.

재혼의 가장 큰 걸림돌? 男 '자녀 둘 양육' - 女 '자녀 둘 출산'

자녀 출산이나 양육은 재혼 상대에게 많은 부담을 주는 게 사실이다. 경제적 부담은 물론 육아문제, 가족 구성원 간의 화합문제, 거기에 전 배우자와의 교류 가능성 등과 같은 복잡다단한 문제가 연루되기 때문이다. 특히 남성들은 생물학적 관점에서 여성의 출산 경험 자체를 꺼린다. 남녀 불문하고 상대 자녀에 대한 기피 성향이 강하다 보니 자녀와 밀접한 관계를 유지하는 돌싱들은 재혼에 어려움을 겪을 수밖에 없다. 이런 성향을 반영하듯 '재혼을 하는 데 가장 큰 걸림돌이 무엇인가?'라는 질문을 던지자, 남성은 응답자의 28.1%가 '자녀 둘 이상 양육'을 꼽았고, 여성은 25.5%가 '자녀 둘 이상 출산'으로 답했다. 그 다음으로는 '나이가 많아서'(남 24.2%, 여 23.8%)가 바짝 뒤따랐다. 2011년 5월 실시한 설문조사 결과로서 돌싱 남녀 각 253명이 참여했다.

이혼 경험이 있는 돌싱들이라 초혼 때와는 또 다른 문제도 있다. '민감한 나이의 자녀가 있어서'(27.4%), '마음의 상처가 아물지 않아서'(23.6%), '재혼하기에 나이가 너무 어려서'(20.8%) 등이 남성들의 고민이라면, '경제적 불안'(38.6%)은 많은 여성들의 부담 요인이다. 또한 '한물간 외모, 몸매'(16.6%)와 '민감한 나이의 자녀'(14.9%) 등도 재혼에 나서는 여성들의 마음을 무겁게 한다.

돌싱들의 '나이'와 '양육아'의 함수관계?

'돌싱들의 경우 나이가 많아질수록 양육아 보유율도 높아진다'. 2012년 9월 온리-유가 재혼 대상자 502명(남 279명, 여 223명)의 양육아 보유 현황을 조사했더니 이와 같은 함수관계가 성립했다. 남녀에게 공통된 현상이다. 자세한 내용을 보면 본인에게 양육아가 있는 비중은 남성의 경우 전체 조사 대상자의 47.3%, 여성은 48.4%로 비슷한 수준이다. 그러나 남녀 모두 연령대별로 큰 차이를 보였다. 20대의 경우 남성은 양육아 보유자가 없었고, 여성 또한 71.4%가 없었다. 결과적으로 20대 돌싱 중에는 성별 구분 없이 양육아 보유자가 많지 않다. 30대는 남성이 31.4%, 여성은 33.7%가 자녀를 키우고 있었다. 40대는 남녀 각 51.6%와 60.0%, 그리고 50대 이상에서는 61.9%와 63.9%가 1명 이상의 자녀를 양육하고 있었다.

　이런 현상이 나타나는 데는 여러 가지 이유가 있다. 저연령대는 전반적으로 출산율이 낮은 데 반해 연령대가 높아질수록 출산율도 높다. 또 저연령대는 혼인지속 기간도 짧아 출산 자체가 제한적일 수밖에 없다. 거기에 자녀 부담이 없는 20대, 30대 돌싱들은 재혼을 서두르는 경향이 있으나, 자녀 양육을 책임지고 있는 돌싱들은 자녀들이 어느 정도 성장할 때까지 자신의 재혼을 늦추는 경향이 있는데 이런 점도 이유 중의 하나가 되겠다.

맞선 시 꼭꼭 숨기고픈 비밀? 男 '무데뽀' vs 女 '비만'

　나이가 들면서 각종 풍파와 맞닥뜨리다 보면 순수함이나 매너, 외모 등도 많이 망가진다. 재혼을 위해 맞선에 나서는 돌싱들이 상대에게 드러내 보이고 싶지 않은 사항도 바로 이런 모습일 것이다. 돌싱 남녀 532명에게 '자신의 모습 중 재혼 맞선 시 상대에게 드러내 보이고 싶지 않은 최대 단점'을 꼽으라고 했더니, 남성은 '무데뽀 정신'에 가장 많은 34.6%가 몰렸고, '듬성듬성한 머리'(19.9%)와 '비만'(19.5%) 등도 상위에 올랐다. 여성은 35.0%가 '비만'을 지적하여 맞선의 주적으로 꼽혔고, '무데뽀 정신'(29.2%)과 '얼굴·목의 주름'(14.0%) 등도 부끄러운 점으로 꼽혔다.

　돌싱들은 남성은 남성대로, 또 여성은 여성대로 산전수전 겪으면서 합리성이나 상식보다는 임기응변이나 편의주의식 사고에 길들어진 사람들이 많다. 또 돌싱 여성들은 미혼에 비해 몸매나 외모관리에 상대적으로 소홀하여 신체조건에 자신감이 부족한 편이다.

최근에는 초혼에서도 결혼 적령기에 대한 개념이 모호해지고 있으나 재혼에서는 특히 나이가 천차만별이다. 이런 상황에서 '현재 본인의 나이는 재혼 대상자로서 어떤 편인가?'라는 질문을 받고, 남성은 '가장 적합한 나이'라는 반응이 57.9%로 가장 많았다. '늦은 편'이 25.9%이고, '빠른 편'은 16.2%였다. 그러나 여성은 59.1%가 '늦은 편'이라고 답해 '가장 적합한 나이'(37.4%)와 '다소 빠른 편'(3.5%)보다 훨씬 많았다.

결혼을 하는 데 있어 통상적으로 남성이 여성보다 나이에 덜 민감하기 때문에 남성은 결혼 압박감이나 문제의식 자체가 낮은 편이다. 더군다나 재혼의 경우 남성은 재력이나 건강 등만 뒷받침되면 연령에 구애받지 않고 배우자를 찾을 수 있다는 사회적 인식도 여기에 한 몫 한다. 그러나 여성은 남성과는 상황이 다르다. 초혼과 재혼을 막론하고 나이에 따라 외모, 신체적 호감도는 물론 순결성과 신비감 등과 같은 측면에서의 평가도 많이 떨어진다. 늘 나이를 염두에 둘 수밖에 없는 이유이다.

천태만상의 재혼
지원자 행렬

특이한 부류의
재혼 희망자들

유형1 "저는 S대 법대 출신의 변호사와 결혼을 했었는데 잘 맞지 않아 5개월 만에 헤어졌습니다. 전 배우자는 AB형이어서 그런지 성격도 종잡을 수 없고 생활 패턴도 별나서 일찌감치 이혼을 택했지요. 재혼 상대는 AB형은 빼고 O형이나 B형 남자가 좋을 듯합니다. 전 배우자와 같은 대학 출신으로 3대 로펌 중 하나에 근무하는 변호사로 소개해주시고, 부모도 전문직이나 그에 준하는 가정환경이어야 양가의 수준이 맞을 것 같습니다. 나이도 너무 차이가 나면 거리감이 느껴질 수 있으니 최대 4세까지로 제한해 주세요."

서울의 명문 의학전문대를 나와 현재 모 종합병원에서 의사로 근무하는 33세 여성 H씨가 비에나래에서 재혼 상담을 하는 장면이다. 전 배우자가 S대 법대 출신의 변호사였기 때문에 재혼 상대도 비슷한 프로필이기를 원한다. 거기에 결혼 실패를 통해 얻은 교훈이나 전 배우자의 단점을 메워줄 요인들이 추가되면서 재혼 조건도 여간 까다롭지 않다. 한마디로 초혼보다 더 당당하게 재혼에 임하고 있다.

유형2 "매니저님, 내가 나이는 제법 들었지만 운동을 생활화하고 건강 관리도 철저히 하기 때문에 아직도 웬만한 40대 중반 정도의 체력은 된다오! 상대만 원한다면 아이도 가질 수 있고. 그래서 나한테 소개해줄 여성은 자기관리 잘한 54세 이하로 성생활을 즐길 수 있어야 해요. 밝고 선한 인상에 마음 씀씀이가 고운 영화배우 정윤희 스타일이면 좋겠구먼!"

국내 최대 규모의 축산업을 영위하고 모 기업체의 2대 주주로서 1,000억 원대의 자산가인 73세 남성 P씨의 재혼 상담 내용 중 일부이다. 결국 51세에 재색을 겸비한 대학교수와 첫 만남 후 1주일 만에 동거에 들어갔고, 동거와 함께 계약에 따라 현금 5억 원을 여성의 계좌로 입금해줬다. 계약결혼과 함께 인생의 황혼기를 20대 청춘 못지않게 열정적으로 살고 있다.

유형3 "우리 딸 결혼을 시켜놓고 몇 년간 사는 것을 가만히 보니 사위 녀석이 영 마음에 들지 않아요. 자립심도 없고 게으르고 사회성도 없고…. 그래서 이혼에 대비하여 딸에게 잠자리도 가능하면 피하게 하고 특히 임신이 되지 않도록 엄명을 내렸지요. 그 후에도 더 이상 나아질 게 없어 보여서 결국 딸을 내 집으로 불러들이고 이혼 절차에 들어갔지요."

D외고와 E여대를 졸업한 후 S대기업에 근무하는 36세의 여성 K씨! 연봉도 7,700만 원대이다. 5년 여의 결혼 경력이 있으나 출산 경험은 없다. 프로필에서 보듯 학교 성적이나 사회활동은 타의 추종을 불허한다. 그러나 결혼생활은 물론 이불 속 부부관계마저 엄마의 지시(?) 하에 움직인다. 당연히 재혼 상대를 찾는 데도 하나에서 열까지 어머니가 세세하게 간여한다. 결혼정보회사 등록부터 맞선 대상자의 나이, 학력, 직업 및 연봉, 인상, 신장 등은 말할 필요도 없고, 상대 부모의 학력과 직업, 생활수준까지도 깐깐하게 검증한 후 맞선 여부를 결정한다. 거기에 그치지 않고 맞선 본 소감을 하나하나 들어본 후 교제 여부까지 어머니가 결정해준다.

유형4 "경상도의 한 벽촌 마을에서 태어나 부산에서 고등학교를 졸업한 뒤 직장에 다니면서 야간대학을 마쳤습니다. 그 후 공무원과 결혼하여 두 명의 아들을 두었으나 결혼한 지 16년이 되던 해 남편이 외도를 하면서 결혼생활에 금이 가기 시작했습니다. 그리고 5년 뒤 정식으로 헤어졌지요. 그 후 자식들에게 올인하여 신사임당 못지않게 혼자서 잘 키웠습니다. 45세의 큰 아들은 서울대학교와 대학원을 마치고 현재 변리사로 근무 중이고, 43세의 둘째는 고려대학교를 나와 대기업에 다니고 있습니다. 아이들 모두 결혼시키고 내 갈 길을 가려고 했으나…, 막내는 결혼시켰는데 장남은 별로 관심이 없어 아직이네요. 내 나이도 있고 하여 70이 되기 전에 못 다한 사랑을 완성시키고 싶어 이렇게 연락드립니다. 여행이나 뮤지컬, 음악회, 영화 등을 함께할 수 있는 동반자가 되어주실 수 있기를…"

유치원에서 놀이 삼아 아이들을 돌보고 있는 68세의 여성이 재혼 전선에 나섰다. 재혼전문 온리-유의 홈페이지에 올라 있는 한 남성회원에게 간절한 마음을 담아 프러포즈한 내용이다.

재혼 지원자들인지라 뭔가 다르다. 본인의 나이에서부터, 이혼 사유와 살아온 길, 그리고 현재의 모습에 이르기까지 다채롭다. 특이한 재혼 조건이 있는가 하면 재혼해 사는 모습도 초혼과는 사뭇 다르다.

통계로 보는 재혼 추이

이렇듯 재혼 대상자들은 다양하다. 20대부터 70대, 80대까지, 본인의 상황이 각기 다르듯 재혼 상대에 대한 요구조건도 천차만별이다. 이런 재혼 세계의 상황은 우리 사회현상과 궤를 같이한다. 외환위기가 시작된 후 1998년부터는 연간 10만 건 이상의 이혼이 발생하고 2003년에는 16만6,600건에 달해 최고 수준을 기록했다. 그 후에도 연간 11만에서 14만 건의 이혼이 지속되어 한 해 평균 25만 명에 가까운 돌싱들이 우리 사회로 쏟아져 나온다. 당연히 우리 가족이나 친지, 직장 동료 중에서도 쉽게 이혼 경험자를 접할 수 있다. 이혼에 대한 부정적 인식이 사라지고 돌싱들이 끊임없이 우리 사회로 유입되면서 이혼은 자연스러운 현상이 돼 가고 있다. 방어막 역할이 사라지면서 하나의 이혼이 또 다른 이혼을 부추겨 봇물이 터진 양상이다.

통계청 자료를 보면 2012년 전체 이혼 건수는 11만4,300건으로 전년(11만4,000 명)과 비슷하다. 평균 이혼 연령은 남성 45.9세, 여성 42.0세

로 전년보다 남녀 모두 0.5세 증가했다. 이혼 부부의 평균 혼인지속 기간
은 13.7년으로 증가세를 지속했다. 특기할 사항은 혼인한 지 20년 이상
된 부부의 이혼 비중은 전체 이혼 건수 가운데 26.4%로 가장 높은 비중
을 차지했다. 2011년에는 결혼 4년차 이하 이혼이 3만700건, 20년차 이
상 이혼이 2만8,300명으로 4년차 이하 이혼이 더 많았다. 그러나 2012
년에는 4년차 이하가 2만8,200건, 20년차 이상이 3만200건으로 역전
을 기록했다. 특히 혼인 기간 30년 이상 부부의 '황혼이혼'이 8,600건으
로 전년보다 8.8% 늘어 가장 높은 증가율을 보였다. 고령화에 따른 노
령 인구의 증가가 이런 현상을 견인한다고 볼 수 있다.

다음은 재혼 추세를 살펴본다. 남성과 여성의 평균 재혼 연령은 각각
46.6세와 42.3세로, 이혼 후 재혼까지 남성은 0.7년, 여성은 0.3년이 소
요된 셈이다. 돌싱 여성이 돌싱 남성보다 빨리 새로운 보금자리를 마련한
다. 돌싱들의 재혼 상대를 혼인경험 유무의 관점에서 분석해보면 재미있
는 점을 발견할 수 있다. 즉 돌싱 여성이 초혼 남성과 결혼한 건수는 1만
8,900건으로, 가장 많았던 2008년(2만600건)보다는 적지만 2011년보
다는 0.9% 늘었다. 특히 남성의 평균 초혼 연령이 32.1세(2012년 기준)
인 점을 감안하면 1만8,900명의 돌싱 여성 중 일부는 10살가량 어린 총
각을 신랑으로 맞았을 것으로 추정된다. 결혼 후에도 직장을 다니는 능
력 있는 알파걸들이 점차 늘어나고 이혼녀에 대한 사회적 인식이 개선되
고 있다는 점에서 이 같은 초혼 남성과 돌싱 여성의 결혼은 앞으로도 늘
어날 전망이다.

이에 반해 돌싱 남성이 초혼 여성과 결혼한 건수는 1만3,500여 건
으로 그 전년보다 3.1% 줄었을 뿐 아니라 돌싱 여성과 초혼 남성의 결

혼 건수보다도 훨씬 적다. 남성과 여성이 모두 재혼인 부부는 3만7,600 쌍으로 2011년에 비해 소폭(0.2%) 감소했다. 이에 따라 둘 중 한 명 이상이 재혼인 부부는 2012년 7만 쌍으로 2011년(7만3,000쌍)에 비해 3,000쌍가량 줄었다. 전체 결혼에서 재혼자가 포함된 혼인이 차지하는 비중은 21.4%이다. 미성년 자녀가 있는 부부의 이혼 비중은 52.8%로 지속적인 감소세를 보였고, 협의에 따른 이혼이 76.0%로 그 전년보다 소폭 늘었다.

재혼 행렬 상의 7大
뉴 트렌드(New Trend)

재혼 대상자들은 초혼들과는 완전 딴판이다. 인적 구성이 다양한 만큼 스토리도 풍부하다. 산전수전 다 겪은지라 연기력도 실감난다. 대한민국 돌싱들이 생동감 있게 그려내는 재혼 세계의 실상과 그 배경을 구석구석 스케치했다.

NEW TREND 1. 돌싱 여성들, 더 이상 울지 않는다!

"그 원수 같은 놈 때문에…!" 결혼정보회사에 재혼 상담을 오는 여성 10명 중 7~8명이 이 같은 비방을 쏟아낸다. 본격적인 상담에 앞서 휴지가 수북이 쌓이도록 눈물도 훔친다. 이런 장면이 2010년도까지의 모습이다. 그러나 불과 몇 년이 지난 지금은 그런 모습을 찾으려야 찾을 수가 없다. 전에는 결혼생활과 이혼 과정의 고통스러웠던 일을 생각하며, 그리고 이혼자에 대한 주변인들의 손가락질이 서러워 참았던 울분을 쏟아냈던 것이다. 이제는 우리 사회의 도처에서 이혼자들을 접할 수 있다. 더이상 서러워하거나 자책감을 느낄 필요가 없어졌다. 이혼과 재혼이 그만큼 보편화된 것이다.

NEW TREND 2. **20대와 80대 돌싱, 더 이상 '재혼의 사각지대' 아니다!**

결혼정보회사는 결혼 희망자들이 찾는 곳이다. 당연히 결혼 지원자들로 넘쳐난다. 그러나 그런 결혼정보회사도 모든 고객들의 요구사항을 다 충족시킬 수는 없다. 50대의 재혼 희망 여성 고객이나 20대의 돌싱 남성 고객이 그 한 예이다. 불과 몇 년 전만 해도 50대 여성이나 20대 돌싱 남성에게 재혼 상대를 찾아주기란 하늘에 별 따기와 같이 어려웠다. 그러나 이제 재혼 영역이 밑으로는 20대, 위로는 70대, 80대까지 확장되면서 이 문제는 자연스럽게 해결됐다. 결혼 후 1개월 혹은 1년 이내에 혼인신고도 하지 않은 채 헤어지는 20대와 30대 사실혼 경험자가 우리 사회 도처에 퍼져 있다. 그뿐 아니라 건강하고 부유한 중장년층의 증가와 평균수명의 급격한 신장, 자녀에 대한 노후 의존도 감소 등으로 60~80대의 재혼 희망자도 계속 늘어가고 있다.

NEW TREND 3. **재혼도 '선행학습' 한다!**

학생들에게 선행학습이 있듯 재혼 희망자들에게도 비슷한 과정이 있다. 본격적인 재혼 준비에 앞서 사전에 귀동냥도 하고 정지작업도 하는 것. 1~2년 전까지는 남성들이 많았으나 이제는 여성들도 이런 대열에 합류하고 있다. 정식적으로 이혼을 하기 전에 재혼전문 업체 등을 찾아 재혼과 관련된 유의사항을 알아둔다. 재혼을 할 경우 어떤 배우자를 만날 수 있을지, 좋은 배우자를 만나기 위해 갖추어야 할 사항이 무엇이고, 또 갖지 말아야 할 사항은 어떤 것인지 등에 대해 문의한다. 이렇게 상담을 받고 나서 실제 이혼을 할 때 재혼에 부담되는 요소를 사전에 해소하는 경우도 흔히 볼 수 있다.

NEW TREND 4. 돈의 위력, 초혼보다 몇 배 세다!

여성들은 돌싱의 신분으로 바뀌면서 배우자 조건 상에 엄청난 변화가 온다. 누구랄 것도 없이 한결같다. 초혼 때 그렇게 깐깐하게 따졌던 학력이나 직업, 가정환경, 신장, 성격 등과 같은 조건들은 대부분 머릿속에서 지워버린다. 20대 여성 돌싱들조차도 마찬가지이다. 오로지 경제력에 집중한다. 박사나 30대 초반의 모델 급 미인도 재력이 뛰어나다면 40대 후반이나 50대 초반의 고졸 남성을 마다하지 않는다. 남성도 사정이 크게 다르지 않다. 정도의 차이는 있지만 남성 역시 재력을 중시한다. 평생 연금이 보장되는 여성, 고가의 아파트 보유자, 그리고 재력가의 상속녀 등은 외모나 나이 차, 양육아 보유 여부와 상관없이 재혼 세계에서 높은 인기를 누린다.

NEW TREND 5. 무출산 돌싱 여성은 결혼시장의 조커 역할!

30대 후반이나 40대 초반의 소위 골드미스터들은 골드미스보다 돌싱 여성을 선호하는 경향이 있다. 물론 이 경우 돌싱 여성은 살짝 결혼 경험이 있는 무출산이어야 한다. 골드미스들은 배우자 조건이 지나치게 까다로울 뿐 아니라 자존심도 강해 많은 남성들이 부담을 느낀다. 그에 반해 짧게나마 결혼 경험이 있는 돌싱 여성은 현실적인 면이 강해 골드미스터뿐 아니라 돌싱 남성들로부터도 맞선 신청이 쇄도한다.

상대 자녀 수용, 이젠 보편화!

재혼 대상자들에게 가장 큰 장애요인은 역시 자녀이다. 자신이나 상대에게 양육 자녀가 있을 경우 상대는 물론 본인도 선뜻 수용하기 어렵다. 특히 우리나라는 자녀에 대한 부모들의 집착이 유난히 강해 평생 끈끈한 유대관계를 유지하기 때문에 상대 자녀를 받아들이는 데 많은 부담감을 느낀다. 그러나 최근 10여 년 동안 재혼 문화가 서서히 정착돼 오면서 자녀 한 명 정도는 수용하는 분위기로 바뀌고 있다. 양육아를 보유한 돌싱들의 재혼에 숨통을 틔워주고 있다.

골드돌싱 여성들, 미련 없이 이혼하고 당당하게 재혼한다!

20대부터 40대 초반까지의 이른바 신세대형 골드돌싱 여성('골드미스'의 골드와 '돌아온 싱글'의 돌싱을 합성한 신조어)들은 이혼과 재혼에 있어서 45세 이상의 여성들과 많은 차이가 있다. 가장 큰 차이 중 하나는 결혼 후 전도가 불투명해 보이면 미련 없이 이혼을 선택한다는 점이다. 재혼 상대를 선택하는 데 있어서도 마찬가지이다. 초혼에 못지않게 당당하고 깐깐하게 고른다. 온리−유가 2012년 골드돌싱 여성 675명의 경제력을 분석한 결과 조사 대상자의 63.0%(425명)가 연봉 5,000만 원 이상이었고, 연봉이 6,000만 원 이상인 고소득자도 49.0%(331명)로 절반에 육박했다.

센스 있는 돌싱들이 갖출
'7大 재혼 성공 요건'

재혼의 성공 여부는 이혼 과정에서 크게 좌우된다! 초혼 때 이런저런 결혼 준비를 하듯 재혼 때도 크게 다르지 않다. 준비가 잘 된 사람은 배우자도 원하는 대로 쉽게 찾을 수 있을 것이고, 자신의 조건이 보잘 것 없으면 배우자도 그 수준에 맞게 찾을 수밖에 없다. 비에나래와 온리-유가 2012년 회원활동이 완료된 재혼 고객 478명(남 235명, 여 243명)을 대상으로 결혼이 성사된 경우 그 성공 요인을, 그리고 성혼에 이르지 못한 회원들은 그 패인을 분석했다. 재혼 희망자들이 마음속에 깊이 새겨야 할 유의사항이 되겠다.

재혼 성공 요건 1. **재혼상대에게 자녀에 대한 부담을 최소화해야 한다.**

이미 여러 번 언급했듯이 재혼의 가장 큰 걸림돌은 자녀이다. 일반적으로 재혼 대상자들은 상대에게 출산경험이 없기를 바란다(대상자 중 해당자 : 남 53명, 여 45명 – 비교적 젊은 층). 자녀가 있을 경우에는 전 배우자가 키우기를 희망한다(남 172명, 여 152명 : 30대 후반 이후). 재혼 상대가 직접 양육할 경우 아들보다는 딸을 선호한다(남 142명, 여 117명). 종합하면 무출산을 가장 선호하고, 다음으로는 무양육 〉 딸 1명 양육 〉 아들 1명 양육 〉 딸 2명 양육 〉 딸, 아들 각 1명씩 양육 〉 아들 2명 양육 등과 같은 선호도를 보인다.

양육아가 있을 경우 어느 정도 성장한 후에는 자녀를 독립시키는 것도 상대의 부담을 경감시켜준다(남 48명, 여 63명). 유학이나 분가 등의 방법이 있다. 전 배우자가 자녀를 양육한다 해도 면접권이나 양육비 지급 등과 관련하여 너무 자주 교류하면 상대의 마음을 불편하게 만든다.

재혼 성공 요건 2. '재산'이 중요하다.

초혼 때는 아직 젊기 때문에 결혼 후 함께 모으면 된다는 인식이 강하다. 그러나 재혼 대상자는 나이가 있기 때문에 거주지는 물론 동산도 어느 정도 '형성돼' 있기를 바란다. 따라서 이혼 과정에서 전 배우자에게 재산을 과도하게 분배하여 경제력이 부실하거나, 양육비 등을 지나치게 많이 지급하는 남성은 십중팔구 재혼에 어려움을 겪는다(38명). 여성도, 특히 양육아를 보유한 경우 일정 수준의 재산을 보유하고 있기를 원하는 남성이 많다(43명).

재혼 성공 요건 3. 최대한 늦게까지 '현역'이기를 원한다.

50대 이후의 남성일지라도 안정된 직장에서 현역으로 오랫동안 활동하기를 원한다(여 47명). 여성에게도 비슷하게 적용된다. 남성이 여성에게 직장을 원하는 것은 경제활동 측면 뿐 아니라 자기관리에 대한 욕구의 발로이기도 하다(남 186명).

재혼 성공 요건 4. **나이에 따라 재혼 상대가 달라진다.**

남성은 건강이나 재력 등이 뒷받침되면 70대, 80대까지 상관없으나, 여성은 아무래도 50대 후반에서 60세가 가까워지면 대상자가 현격히 줄어든다.

재혼 성공 요건 5. **젊은 분위기를 유지해야 한다.**

30대, 40대는 물론 60대, 70대도 재혼을 할 때는 모두 새로 출발하는 기분이다. 그런 분위기에 맞게 재혼 상대의 몸과 마음도 젊고 건강하기를 바란다. 너무 '아줌마'같거나 '아저씨' 티가 나지 않도록 외모나 몸매, 피부, 머리 등 신체적 요건은 물론 패션, 마음가짐 등도 젊고 활력 있게 유지하고 관리할 필요가 있다(남 178명, 여 148명).

재혼 성공 요건 6. **상대 입장에서 자신의 '가치'를 냉철히 평가할 줄 알아야 한다.**

초혼과 마찬가지로 재혼 때도 누구나 좋은 배우자감을 원한다. 그러나 재혼을 할 때는 초혼보다 현실적인 면이 강하다. 남성의 경우 자신의 경제력과 직장, 자녀관계 등의 관점에서 강약점을 냉철히 평가한 후 거기에 맞는 상대를 찾아야 하고, 여성 또한 자신이 배우자에게 줄 수 있는 장점과 부담 요인이 어떤 게 있는지 면밀히 따져봐야 한다. 남녀 모두 재혼을 통해 윈윈(Win-Win : 상생)한다는 마음자세가 필요하다.

재혼 성공 요건 7. **전 배우자의 흔적을 말끔히 지워야 한다.**

재혼 대상자 앞에서 전 배우자와의 재산문제나 자녀관계 등에 대해 언급하는 것은 상대의 마음을 불편하게 한다. 전 배우자에 대해 자랑을 하거나 험담을 하는 것도 삼가야 한다. 사별의 경우는 전 배우자에 대한 추억이나 향수를 언급하여 상대로 하여금 의구심을 갖게 할 필요는 전혀 없다.

초혼 실패
보상해줄
'빅딜 파트너
조건'

단순 명쾌한 돌싱들의 결혼 셈법

"연봉 1억 원, 재산 30억 원 정도는 돼야죠!"

재혼 대열에 나선 돌싱 여성 절반 가까이가 제시한 재혼 상대 조건이다. 2013년 7월 온리-유가 '재혼 상대의 연봉과 재산으로 만족스러운 수준'에 대한 설문조사를 실시했더니 이런 결과가 나왔다. 남성은 '연봉 4,000만~5,000만 원, 재산은 1억 원 정도'를 가장 많이 희망했다. 남녀 간에 엄청난 차이가 있다. 그래서 '이런 배우자 조건을 제시한 근거'를 요구했더니 돌아온 대답도 가관이었다. 남성은 67%가 '자신의 객관적 수준'을 기준으로 배우자 조건을 설정하여 합리적인 반면, 여성은 51%가 '별다른 근거 없이 그 정도 돼야 평생 풍족하게 살 수 있을 것 같아서'라는 것이다. 물론 남성과 여성 간에는 아직 성 역할도 다르고 중시하는 배우자 조건도 다르다. 그런 점을 감안하더라도 여성들의 욕심은 좀 과한 듯하다.

이혼이라는 인생 훈장(?)을 달고 재혼에 나서는 평균 45.9세의 남성과 42.0세의 여성들!

인생에 회한도 많고 또 그것을 보상받고 싶기도 할 것이다. 특히 여성들의 재혼 조건상에는 이해하기 힘든 부분이 많다. 지나치게 경제력에 집중한다는 것이다. 다른 조건들은 대체로 초혼에 비해 크게 완화한다. 그런 만큼 경제력에 거는 기대는 가히 하늘을 찌를 듯 높다. 40대 이상은 물론 20대, 30대에도 똑같이 해당된다. 여성들이 경제력에 이토록 목을 매는 데는 여러 가지 이유가 있다. 재혼을 노후보장 차원으로 보는가 하면 주변 사람들에게 과시하고픈 욕구도 크게 작용한다. 어찌되었든 간에 경제력에 사활을 거는 자세는 바람직하지 않다. 당연히 재혼의 목적에도 부합하지 않는다.

초혼은 여성, 재혼은 남성에게 유리하다?

한편 재혼 상대의 수준과 조건을 정할 때는 자신의 여건부터 꼼꼼하게 따져봐야 한다. 상대도 아무나와 재혼하지는 않을 테니까…. 대체적으로 초혼 때는 여성이, 재혼 때는 남성이 각각 유리한 위치에 선다. 재혼 상대를 찾는 데 있어서는 여성이 불리하다는 것이다. 남성들은 경제파탄 등과 같은 일부 제한된 이유로 '이혼 당한' 경우를 제외하고는 초혼 시보다 형편이 나을 때가 많다. 사회생활을 착실하게 해왔으면 그 자체가 재혼에 유리하게 작용한다. 경제력이나 사회적 지위, 노후보장 등이 그대로 유지되기 때문이다. 그러나 여성은 사정이 다르다. 물론 사회활동을 열심히 해왔을 경우에는 남성과 비슷하게 강점으로 작용한다. 하지만 전 배우자와의 결혼생활 동안 해왔던 많은 일들, 즉 가사나 육아, 시가와의 관계 등은 전 남편에게는 소중한 일이었을지 몰라도 재혼 상대에게는 별로 가치가 없다. 거기에 더해 외모 호감도는 많이 떨어졌고, 자녀 출산이나 양육 등으로 부담 요인은 잔뜩 늘었다. 한마디로 감가상각(?)이 많이 이뤄진 상태이다. 상대에게 어필할 만한 메리트가 많지 않은 것이다. 커플매니저들이 좋은 배우자감 만나 재혼하는 돌싱 여성들을 보면서 '간택 당했다'는 표현을 쓰는 것도 이런 연유에서다.

결혼은 'Give & Take', 받고 싶은 만큼 줄 것 준비해야!

재혼에 나서는 돌싱들은 누구나 인생역전을 꿈꿀 것이다. 그러기 위해서는 자신부터 준비를 철저히 해야 한다. 빅딜을 원한다면 통 크게 받는 대신, 상대에게도 그에 상응하는 가치를 듬뿍 안겨줘야 한다. Give & Take(주고받기) 정신이 필요하다. 그렇다고 인생역전을 물질적인 견지에서만 바라볼 필요는 없다. 자신의 여건과 비슷한 조건의 상대를 만나면 된다. 정신적으로 조화롭고 풍요롭게 지내는 것 또한 초혼을 보상받는 최고의 대안이 될 수 있다. 그것이 이혼의 교훈이기도 하다.

확실한 '플러스(+)'를
찾아라!

살아봤더니
뭐니 뭐니 해도 돈이야!

"매니저님! 그 여성분과 세 번 만나봤는데 더 이상 만나지 않기로 결심 했습니다. 잘 아시다시피 그 분 외모는 탤런트 이영애 씨가 부럽지 않을 정도로 뛰어나잖아요! 그런데 42세의 나이에 경제력은 거의 밑바닥이더 군요. 월 80만원의 계약직으로 일하고 있는데 본인 재산이 전혀 없어서 12세 된 딸아이와 함께 부모에게 얹혀 살고 있더라고요. 제가 왜 그 모 녀를 평생 책임집니까? 다른 분 소개 부탁드립니다."

공기업 간부인 47세 남성 C씨가 맞선을 주선해준 온리-유에 교제 결 과를 알리고 있다. 당초 이 남성의 가장 중요한 배우자 조건은 외모였다. 그럼에도 불구하고 탁월한 외모의 소유자를 경제력 미비 때문에 3회 만 남을 끝으로 교제를 중단한다. 재혼회사에서 많은 고객들과 상담하다 보면 돌싱 남성들은 대부분 집은 본인이 책임지겠다는 자세가 돼 있다.

그러나 생활비 정도는 여성도 부담해야 한다는 인식이 강하다. 특히 여성이 자녀를 데려올 경우 자신들의 생활비 정도는 자체 조달했으면 하는 것이 많은 남성들의 솔직한 바람이다.

이와 비슷한 사례는 어렵잖게 접할 수 있다. 비에나래 고객 중 한 분을 소개한다.

"제가 잠깐 결혼생활을 하기는 했지만 아직 37세밖에 되지 않았습니다. 좀 늦은 초혼과 다를 바 없지요. 즉 지금부터 함께 생활기반을 일구어가야 합니다. 장기간 맞벌이를 할 수 있는 안정된 직장을 가진 여성이 필요한 이유입니다. 미혼이나 무출산 돌싱 중 맞벌이 가능한 여성을 부탁드립니다."

결혼생활을 5개월 정도밖에 하지 않은 모 반도체회사의 과장인 37세 남성 P씨가 내건 재혼 상대 조건이다.

재혼男 64%, '결혼 상대는 경제력 필수!'

재혼을 원하는 돌싱 남성들과 상담을 진행하다보면 상대의 출산과 양육 여부, 직장은 물론 금융재산 규모까지 자주 언급된다. 이와 같은 사실은 2010년 온리-유가 실시한 '돌싱 남성의 주요 배우자 조건'에 대한 분석에서도 잘 나타난다. 돌싱 남성 427명을 대상으로 조사했는데, 이 중 63.7%가 여성도 '직장을 가지고 있어야 한다'는 반응을 보였다. 41세 이상의 남성은 57.5%만이 이런 조건을 달았으나, 40세 이하에서는 68.1%에 달해 10% 이상 높다. 돌싱 남성들은 이혼할 때 재산 분배나 위자료 지급 등으로 경제력이 위축되는 경우가 많다. 따라서 이혼으로 생긴 재산 상의 감축분을 새로운 배우자가 다소나마 채워주기를 희망한다. 특히 40세 이하의 남성들은 직장생활이 보편화된 세대이기 때문에 맞벌이를 당연하게 생각한다. 아무래도 돌싱들 간의 만남은 남성이나 여성이나 초혼 때보다 계산적이다.

한편 '양육아를 수용하겠다'는 돌싱 남성의 비중은 전체 조사 대상자의 46.6%로 절반에 다소 못 미쳤다. 특히 40세 이하 남성에서는 33.5%에 그쳐 41세 이상의 64.8%보다 훨씬 낮다. 남성 자신도 양육아가 없는 경우가 많기 때문이다. 또 돌싱 남성 중 '(재혼 대상 여성이) 어느 정도의 재산을 보유해야 한다'는 조건을 내건 비중은 양육아 수용 여부와 연관성이 컸다. 양육아를 수용하겠다는 남성들 중에서는 43.7%가 이러한 조건을 내건 데 반해, 양육아를 수용치 않겠다는 남성들 중에서는 22.4%만이 재산 조건을 달아서 양육아 수용자가 두 배가량 높은 것이다. 위에서 살펴 본 내용을 종합해보면 40세 이하의 비교적 젊은 돌싱 남성들은 맞벌이할 여성을 원하고, 41세 이상의 남성들은 상대에게 양육아 부담이 있는 만큼 재산도 일정 수준 보유하기를 희망한다는 것이다. 반복된 주장이지만 초혼에 비해 재혼은 현실적이다. 많은 재혼 대상 남성들은 한마디로 제 몫은 제가 하자는 주의이다.

4050 돌싱男, '젊고 예쁜 女보다 경제력 원해'

"회원님, 이번에 소개드릴 여성분은 고등학교 영어교사입니다. 자기관리를 잘 하셔서 깔끔한 스타일이고 시내에 38평짜리 아파트도 보유하고 있습니다."

"그래요, 아주 훌륭한 조건이네요."

"그런데… 나이가 45세라서 회원님과 네 살밖에 차이가 안 나고 자녀도 아들, 딸 각 하나씩을 키우고 있어요…."

"괜찮습니다. 경제력 있고 노후준비 확실하니 여성의 나이나 자녀쯤은 제가 수용해야지요!!"

재혼전문회사에서 49세 공무원 남성 P씨에게 맞선 상대를 소개하는 장면이다. 4세 차이의 여성이 두 명의 자녀를 데리고 있음에도 불구하고 남성이 흔쾌히 맞선 상대로 수용 의사를 밝히고 있다. 정년과 연금이 보장되고, 그리고 상당한 수준의 재산을 보유하고 있기 때문이다.

재혼을 담당하는 커플매니저들에 따르면 40대 이상의 적지 않은 남성들이 나이나 외모보다는 경제력 등 실속을 중시하는 '여우과'로 급속히 선회하고 있다.

유사한 사례를 살펴보자.

"제 재혼 상대는 안정된 사업체나 샵(가게)을 운영하거나 연금이 보장되는 공무원, 교직원 등이면 좋겠습니다. 이러한 사항만 충족되면 여성의 나이나 외모, 양육 자녀, 그리고 거주지 등은 크게 상관하지 않겠습니다."

은퇴를 몇 년 앞둔 은행 지점장인 55세 남성 N씨의 재혼 배우자 조건이다.

돌싱 남성들의 배우자 조건도 빠르게 변하고 있다. 불과 몇 년 전만 해도 돌싱 남성들은 대부분 나이와 외모 등을 최우선시했다. 예를 들어 나이의 경우 40대 초반은 7~8세, 40대 후반은 10세, 50세 이상은 띠동갑에서 20세 이상의 차이를 원했었다. 또 양육 자녀도 기피했다. 그러나 최근에는 배우자 조건상 우선순위가 바뀌고 있다. 재산이나 직업, 노후준비 등의 현실적이 조건이 충족되면 여타 조건은 경시하는 풍조이다.

실제 비에나래와 온리-유가 2012년 10월 돌싱 남성들의 배우자 조건 중 '상대와의 나이 차이'에 대한 조사결과에서도 이와 같은 현상을 쉽게 확인할 수 있다. 즉 40세 이상의 재혼 희망자 572명을 분석한 결과 '4~7세 차이'를 원한 비중이 전체 조사 대상자의 44.9%(257명)를 차지해 가장 높았다. '8~11세 차이'가 26.4%(151명)로 두 번째로 많았고, '나이는 상관없다'도 17.1%(98명)에 달했다. '12세 이상의 나이 차이'를 원하는 비중은 11.6%(66명)에 불과했다.

이런 현상은 수명이 길어지고 노후가 불안한 현실과도 깊은 관계가 있다. 남성들이 재혼을 하면서 겉치레보다는 경제적 도움과 같은 실속을 추구하는 것이다. 재혼 문화가 성숙돼 가면서 재혼 상대와 나이 차이가 적을수록 자녀에 대한 부담도 적어질 뿐 아니라 세대차이도 적어 결혼생활이 한층 원만할 수 있을 것이라는 사실을 돌싱 남성들이 깨달은 결과로 볼 수 있다.

돌싱女 52%, '나이보다 핵심 조건이 더 중요'

그러나 아직도 10세 이상의 나이차를 원하는 돌싱 남성들의 비중도 무시할 수 없다. 여성은 여성대로 초혼에 비해서는 나이에 크게 민감하지 않다. 2011년 돌싱 여성 259명에게 '재혼 상대와의 바람직한 나이 차이'를 질문한 결과, 응답자 10명 중 6명가량이 재혼 상대의 나이가 10세 이상 많아도 상관없다는 입장을 보였다. 즉 '(나이 차이를) 개의치 않는다'(41.7%)거나 '10세 이상 차이도 상관없다'(18.8%)는 등의 반응을 보인 비중이 60.5%에 달한 것이다.

재혼을 하면서 나이 차이를 크게 개의치 않는 여성들의 속셈이 궁금하여, '나이 차이에 크게 관심을 두지 않는 이유'를 물었다. 51.8%의 응답자들이 '나이보다 핵심 조건이 더 중요하다'는 반응을 보여 절반이 넘었고, 소수 의견으로는 '이성의 의미보다는 동반자적 관계가 더 중요하여'(14.9%)와 '더 많은 사랑을 받기 위해'(14.0%) 등의 이유를 내놨다.

　반대로 남성들에게는 '재혼 상대로 나이 차이가 큰 여성을 원하는 솔직한 이유'를 물었다. 이 조사에 참여한 남성 33.8%로부터 '(나이가 비슷할 경우) 이성으로 느껴지지 않아서'라는 반응이 나왔다. '늙어 보여서'(26.2%)와 '본인이 그 정도는 요구할 가치가 있어서'(17.9%) 등의 이유들이 뒤를 이었다.

　돌싱들은 남성과 여성 간에 서로를 바라보는 시각상 차이가 크다. 남성은 이성의 관점에서 '여자'를 보나, 여성은 경제적 지원자나 인생 동반자로 남자를 간주하는 것이다.

돌싱女 55%, "살아보니 '경제력'은 역시 중요"

　돌싱 남성들도 경제력 등 현실적인 측면을 중시하는 추세인데 여성들은 오죽하랴! 경제력에 대한 여성들의 욕구는 새삼스러운 사실이 아니다. 초혼 때도 최우선 배우자 조건이 경제력이었고, 재혼 때도 마찬가지이다. 단지 배우자 조건에서 차지하는 경제력의 비중 측면에서 볼 때 재혼 대상자들이 초혼에 비해 훨씬 더 높다는 점이 차이라면 차이라고 할 수 있다. 이런 현상은 '재혼 상대를 고르면서 가장 중요하게 고려하는 사항'에 대한 조사결과에서도 입증된다. 조사에 응한 남녀 각 266명 중 남성은 48.1%가 '성품'에 체크했으나, 여성은 절반이 넘는 54.9%가 '경제력'

을 택한 것이다.

초혼에 비해 상대적으로 연령이 높은 재혼 대상자들에게 직장은 미혼들과 또 다른 의미가 있다. 미혼들은 대부분 직장생활을 시작한 지 얼마 되지 않아 정년이나 퇴직을 걱정할 필요가 없다. 그러나 돌싱들은 남은 기간이 상대적으로 짧다. 이런 사정을 반영하듯 '재혼 상대의 직업 중 최우선 고려사항'에 대한 질문에 남녀 절반 가까이가 '안정성, 즉 장기근무 가능성'(남 58.8%, 여 44.7%)을 택해 그 비중을 실감하게 했다. 안정성을 첫손에 꼽은 비중에서 남성이 여성보다 14.1%포인트 더 높은 점도 이채롭다. 남성들도 계약직이나 프리랜서보다는 장기적으로 안정되게 근무할 수 있는 커리어우먼을 원한다는 의미이다. 기타 고려사항으로는 남성이 '시간적 여유'(16.7%)와 '복리후생'(12.5%)을, 여성은 '연봉'(22.2%)과 '시간적 여유'(17.2%)를 각각 2위와 3위로 꼽았다.

돌싱女 46%, 재혼 조건은 '선택과 집중'!

미혼들은 대부분 배우자 조건으로 학력, 직업, 외모, 성격, 가정환경 등과 같은 필수사항은 물론 나이, 신장, 종교 등의 부대사항들도 빠짐없이 꼼꼼하게 챙긴다. 이에 반해 돌싱들은 현실적으로 가장 중요한 사항 한두 가지에 집중하는 경향이 있다. 특히 여성들에게 이런 현상이 심하다. 2011년 11월 실시한 '재혼 상대를 고르면서 초혼 때와 다른 점'에 대한 조사에서 남성 31.2%와 여성 45.9%가 '핵심사항 한두 가지에 초점을 맞춘다'고 답해 공감대가 가장 넓게 형성됐다. 보다시피 여성이 남성보다 14.7%포인트 더 높다. 그 외의 답변으로는 '이것저것 골고루 본다'(26.8%)와 '폭을 넓게 본다'(22.3%), '수준이 더 높아졌다'(19.7%) 등이 남성들로부터 나온 반응이고, 여성은 '폭을 넓게 본다'(26.1%)와 '이것저것 골고루 본다'(19.6%)는 등의 의견이 나왔다.

'재혼 상대를 고르는 기준'을 보면 남성은 성격이나 심성 등을 중시하는 '원론 형'이 39.8%를 차지하여 가장 많았으나, 여성은 경제력을 많이 고려하는 '현실중시 형'이 51.9%로 절반을 넘었다. 남성도 현실중시 형이 24.0%나 되어 4명 중 1명에 가까웠다. 외모, 나이 등을 중시하는 '주관적 조건 중시 형'은 16.2%에 그쳤다. 초혼 때와는 사뭇 다른 모습이다. 여성은 현실중시 형 다음으로 '초혼 보완 형'(23.1%)이 뒤따랐다. 즉 전 배우자의 부족분을 충족시켜줄 사람을 찾는 것이다. 그 뒤가 원론 형으로 남성과 대조적이다.

재혼 상대, '전 배우자보다는 나아야, 그러나 현실은…'

재혼 맞선 시의 특징, 男 '전처와 비교' – 女는?

'전 배우자와 비교를 하게 되는' 남성(32.4%), '의심이 많아진 여성'(35.3%)…. '재혼을 위해 맞선 상대를 대할 경우 초혼 때와 가장 달라진 특징'이다. 그 뒤로는 남성의 경우 '의심이 많다'(27.3%)와 '신비감이 떨어진다'(15.6%) 등을 지적했고, 여성은 '"별다른 남자 없다'는 생각이 든다"(25.2%)와 '신비감이 떨어진다'(20.2%) 등을 특징으로 꼽았다.

전 배우자와의 결혼 실패에 대해 자신의 책임이 크다고 생각하는 남성은 재혼 상대를 고를 때 전 배우자가 일차적인 판단의 기준이 된다. 반면 첫 결혼의 실패에 대해 피해의식이 많은 여성은 상대를 좀 더 꼼꼼하게 살피려는 경향이 있다.

결혼 실패 경험이 있는 재혼 대상자들은 당연히 전 배우자보다 더 나은 사람을 배우자로 맞고 싶어 한다. 그러나 현실은 그렇게 호락호락하지만은 않다. 온리-유가 2007년 전국의 재혼 대상자 486명(남녀 각 243명)에게 '재혼 대상자는 전 배우자와 비교하여 어느 수준이면 만족하나?'라는 질문을 던졌다. 이 질문에 남녀 구분 없이 '전 배우자보다 더 나아야 한다'(남 52.9%, 여 65.9%)고 답한 비중이 절반 이상을 차지했다. 특히 여성이 13.0%포인트 더 높다. 그 다음으로는 남성의 경우 '비슷하면 된다'(19.2%)에 이어 '비교하고 싶지 않다'(18.3%)의 순이고, 여성은 '비교하고 싶지 않다'(18.6%)가 먼저이고 '비슷하면 된다'(11.2%)가 뒤따랐다.

이런 기대와는 달리 막상 재혼 상대를 찾아보니 전 배우자만한 사람도 없다는 것이 돌싱들의 공통된 평가이다. '재혼 상대를 찾아본 결과 객관적인 측면에서 전 배우자만한 사람을 찾을 수 있을 것 같은가?'에 대해 남성의 80.9%와 여성의 87.2%라는 절대다수가 '어려울 것 같다'는 회의적인 대답을 내놓은 것이다.

'재혼 상대가 전 배우자보다 더 나아야 할 최소한의 조건'으로는 '이해심'(남 37.5%, 여 22.7%)이 첫손에 꼽혔다. 그 다음 2위와 3위로는 남성이 '성격'(21.3%)과 '사고방식'(16.0%)을, 여성은 '연봉'(20.3%)과 '책임감'(19.4%)을 선택했다.

자녀, 내 아이는 소중해도
상대 아이는…

재혼 상대의 양육아는 '한 명'만 수용

각종 조사결과나 통계자료를 보면 재혼에 나서는 돌싱들이 수용할 수 있는 상대의 양육아는 한 명 정도로 보인다. 온리-유가 실시한 '재혼 상대의 양육자녀 수용 한도' 관련 설문조사에서도 남성 34.7%와 여성 46.7%가 '1명'을 택해 가장 많은 표가 몰렸다. 그러나 상대 자녀에 대한 부정적 인식도 만만치 않다. '출산 경험이 없어야 한다'(남 30.4%, 여 17.4%)와 '양육 자녀가 없어야 한다'(남 21.7%, 여 21.0%)는 의견도 남녀 각 52.1%와 38.4%를 차지했다. 특히 남성들이 더 부정적이다.

'양육과 상관없이 재혼 상대의 출산자녀 수용 한도'에 대해서도 남성은 대부분 '1명 출산'(44.8%)과 '무출산'(42.6%)을 원했다. 여성은 '2명 출산'(44.8%)까지 수용하겠다는 의견이 1위이고, '무출산'(36.7%)과 '1명 출산'(16.3%) 등이 그 다음 순위이다.

우리나라 부모들은 자녀에 대한 집착이 어느 나라보다 강하다. 본인이 양육하는 자녀는 당연하고 직접 양육하지 않는 자녀일지라도 계속 연락하며 밀접한 관계를 유지하는 것이 일반적이다. 따라서 배우자 입장에서는 신경이 쓰일 수밖에 없다. 거기에 아직 재혼 역사가 일천하기 때문에 상대 자녀를 쉽게 받아들이지 못하는 경향도 있다. 남성은 출산 및 양육 자녀 모두 1명 정도만 수용 가능하고, 여성은 상대적으로 너그러워 출산 자녀는 2명, 양육 자녀는 1명을 받아들이는 수준이다.

'양측 자녀의 양육에 필요한 비용'에 대해서는 남녀 간에 비슷한 의견을 보였다. 남성은 '본인이 주로 부담, 상대가 일부 지원'(37.2%), 여성은 '상대가 주로 부담, 본인이 일부 지원'(32.1%)으로 답해 결국 남성 측이 주로 부담해야 한다는 견해이다. 그러나 두 번째로 높게 꼽은 '각자 본인 자녀 책임'(남 33.8%, 여 30.8%)도 1위와 큰 차이가 없었다. 다시 말해 본인 아이는 각자 본인이 책임져야 한다는 사고이다. 그 다음으로는 남성의 24.2%가 '전부 본인 부담'을, 여성은 23.8%가 '전부 상대방 부담'을 택해 의견이 나뉘어졌다. 여성의 경우 10.2%만이 '전부 본인 부담'을 택했다.

자녀 양육비에 대해서는 남성의 생각과 여성의 생각에 공통점이 많아 상호 교감할 수 있는 여건의 돌싱끼리 만날 경우 큰 문제는 없어 보인다.

남성들이 여성의 출산 경험 자체를 꺼리는 이유?

많은 남성들은 상대 여성이 자녀를 직접 양육하고 있지 않아도 출산한 사실 그 자체를 꺼린다. 거기에는 여러 가지 이유가 있겠지만 남성 44.3%와 여성 57.6%가 꼽은 '전 배우자와의 교류 가능성'이 주된 이유로 보인다. 출산한 아이가 있을 경우 본인이 키우고 있지 않으면 전 배우자가 키우고 있을 것이다. 아무래도 연락 가능성이 높고, 그러다보면 이런저런 교류도 불가피할 것이다. 두 번째로 큰 이유는 남성의 경우 4명 중 한 명 꼴이 지적한 '(임신 및 출산 시) 신체적으로 훼손돼서'(24.7%)이고, 여성은 '자녀 생각을 자주할 것 같아서'(28.8%)이다.

실패한 초혼까지 보상해 줄
재혼 상대의 덕목은?

~~~

난 그런 여자가 좋더라!

여보세요, 날 좀 잠깐보세요!

희망사항이 정말 거창하군요!

그런 여자한테 너무 잘 어울리는

난 그런 남자가 좋더라…

흘러간 가요의 가사 중 일부이다. 초혼이든 재혼이든 상대에 대한 희망사항은 많을 수밖에 없다. 그러면 재혼을 고려 중인 돌싱들은 어떤 상대를 만나면 실패한 초혼까지 보상받을 수 있을 것으로 생각할까? '(시가와 친정, 자녀와 남편 등등에 대한) 균형 감각이 있는 여성'(28.0%), '애교가 넘치는 여성'(23.5%), '심성이 고운 여성'(18.9%), '성적 취향이 비슷한 여성'(13.3%) 등이 돌싱남성들이 갈구하는 재혼 상대의 덕목이다. 그런가 하면 '포용력이 있는 남성'(27.3%), '책임감이 탁월한 남성'(23.9%), '배려심 있는 남성'(19.7%) 등은 돌싱 여성들이 배우자상으로 제시한 덕목들이다.

남성들이 배우자에게 갖는 가장 큰 불만사항 중 하나가 시가와 친정, 자녀와 남편 간의 관심상 불균형이다. 따라서 남성은 이런 불만을 해소시켜줄 지혜로운 여성을 찾는다. 반면 여성은 어떤 사안이 있을 때 자신의 편에서 이해해주고 또 옹호해줄 가슴 따뜻한 남성을 원한다.

초혼 때보다 중시하는 재혼 조건 '심성'

보통 초혼 때는 배우자 조건으로 남성은 외모, 여성은 경제력을 최우선시한다. 그러나 결혼생활을 해본 결과 그것이 모두가 아니라는 사실을 깨달았다. 내적 조화가 이루어지지 않는 부부는 결혼생활도 사상누각일 수밖에 없다는 평범한 진리를 터득한 것이다. 실제 돌싱들에게 '재혼 배우자 조건 중 초혼 때보다 훨씬 더 중시하는 사항'을 꼽으라고 했더니 남성 45.7%와 여성의 47.0%가 '심성'을 선택했다. 그 뒤로 남성은 '외모'(18.2%)와 '경제력'(13.7%)을, 여성은 '경제력'(21.4%)과 '취미, 기호'(13.4%) 등을 찍었으나 심성과의 격차는 매우 컸다.

위에서 살펴본 돌싱들의 각종 재혼 조건을 한꺼번에 해결해줄 그런 사람은 없을까? 정답은 '옛 애인'이다. 남녀 각 256명에게 '이혼 후 재혼 상대로 가장 먼저 떠올린 이성이 누구인가?'라는 질문을 던졌더니 '결혼 전에 교제했던 애인'(남 46.9%, 여 54.5%)을 단연 많이 떠올렸다. 그 다음으로 많이 꼽힌 이성은 남성의 경우 '미혼 때 마음에 두었던 여성, 즉 짝사랑한 여성'(18.0%)과 '친구, 지인이 추천한 여성'(15.6%)이고, 여성은 '결혼생활 중 눈여겨봐 둔 남성'(18.2%)과 '결혼생활 중 교제했던 남성'(12.7%) 등을 재혼 상대 1순위로 꼽았다. 이 조사결과를 보면 결혼생활 중에 외부 남성에게 한눈을 판 여성들이 제법 많다는 사실이 드러나 흥미롭다.

재혼 상대로
피하고 싶은 사람들!

초혼은 '필수 보유사항' –
재혼은 '기피사항' 나열

결혼정보회사에서 상담을 하다보면 초혼과 재혼 간에 큰 차이가 있다. 특히 배우자 조건상에 차이점이 많은데, 미혼들은 필수 보유사항을 길게 나열하는 데 반해 재혼 대상자들은 상대가 가져서는 안 될 기피사항을 주저리주저리 읊어대는 사례가 많다. 초혼들이 배우자 조건을 제시할 때 막연한 상상의 나래를 편다면, 돌싱들은 전 배우자와의 결혼생활과 주변 지인들의 결혼 경험담을 토대로 실생활에 암적인 존재가 될 만한 사항들을 콕콕 집어낸다고 볼 수 있다. 재혼의 경우 특히 여성들이 심한데, 객관적이고 이성적이라기보다는 다분히 주관적이고 감정적인 면이 강하다.

'효자와 효녀'는 재혼 상대로 최악!

재혼 상대로 피하고 싶은 0순위가 바로 효자와 효녀이다. 2012년 1월 실시한 '결혼생활을 해본 결과 재혼 상대로 가장 피하고 싶은 출신 가정'에 대한 조사결과에서 이런 사실이 잘 드러난다. 남녀 각 266명의 설문 참여자 중 '지나친 효자와 효녀'(남 29.7%, 여 30.1%)를 꼽은 비중이 10명 중 3명에 달해 기피대상 1위로 떠올랐다. '딸 많은 집 출신'(23.7%)과 '편부나 편모슬하 출신'(16.0%) 등이 남성들의 기피사항 2위와 3위이고, 여성은 '종가 출신'(21.4%)과 '장남'(20.1%) 등을 효자 다음으로 싫어했다.

제사나 명절 등 관혼상제를 중시하던 과거에는 여성들이 남편감으로 종가 출신이나 장남에 대한 기피의식이 강했다. 그러나 가정의례가 간소화되고 핵가족 문화가 정착되면서 새로운 기피사항이 등장한 것이다. 즉 효자 효녀는 결혼 후에도 본가의 부모형제와 긴밀한 관계를 유지할 뿐 아니라 직간접적인 지원을 계속하기 때문에 배우자로서 부담감을 느낀다.

최악의 생활습성, 男 '자기중심' – 女 '폭행'

다음은 생활습성 측면에서 피하고 싶은 재혼 상대이다. 남성들은 '자기중심적 사고'(34.2%)와 '과소비 행태'(22.9%), 그리고 '귀가가 늦거나 외박을 일삼는 습성'(17.1%)을 가진 여성을 3대 악(惡)으로 봤다. 여성은 '습관적으로 폭행을 일삼는 행태'(36.5%)를 최악으로 봤고, '자기중심적 사고'(26.4%)에 이어 '도박'(13.0%)을 그 다음으로 기피했다.

결혼은 가족 간의 결합인지라 배우자의 가족사항도 결혼생활에 많은 영향을 미친다. 특히 돌싱들은 '콩가루 집안 출신'(남 42.1%, 여 56.0%)과 '종교심취 집안 출신'(남 36.1%, 여 26.3%)을 재혼 대상에서 제외시키겠다고 했다.

최근에는 숨도 못 쉴 정도로 딱딱하거나 엄격한 집안 분위기보다는 부드럽고 원만한 가정환경을 선호한다. 그렇다고 최소한의 법도나 질서마저 무너져 버리면 가정의 근간이 흔들릴 뿐 아니라 품위도 없어 보여 피하게 된다.

시간을 좀 거슬러 올라가 2006년에는 기피사항도 지금과는 달랐다. 당시 온리-유가 '재혼 상대로서의 기피조건'에 대해 남녀 각 206명을 대상으로 조사했던 내용을 보면, 남성의 경우 '갚을 빚이 있는 여성'(32.2%)을 첫손에 꼽았고, '양육 자녀를 보유한 여성'(23.9%)과 '전 배우자와 연락, 만남을 유지하는 여성'(15.7%) 등을 그 다음으로 꼽았다. 이와 달리 여성은 '전 배우자와 연락, 만남을 유지하는 남성'(38.9%)을 재혼 후보자군(群)에서 가장 먼저 제외시켰고, '지원해야 할 가족이 있는 남성'(16.9%)과 '전 배우자에게 경제적 지원을 하는 남성'(11.6%) 등이 기피대상 리스트의 최상위를 장식했었다.

배우자 조건에는 시대상이 담긴다. 그 당시는 아직 외환위기의 영향이 잔존해 있었고, 카드대란이 한창이었기 때문에 빚이나 부모 지원 등에 민감한 시기였다. 전 배우자와의 교류나 자녀 양육 등에 대해서도 아직 마음이 덜 열린 상태였다.

재혼 상담 시,
女 '전 남편 단점' - 男 '이상형' 열거

"저는 전 남편과 비슷한 사람은 딱 질색입니다. 그래서 직업은 교수가 아니었으면 좋겠고, 학교도 S대 출신은 달갑지 않습니다. 잘난 체하고 이기적이라서요. 너무 효자인 장남도 부담되고 혈액형은 B형이 아니었으면 합니다. 출신지도 경상도는 제외하고 서울, 수도권 쪽으로 해주세요. 아무래도 좀 더 개방적이고 부드러워 대화가 잘 통할 것 같아요."

재혼을 희망하는 39세의 여성 N씨가 재혼정보업체에서 자신의 배우자상을 피력하고 있다. 특이한 사실은 전 남편이 가졌던 사항들을 배제시켜달라는 요구로 가득 차 있다는 점이다.

많은 여성들은 전 배우자가 가졌던 사항은 죄다 싫다는 입장이다. 혈액형이나 나이(띠), 출신지, 장남여부, 직업, 출신학교 등은 물론 신장도 크면 큰대로 적으면 적은대로 싫다. 성격도 호방하면 호방한대로, 또 쪼잔하면 쪼잔한 대로 피해달라고 한다.

그러나 같은 재혼이라도 남성들은 여성과 달리 이상적 조건 중심으로 나열하는 경우가 많다. 대기업 임원인 48세 남성 P씨의 상담 내용을 보자.

"나이는 아무래도 42세 이하여야 여성적인 면모를 느낄 수 있을 것 같습니다. 그리고 전 배우자가 상당히 미인이었기 때문에 외모도 어느 정도는 돼야 하고요. 한번 실패했으니 재혼하여 잘 살려면 속이 깊고 자기주장이 너무 강하지 않은 여성이었으면 좋겠습니다."

재혼 상담을 하면서 여성은 대부분 전 남편의 단점을 열거하는 데 반해 남성은 대부분 전 배우자를 언급하지 않는다. 언급하더라도 단점보다는 장점을 피력하는 사례가 많다. 2012년 5월에 남성 453명과 여성 438명의 재혼 상담 내용을 분석한 결과, 남성의 경우 전 배우자의 단점을 꼬집거나 흠담을 열거한 사례는 48명(10.6%)에 불과했다. 반대로 장점을 부각시킨 사례는 63명(13.9%)으로 더 많았다. 주로 전 배우자의 외모나 가정환경, 교양 등을 긍정적으로 평가하며 그 이상의 배우자감을 찾아달라는 데 활용한다. 그러나 나머지 75.5%는 아예 전 배우자를 언급조차 하지 않았다.

하지만 여성은 남성과 완전히 대조적이다. 조사 대상자 중 75.1%인 329명이 전 남편의 단점을 열거하며 재혼 대상자가 가져서는 안 될 기피사항으로 분류했다. 전 배우자의 긍정적인 측면을 언급한 비중은 5.3%인 23명에 불과했다.

결혼생활을 하다보면 남성의 잘못은 확연하게 드러나는 반면 여성의 단점은 특별한 경우를 제외하면 크게 부각되지 않는다. 이혼을 할 경우 일반적으로 여성의 불만이 크다 보니 전 배우자에 대한 인식도 남성에 비해 부정적이다.

검은색의 반대는 흰색이 아니라 검은색을 제외한 다른 모든 색이다. 재혼 대상자를 고를 때도 단순히 전 배우자의 단점을 탈피하는 데 급급해서는 이상적인 배우자를 만나기 어렵다. 필수조건도 있고 기피사항도 있겠지만 큰 테두리 안에서 배우자 조건을 설정한 뒤 다양하고 폭넓게 사람을 만나봐야 호감도 높은 사람을 만날 가능성도 높아진다.

돌싱들만의 기절초풍할
슈퍼 재혼 조건들

과시할 *재혼 상대?*
女 '저택' – 男 '탤런트 급 외모'

"얘, 정숙이는 재혼 잘해서 팔자 고쳤더라! 남편이 결혼선물로 최신형 BMW도 뽑아주고, 근교에 별장도 있데. 남편의 나이가 좀 많긴 하지만…."

"그래? 걔는 하여튼 몸단장하고 남자 꼬시는 데는 일가견 있지~. 하긴 결혼생활도 별로 하지 않았고 나이도 아직 41세밖에 되지 않았으니 재혼 세계에서는 경쟁력이 있겠지…."

"50대 중반의 돌싱 남자 입장에서는 나이 어리고 20대 후반같이 자기 관리도 잘 돼 있으니 당연히 애지중지하겠지!!"

40대 초반의 여성들이 7~8명 둘러앉아 최근 재혼한 친구 얘기로 시끌벅적하다. 재미삼아 쏟아내는 수다에는 은근히 부러워하는 눈치도 읽을 수 있다.

재혼을 할 때는 대부분 실패한 초혼을 보상받고 싶은 욕구가 강하다. 새로운 배우자가 전 배우자보다 낫다는 점을 주변에 자랑도 하고 또 직접 확인시켜주고 싶기도 하다. 이런 욕구를 충족시키기 위해서는 뭐니 뭐니 해도 외면적인 조건이 탁월해야 한다. 그러면 재혼 지망자들이 주변 지인들에게 과시하고 싶은 생각이 들 정도의 배우자는 어떤 자격을 갖춰야 할까? 남성은 '(탤런트 급의) 출중한 외모'를 31.8%가 선택하여 1위에 올랐고, '번듯한 지위'(22.0%)와 '큰 나이 차이'(15.2%) 등이 그 뒤를 이었다. 여성은 29.2%가 '호화 저택'을 원해 과시대상 목록 1순위에 랭크됐다. '고액 연봉'(23.5%)과 '번듯한 지위'(17.8%), 그리고 '고급 승용차'(12.9%) 등이 2위 이하를 장식했다. 이 통계는 2012년 2월 돌싱 남녀 각 264명이 참여한 설문조사에서 나온 결과이다.

돌싱들은 한마디로 '재혼 잘 했다'는 소리를 듣고 싶어 한다. 남성은 젊고 예쁜 외모의 배우자로써, 그리고 여성은 이전보다 더 크고 화려한 주택을 통해 가장 확실하게 주변에 과시할 수 있을 것으로 생각하는 것이다.

돌싱女, 흡족한 재혼 조건 '연봉 1억, 재산 30억'

돌싱 남녀들이 흡족하게 생각하는 재혼 상대의 연봉과 재산은 과연 얼마일까? 남녀 간에 격차가 엄청났다. 남성은 비교적 합리적 수준인 연봉 4,000만~5,000만 원(30.4%)과 재산 1억 원(40.8%)을 희망하나, 여성은 연봉 1억 원 이상(45.8%)과 재산 30억 원 이상(49.5%)이 돼야 흡족한 느낌이 들 것으로 생각했다. 2013년 7월 돌싱 남녀 638명을 대상으로 실시한 '재혼 상대의 연봉과 재산으로 만족스러운 수준에 대한 설문조사 결과이다.

'재혼 상대의 연봉'에 대해서는 남성의 경우 4,000만~5,000만 원에 이어 '2,000만~3,000만 원'(27.3%), '1억 원'(20.4%) 등의 순이고, 여성은 1억 원 다음으로 '6,000만~1억 원'(32.9%), '4,000만~5,000만 원'(15.7%)의 순서이다. 한편 재혼 상대의 재산 수준은 남성의 경우 1억 원 뒤로 '10억 원'(17.6%)과 '5억~10억 원'(15.7%) 정도를 희망했고, 여성은 1위의 30억 원 이상에 이어 '10억 원'(24.1%)과 '5억~10억 원'(14.7%) 등이 뒤따랐다.

'재혼 상대의 조건을 정할 때 무엇을 기준으로 하는가?'에서도 남녀 간에 상반된 결과가 나왔다. 남성은 3명 중 2명꼴인 67.1%가 '자신의 객관적 수준'을 기준으로 설정하고, 이어 '풍족한 삶을 보장할 만큼의 재산(지원)'(25.7%)이 두 번째 기준이었다. 그러나 여성은 절반 이상인 51.1%가 '풍족한 삶을 보장할 만큼의 재산'이 판단 기준이라고 답했고, 38.6%는 '자신의 객관적 수준'에 맞춰 정한다고 했다.

돌싱 회원과 상담을 해보면 남성은 대체로 합리적으로 배우자 조건을 설정한다. 그러나 여성들은 자신의 제반 조건과 동떨어지게 상대 수준을 높게 설정하여 맞선 기회를 스스로 봉쇄하는 경우가 적지 않다.

재혼 대상자는 초혼에 비해 평균 연령이 13.7세 많아 배우자에게 기대하는 재산도 초혼에 비해 월등히 많다. 일반적으로 남성은 재혼 상대 자신과 자녀 양육에 필요한 재산 정도를 원하고, 여성은 나이나 각자 수준에 따라 다르나 30평대에서 40평대 이상의 집은 필수이고, 노후 보장에 필요한 유무형의 재산을 희망한다. 2012년 실시한 '재혼 시 배우자감이 보유해야 할 최소한의 경제력'에 대한 조사결과에서도 상대에게 기대하는 경제력의 수준을 짐작하게 해준다. 남성은 조사 대상자 269명 중 33.1%가 '별로 필요 없다'고 답하기는 했으나, '본인 자녀 양육비 정도는 가져야 한다'(21.9%)거나 '본인 생활비 정도는 보유해야 한다'(19.3%), 그리고 '가족 생활비를 벌어야 한다'(16.5%) 등과 같은 응답자도 57.7%에 달했다. 여성은 58.0%가 '평생 경제적 풍요를 보장해야 한다'고 답해 절대적으로 높은 비중을 차지했고, 그 뒤로 '자가+가족 부양비'(25.2%)와 '자가'(7.6%) 등이 잇따라 전체의 90.8%가 적어도 내 집을 가지고 있어야 한다는 의견이다.

초혼과 재혼 여성 간에는 결혼상대에게 기대하는 경제력 규모에도 엄청나게 큰 차이가 있다는 것을 확인시켜 준다. 비에나래가 미혼여성 269명을 상대로 '배우자감이 갖출 최소한의 경제력'에 대한 설문조사를 실시했을 때는 참여자의 64.7%가 '신혼집 전세비'로 답했었다. 그러나 재혼 대상 여성들은 10명 중 9명이 최소 '집 한 채'를 요구하는 것이다.

'결혼 경험+이혼+자녀' 반영한 '만만찮은' 재혼 조건!

돌싱들의 배우자 조건 중에는 특이한 사항도 많다. 본인만을 위한 것이 아니라 자녀를 고려한 조건도 있고, 또 결혼생활에서 깨달은 교훈과 이혼에 숨겨진 사연 등이 가미되면서 복잡다단해지는 것이다.

'TK지역 국회의원 집안의 변호사'를 재혼 상대로!!

"저는 변호사와 결혼을 한 후 3개월 만에 헤어졌습니다. 결혼식을 성대하게 치렀기 때문에 친지들은 남편이 변호사이고 시아버지가 국회의원이라는 사실을 모두 다 알고 있습니다. 그러나 결혼과 동시에 문제가 생겨 바로 헤어졌기 때문에 아주 가까운 친지를 제외하고는 제가 이혼한 사실을 모르고 있지요. 우리 집안에서도 남부끄러운 일이고 하여 빨리 전 배우자와 같은 조건, 즉 국회의원을 아버지로 둔 변호사와 재혼하여 평생 남들에게 이혼 사실이 알려지지 않기를 바라고 있습니다."

'법도(法道) 따지는 OO김씨는 싫어요!'

"저의 전 배우자는 OO김씨였는데 가족 행사나 모임이 있으면 어떻게나 법도를 따지는지…. 결국 그 고리타분한 법도 타령 때문에 이혼까지 하게 됐습니다. 주변에서 들어보니 OO김씨나 OO이씨, OO최씨 등등이 자칭 뼈대 있는 집안이라고 하면서 법도를 많이 따진다니 그런 집안 출신은 피해주세요. 법도가 밥 먹여 주는 것도 아니고 머리만 아프게 합니다!"

재혼 대상자들은 아무래도 전 배우자와의 결혼 경험을 토대로 상대 조건을 설정하는 사례가 많다. 그렇기 때문에 초혼 때는 생각조차 못하는 특이한 배우자 조건들이 많이 부가된다.

'제 아들과 같은 성(姓)의 남편감을 찾아 주세요!'

"전 배우자가 한(韓)씨였기 때문에 아들도 한가(家)인데, 제가 재혼해서 아들과 새 남편의 성이 다르면 아들이 살아가는 데 불편한 점이 많을 것 같으니, 어렵겠지만 제 재혼 상대도 한씨로 좀 찾아 주세요!"

'이복형제 간에 문제없도록 딸만 있는 남성으로!'

"저는 딸이 하나 있는데 상대방에도 자녀가 없거나 딸만 있어야 합니다. 이복형제 간에는 어떤 일이 일어날지 모르므로 아들이 있으면 같이 사는 데 불편합니다."

'상대 아들이 제 딸보다 4살 많은 SKY대학생이어야~'

"제 딸이 지금 16세로 중학교 3학년인데 공부도 꽤 잘 합니다. 상대 아들이 SKY(서울대, 고려대, 연세대 등의 통칭)에 다니는 1학년 학생이었으면 좋겠습니다. 나이 차이도 적당하고 제 딸을 동생 겸 학생으로 잘 지도해줄 수 있게요."

'제 딸 취업 도와줄 A그룹 임원 소개해 주세요!'

"제 딸이 내년에 A대기업에 취업을 희망하고 있습니다. 그 회사의 임원이나 간부 자녀에게는 취업상 혜택이 주어진다고 하니 같은 값이면 A그룹에 임원으로 계신 분 소개해 주세요."

돌싱 여성들에게 자녀는 세상에서 가장 소중한 존재이다. 재혼을 하는 데 있어서도 자녀의 입장을 최우선적으로 고려하여 재혼 상대를 고르는 경우가 많다.

재혼활동 상에 나타나는
남녀별 5대(大) 특징

"매니저님 덕분에 제가 늘그막에 청춘사업 황금기를 맞이하고 있네요. 이럴 줄 알았으면 진작 가입했을 텐데…."

비에나래의 58세 남성회원 J씨가 세 번의 맞선을 본 뒤 매니저에게 털어놓은 소감이다. 초혼 때는 감히 생각지도 못했던 수준의 여성들을 만나고 있다며 흐뭇한 표정을 짓는다.

"재혼하면 직장생활은 집어치고 싶어요!"

온리-유에서 회원활동을 하고 있는 45세 여성 K씨의 상담 내용이다. 빨리 경제력 있는 남성을 만나 호구지책으로 다니던 직장을 당장 때려치우는 게 꿈이다.

재혼 대상자들은 배우자감을 찾는 데 있어 초혼들과는 완전 딴판이다. 온리-유와 비에나래가 2011년 11월 재혼 희망 회원 648명(남녀 각 324명)을 대상으로 '초혼과 다른 재혼만의 특징'을 골랐다.

우선 남성 회원들의 주요 특징이다.

'후궁 같은 편안한 여성이 좋아요!'

많은 재혼 대상 남성들은 푸근하고 대하기 편한 여성을 원한다. 잔소리 많고 이것저것 깐깐하게 따지는 중전마마형의 전 배우자에게 질렸기 때문이다. 당연히 공주과 여성은 사양이다. 특히 40대 이상의 남성에게 흔하다. 대상자 237명 중 161명(67.9%)이 여기에 속했다.

'제가 지금 황금기를 누리고 있네요^^'

50대 이상의 남성들에게서 자주 듣는 맞선 피드백이다. 비에나래에서 소개받은 여성들이 대부분 기대 이상이라며 즐거운 비명을 지른다. 초혼 때는 자신의 경제력이나 가정환경 등이 열악할 뿐 아니라 직장에서의 위상도 낮아 별로 내세울 게 없었다. 그러나 그 동안 사회적 지위나 경제력 등이 높아지면서 이제는 초혼 때보다 훨씬 좋은 상황에서 여성을 소개받을 수 있어서이다. 50대 이상의 남성 120명 중 74명(61.7%)이 이런 평가를 내냈다.

'여성의 나이를 좀 낮춰주세요!'

상담 시에는 나이에 별 관심이 없었으나 1회, 2회 만남을 진행하면서 상대의 나이를 점점 낮추는 남성회원을 종종 본다. 당초에는 초혼 때와 비슷하게 3~4세 정도의 차이를 원했으나, 만남의 횟수가 늘어나면서 7~8세, 10~12세 등과 같이 나이 차이를 점점 벌려간다. 실제 만나보니 얼굴이나 목 등에 주름이 있을 뿐 아니라 머리 모양이나 차림새도 아줌마같다며 좀 더 젊은 여성을 원하는 것. 회원 활동을 진행하면서 당초의 나이 조건을 변경한 회원이 76명으로 45세 이상의 남성 대상자 185명 중 41.1%를 차지했다.

'제왕절개 수술로 출산한 여성만 소개해주세요!'

많은 재혼 남성들은 출산 경험이 없는 여성을 원한다. 출산 경험이 있을 경우에는 자연분만보다는 제왕절개 수술로 출산한 여성을 선호한다. 부부관계를 염두에 둔 생물학적 관점이 작용한 것. 출산 경험이 있는 여성을 수용하는 남성 254명 중 87명(34.3%)이 이 같은 주문을 했다.

'나는 아직 아기도 가질 수 있답니다!'

60대 이상의 남성들이 자신의 건강을 과시하기 위해 자주 쓰는 표현이다. 여기에는 마지막 정열을 불태울 수 있도록 매력적인 젊은 여성을 소개해달라는 의미가 내포돼 있다. 60대 이상 18명 중 15명(83.3%)이 비슷한 주문을 했다.

다음은 여성 재혼 희망자들의 특징!

'적어도 본인 명의의 집은 있어야죠!'

20대와 30대 등 비교적 젊은 층의 재혼 대상자들도 배우자 조건으로 집 보유를 당연시하는 경우가 많다. 비슷한 연령대의 초혼 대상자들에 비해 요구 수준이 월등히 높다. 적어도 이런 점에 있어서는 그렇다. 대상자 121명 중 87명(71.9%)이 집 보유를 필수조건으로 내걸었다(참고로 이 나이대의 초혼 여성은 집 보유 조건이 47% 수준이다). 그 대신 학력이나 신장, 나이 차이 등은 초혼에 비해 덜 보는 편이다. 따라서 30대 후반이나 40대 초반의 미혼 남성 중에서 집을 보유한 경우에는 까다로운 초혼보다 재혼 여성을 선호하는 현상도 나타난다.

'재혼하면 살림이나 하며 쉬고 싶어요!'

전 배우자의 경제적 어려움으로 가정 파탄이 일어났거나 삶에 지친 여성들의 경우 이와 같은 요구 조건이 많다. 40대와 50대 초반에 집중돼 있다. 대상자 178명 중 98명(55.1%)이 여기에 해당됐다.

'재혼 후 남편 재산은 내가 관리할 수 있어야 합니다!'

재혼 후에 남편의 급여통장을 본인이 관리하도록 해야 하고, 동산 및 부동산 등 재산내역을 모두 자신에게 공개해야 한다는 조건이 붙는다. 주로 40대 이상의 재혼 여성에게 많다. 대상자 210명 중 48명(22.9%)이 이와 같은 요구를 했다.

많은 남성들은 재혼 후 자신의 재산은 자신이 관리하기를 원한다. 그러나 여성들은 실체 파악과 이혼에 대비하는 등의 목적으로 남편의 재산을 속속들이 파악한 후 자신이 직접 관리하기를 원한다.

'최소 20억 이상의 재산 보유자만 소개해주세요!'

40대와 50대의 여성들에게 흔히 볼 수 있는 배우자 조건이다. 재혼을 할 바에는 평생 돈 걱정 없이 편안하게 살 수 있어야 한다는 논리이다. 그러나 문제는 이런 주장을 펴는 여성들 중에는 자신의 조건은 아주 열악한 경우가 많다는 점이다. 무직에 경제력도 미약한가 하면 2명의 양육아까지 데리고 있는 경우도 있다. 40대~50대 199명 중 18.1%인 36명이 이런 범주에 속한다.

'내 재산 많다는 얘기는 절대 하지 마세요!'

10억 이상의 재산을 보유한 여성들이 빠짐없이 덧붙이는 요청 사항이다. 여기에는 여러 가지 의미가 있다. 첫 번째로는 남성이 사람보다 돈을 탐해 접근할까 경계하는 측면이다. 다음으로는 큰 재산을 보유한 여성들은 대부분 재산의 상당 부분을 재혼 상대보다는 자녀에게 할당하고 나머지는 본인 개인 명의로 유지하기를 원한다. 10억 이상 보유자 54명 중 31명이 이런 부류였다.

배우자 보는 안목,
초혼과는 차원이 다르네!

남편감 물색, *초혼女*와
재혼女는 관점부터 다르다!

"저는 29세의 초등학교 교사입니다. 제가 가입하면 어떤 부류의 남성을 만날 수 있나요?"

"여교사는 남성들이 매우 선호하는 직업입니다. 그래서 공무원이나 공기업 종사자, 전문직, 대기업 혹은 금융권 종사자 등 다양하게 보실 수 있습니다."

초혼 여성의 일반적인 결혼 상담 유형이다. 좀 막연하지만 자신이 만날 수 있는 배우자감의 윤곽을 알고 싶어 한다.

"저는 딸을 하나 키우고 있는 재혼 대상자로 36세의 대기업 종사자입니다. 경제력과 인성이 좋은 분을 만나고 싶은데 어떤 사람이 있나요?"

"예, 임대업을 하시는 분도 있고, 연 수입 15억 원대의 사업가나 공기업 간부 등 다양합니다."

재혼전문회사에서 한 돌싱 여성이 등록 후 소개받게 될 남성의 프로필을 요구하고 있다. 돌싱들은 여성뿐 아니라 남성도 일반적으로 초혼보다 훨씬 구체적인 정보를 요구한다.

이처럼 같은 여성, 특히 비슷한 나이나 프로필의 여성이라도 초혼과 재혼 사이에는 배우자감을 찾는데 있어 큰 차이가 있다. 온리-유와 비에나래가 2012년 10월 초혼 및 재혼 희망 여성 762명(초혼 398명, 재혼 364명)을 대상으로 '남편감을 찾는 데 있어서 초혼과 재혼 여성 간의 차이점'을 분석했는데 아래와 같은 7가지 특징이 발견됐다.

중시 가치 : '내재가치' vs '시가'

미혼 여성과 돌싱녀 사이에 가장 큰 차이는 초혼의 경우 '내재가치'(해당자 비중 89.7% : 통계상 중복 반영자도 있음-이후 동일)를 중요하게 여기나, 재혼 대상 여성들은 '현재의 가치, 즉 시가'(92.6%)를 최우선적으로 따진다. 초혼들은 현재의 각종 조건도 중요하지만 앞으로의 성장과 발전 가능성을 더 많이 고려한다. 반면 재혼들은 이미 실현된 현재의 모습, 즉 거주지의 위치와 규모, 시가 등은 물론 동산, 직업 & 지위, 자녀 양육 유무 등을 눈여겨본다.

초혼들은 아직 나이가 비교적 어리고 직장생활을 한 지도 얼마 되지 않았기 때문에 결혼 상대의 장래 비전에 초점을 맞추는 경향이 있다. 반면 재혼들은 대부분 나이가 어느 정도 들었기 때문에 그동안 실현해 놓은 경제적 성과나 사회적 지위 등의 현재 모습을 중시하는 것.

제시 모델 유형 : '선호 모델 제시' vs '기피 모델 제시'

초혼들은 대부분 자신이 이상형으로 삼는 선호 모델을 제시하며 비슷한 남성을 소개해 달라고 한다(81.9%). 연예인이나 예체능계 인사, 그 외 정치나 경제, 학계 등의 유망 인사들이 망라된다. 그러나 결혼 실패 경험이 있는 돌싱 여성들에게는 더 이상 이상형이 없다. 대신 전 배우자를 기피 모델로 제시하는 경우가 많다(84.1%). 출신 지역부터 혈액형, 성격 유형, 가정환경, 직업 등 전 배우자와 비슷한 조건의 남성은 기피 대상 0순위이다.

배우자감 판단 방법 : '홈쇼핑형' vs '백화점형'

초혼들은 중매인의 프로필 설명이나 평가 등을 매우 중요하게 생각한다(79.6%). 마치 홈쇼핑을 할 때 구매자가 쇼 호스트의 설명이나 상품 안내서, 인터넷 따위의 정보를 토대로 물건을 고르는 행태와 비슷하다. 그러나 재혼 지망자들은 간접적인 정보나 설명보다는 직접 눈으로 보고 판단한다(82.7%). 백화점이나 상가를 직접 방문하여 상품을 고르는 식이다.

인물 평가 포인트 : '두루두루' vs '집중과 선택'

초혼들은 배우자감을 평가할 때 제반 조건을 골고루 본다(81.7%). 학력과 직업, 가정환경은 물론 신장, 인상, 성격, 종교, 나이차, 출신지역 등…. 그러나 이혼 경험이 있는 여성들은 많은 조건 중 현실적으로 가장 필요한 한두 가지, 즉 경제력과 성격 등을 중점적으로 본다(75.8%).

대상자 물색 유형 : '그물형' vs '작살형'

미혼들은 여기저기 배우자감을 의뢰해 놓고 적당한 상대가 나타나면 관련 정보를 미리 충분히 들은 뒤 만남 및 교제 여부를 결정한다. 그물을 쳐놓고 거기 걸려드는 고기를 낚아 올리는 형상(68.3%)이다. 재혼들은 소수의 인적 네트워크를 통해 점조직 망으로 소개를 받고, 실물을 본 뒤 현장에서 직접 적합 여부를 판단한다(78.8%).

배우자 수준 : '무한대(최대한…)' vs '현실적(그 정도면…)'

초혼들은 최대한 많은 사항에 대해 조금이라도 더 좋은 조건을 원한다. 한마디로 욕심에 한계가 없다(62.6%). 그러나 돌싱 여성들은 소수의 현실적 조건에 목을 맨다. 그만큼 임팩트도 강하다. 따라서 맞선을 주선하면 상대를 평가하는 데도 긴 시간이 걸리지 않는다(58.0%).

교제 시 상대 관찰 : '장점 발굴' vs '흠집 찾기'

교제를 하면서 상대를 평가하는 시각도 서로 다르다. 초혼 대상자들은 상대가 보유한 장점과 긍정적인 면을 중점적으로 관찰하나(54.5%), 재혼들은 빚이 있는지 없는지, 성격상 문제나 바람기 등과 같은 단점이나 부정적인 면을 눈여겨본다(53.0%).

초혼들은 상대적으로 선택의 폭이 넓을 뿐 아니라 결혼에 대한 환상적인 측면도 강해 요구수준이 하늘을 찌를 듯 높다. 반면 돌싱 여성들은 결혼 실패 경험이 재혼 상대를 고르는 데 직간접적으로 많이 반영된다.

재혼 증가에 따른
'인기 급부상 배우자감'?

"매니저님, 저는 웬만큼 기반을 구축한 사업가나 빌딩 임대업자를 만나고 싶습니다. 경제력과 시간적 여유가 노후생활에 가장 중요할 것 같아서요…"

사립학교 교사로 평생 봉직해온 54세 재혼 희망 여성 H씨의 배우자 조건이다.

"저는 '여성스러운' 자태가 남아 있는 '동안(童顔)'의 여성을 원합니다. 나이 차이가 꼭 클 필요는 없지만 자기 관리가 잘 돼 피부나 몸매 등 외모는 물론 언행도 아줌마 티가 나지 않는 아가씨 같은 중년 여성이면 좋겠습니다."

서울의 명문대 경영학과 교수인 49세 돌싱 남성 K씨가 원하는 재혼 조건이다.

각종 사회여건 변화와 함께 인기 배우자감도 새롭게 형성되고 있다. 특히 이혼과 재혼의 보편화와 여성의 학력 및 경제력의 향상, 그리고 국민들의 평균수명 연장 등과 같은 요인들이 재혼에 큰 영향을 미친다.

비에나래와 온리-유가 2012년 8월, 미혼 남녀 782명(남 406명, 여 376명)과 재혼 희망 돌싱 남녀 727명(남성 371명, 여성 356명) 등 총 1,509명을 대상으로 '최근 사회여건 변화에 따라 급부상하고 있는 인기 배우자감'을 분석한 결과, 불과 몇 년 전까지만 해도 전혀 관심을 끌지 못했던 사람들이 대부분이다.

사업가 남성을 첫 번째로 꼽을 수 있다. 사업을 어느 정도 일궈놓은 남성은 돌싱 여성들로부터 재혼 상대로서 최고의 인기를 누린다. 미혼 여성들은 불안정하다는 이유로 사업가를 기피해 천대받는 처지이나 최근 돌싱 여성들의 증가로 역전현상이 일어난 대표적 케이스이다. 이번 조사에서도 미혼 여성들은 14.9%만이 사업가를 배우자로 희망했으나, 재혼 대상 여성들은 76.1%가 원해 무려 61.2%포인트의 격차를 보였다.

 빌딩 임대업 또한 초혼과 재혼 간에 인식차가 크다. 미혼 여성들은 규칙적이고 체계적인 생활이 이뤄지지 않는다는 이유로 임대업 종사자를 34.8%만이 선호하는 데 반해, 돌싱 여성들은 경제력이 뛰어나고 시간적 제약도 적다는 이유로 82.0%가 호감을 나타냈다.

 동안(童顔)의 돌싱 여성은 40대~60대 재혼 남성들에게 보석 같은 존재이다. 초혼 대상 여성들은 대부분 40대 이하이고 자기 관리도 대체로 잘 돼 있기 때문에 동안에 대한 욕구가 높지 않다. 그러나 40대와 50대 돌싱 여성의 경우 동안의 외모를 가지면 10세 이상 젊게 보이므로 남성들의 호감도는 과히 폭발적이다. 40대 이상 돌싱 남성 중 74.5%가 '자기 관리가 잘 된 동안의 여성'을 원해 잘 가꾸어진 외모를 희망했다.

 글래머형 몸매도 재혼 대상 남성의 증가에 따라 수요가 폭발하고 있다. 미혼 남성들의 경우 76.8%가 마른 형의 몸매를 원하나, 돌싱 남성들은 3명 중 1명꼴인 34.0%가 글래머형을 선호했다.

 젊은 무출산 돌싱 여성들도 배우자감으로서의 인기가 하늘을 찌르고 있다. 최근 20대 후반과 30대 초반의 돌싱 여성들이 증가함에 따라 소위 골드미스터들이 골드미스 대신 젊은 무출산 돌싱 여성 쪽으로 눈을 돌리고 있는 것. 30대 후반과 40대 초반의 골드미스터 208명 중 71명이 돌싱 여성을 수용하겠다는 의사를 보여 34.1%를 차지했다.

최근 연금수혜자를 배우자 조건으로 내거는 재혼 대상자들이 크게 증가하고 있다. 수명이 길어지면서 직장에서 은퇴한 후에도 장기간 동안 노후생활을 영위해야 하기 때문에 공무원, 교직원, 군인 등과 같은 각종 연금수혜자가 인기 배우자감으로 급부상하고 있는 것이다. 특히 46세 이상의 여성 재혼 대상자 중 35.0%가 배우자 조건으로 연금수혜자를 적시했다. 남성도 여성에는 못 미치나 8명 중 1명 정도가 연금수혜자나 그에 상응하는 노후 보장 여성을 재혼 상대로 희망했다.

"제 재혼 상대 여성은 특별히 재산이 많을 필요는 없습니다. 하지만 여성 본인과 딸린 자녀의 생계를 꾸려나갈 정도의 재력은 갖추고 있어야 서로 마음의 부담이 없을 것 같습니다. 공무원이나 교사 등 연금수혜자라면 최적일 것 같네요."

10년 이상 대기업 고위 임원을 역임하며 60억 원대의 재산을 보유한 58세 남성 K씨의 희망 배우자 조건이다.

재혼 상대로서 인기 절정의
돌싱 스펙은?

돌싱女, 골드미스의
혼처 잠식한다!

"매니저님, 이제부터는 미혼 여성뿐 아니라 돌싱 여성도 함께 소개해 주세요. 결혼 경험 유무보다는 사람 위주로 보겠습니다. 최근 괜찮은 여성들이 결혼생활도 제대로 못한 채 예상치 못한 이유로 결혼 초기에 헤어지는 사례를 자주 봤습니다. 비록 결혼생활은 짧지만 결혼식도 치러봤고, 또 쓰라린 이혼까지 경험했기 때문에 결혼을 해보지 않은 미혼 여성들과는 마음 씀씀이에서 많은 차이가 있는 것 같습니다."

금융계에 종사하는 연봉 9,000만 원대의 38세 P씨가 비에나래에서 배우자 조건을 정정하고 있다. 초혼 여성만을 고집하지 않고 돌싱 여성도 적극적으로 만나보겠다는 것이다.

미혼 남성들이 배우자감으로 돌싱 여성을 수용하는 사례가 증가일로에 있다. 거기에 그치지 않고 아예 돌싱 여성만을 요구하는 고객도 적지 않다.

"매니저님, 저는 앞으로 돌싱 위주로 소개해 주세요. 미혼도 보고 이혼 경험자도 만나 봤는데 미혼들은 건설적인 대화를 나누기보다는 꼬투리 잡기에 혈안인 듯한 인상을 자주 받습니다. 당연히 대화가 꼬이고 어색한 분위기로 바뀌기 십상이죠. 그런데 돌싱 여성들은 상대의 입장을 좀 더 세심하게 고려할 뿐 아니라 단점까지 수용하는 등 한층 성숙한 면모를 엿볼 수 있습니다. 결혼 후의 생활도 훨씬 원만할 것 같고요…."

서울에서 한의원을 운영하는 연봉 2억5,000만 원의 42세 C씨가 밝히는 돌싱 여성 예찬론이다. 37세부터 진지하게 결혼을 추진해왔으나 적합한 상대를 찾는 것도 힘들었지만 만난다 해도 교제가 원만하게 진행되지 않았다고 한다. 이런 골드미스에 대한 좋지 못한 인식 때문에 이제는 아예 돌싱 여성만 보는 것으로 방향을 바꿔버렸다.

이와 같은 미혼 남성들의 돌싱 여성 선호 현상은 통계청에서 발표한 총각과 이혼 여성의 혼인 건수에서도 쉽게 확인할 수 있다. 즉 1990년도에는 전체 혼인 건수의 2.3%에 불과했던 총각과 돌싱 여성의 결합이 2000년에는 4.9%로 증가했고, 2010년에는 6.1%로 피크에 달했다. 2012년에는 다소 떨어지기는 했으나 5.8% 수준을 유지해 돌싱 여성의 인기도를 실감하게 한다.

비에나래가 2012년 5월 36~43세의 초혼 남성 588명을 대상으로 '(여성의) 결혼 경험 유무별 배우자감으로서의 선호도(수용여부)'를 분석한 결과, 전체 조사 대상 남성의 42.7%가 돌싱 여성도 배우자감으로 상관없다는 반응을 보였다. 자세한 내용을 보면 전체 조사 대상자 588명 중

57.3%는 '미혼 여성만 소개시켜달라'고 했지만, 나머지 42.7% 중 25.5%는 '초혼,재혼 모두 수용한다'는 반응을 보였고, 17.2%는 아예 '돌싱 여성만 소개시켜달라'고 주문했다.

골드미스터, 까칠한 골드미스보다 성숙한 돌싱女 선호

특히 나이가 많아질수록 돌싱 여성에 대한 수용 의사도 높았다. 36∼39세에서는 전체 조사 대상자 386명 중 39.1%인 151명이 돌싱 여성에 대해 긍정적인 반응을 보였으나, 40∼43세에서는 202명 중 절반에 가까운 49.5%(100명)가 돌싱 여성을 배우자감으로 받아들이겠다는 의사를 피력했다.

외환위기 이후 15년여에 걸쳐 이혼자가 우리 사회 곳곳에 분포됨에 따라 돌싱들에 대한 부정적인 인식도 많이 희석됐다. 특히 최근에는 20대 후반이나 30대 초반의 결혼생활을 짧게 한 무출산 여성 이혼자까지 가세하면서 30대 후반이나 40대 초반의 미혼 남성들에게 골드미스를 대체할 강력한 대안으로 떠오르고 있다.

사실 결혼을 앞둔 미혼 남성들에게 골드미스는 배우자 조건이 까다로울 뿐 아니라 성대한 결혼식에 대한 부담감까지 겹쳐 거북한 상대로 인식되고 있다. 반면 돌싱 여성들은 배우자 조건도 상대적으로 덜 까다롭고 상대 배려심도 높은 편이라 선호된다.

돌싱들 중에는 남성보다 여성이 재혼 상대로서 미혼을 더 선호한다는 놀라운 사실도 밝혀졌다. 2012년 1월 '재혼 상대로 미혼과 돌싱 중 어느 쪽을 선호하나?'라고 돌싱 남녀 506명(남녀 각 253명)에게 문의한 결과 남성, 여성 모두 '비슷하다'(남 51.8%, 여 45.5%)는 반응이 가장 높았다. 그러나 '초혼을 더 선호한다'고 대답한 비중에서는 남성이 35.2%인 데 비해 여성은 39.1%로 여성이 다소 높게 나온 것이다.

결혼실패 경험이 있는 여성들은 대부분 전 배우자로부터 억압받았다는 인식이 강하다. 그래서 재혼에서 그 속박을 벗어나기 위해서는 나이가 비슷하거나 연하의 총각을 택해 명실상부하게 부부 양성평등을 이뤄야겠다는 심리가 근저에 깔려있는 것으로 보인다.

'재혼 상대로서 돌싱을 선호할 경우 미혼자를 기피하는 이유'를 묻는 질문에서는 남성과 여성이 한 소리로 '(초혼은) 조건이 까다로울 것 같아'(남 42.0%, 여 46.1%)서라고 지적했다. 다른 이유로는 남성의 경우 '세상 물정을 모를 것 같아'(35.6%)와 '성대한 결혼식을 요구할까봐'(11.9%), 여성은 '인간관계상 문제가 있을까봐'(33.0%)와 '정신적으로 이상이 있을까봐'(13.0%) 등을 미혼자 기피 사유로 꼽았다.

'초혼+돌싱' 커플, 그 성공 사례와 비결은?

처녀 + 돌싱 남성 커플

- 여성 프로필 : 33세, 교육대학 졸업, 초등교사, 168㎝의 외모 준수
  - 배우자 조건 : 경제력과 외모, 신체조건

- 상대 남성 : 34세, 서울 중위권 4년대졸, 유통회사 팀장, 183㎝의 모델급 외모, 대구의 부동산 갑부 아들, 딸 1명 양육

– 배우자 조건 : 외모와 교양

■ 진행 과정 : 이 여성은 결국 남편이 된 이 돌싱 남성을 만나기 전에 30여 차례에 걸쳐 의사, 변호사, 교수 등 최고 수준의 남성들과 맞선을 본 적이 있었다. 그러나 매번 3~4회 만나고 나면 이성으로 끌리지 않는다며 더 이상 진전이 되지 않았다. 이 돌싱 남성은 학력이나 직업 등이 이 여성의 당초 요구 조건에 크게 미달했을 뿐 아니라 이혼 경험자로서 자녀를 양육하는 등 핸디캡도 많았다. 그러나 이 여성은 상대의 뛰어난 신체조건과 외모, 그리고 부모의 든든한 배경에 끌려 결국 결혼까지 골인했다. 결혼까지 가는 데는 가족의 극심한 반대에 부딪치는 등 사연도 많았다. 이 여성의 가족이 결혼을 못하게 반대하자 당사자인 여성은 동거라는 극단적 카드를 꺼내들면서까지 자신의 의지를 굽히지 않았다. 동거생활이 계속되자 여성의 부모들은 남 보기 창피하다며 울며 겨자 먹기 식으로 서둘러 결혼식을 올리게 했다. 결론적으로 볼 때 이 여성에게는 아무리 좋은 학력이나 직업보다 외형적인 매력이 그 무엇보다 중요했던 것이다. 좀 더 리얼하게 표현하면 이불 속에서의 환희를 맛보게 해줄 속궁합과 테크닉이 필요했던 것이다. 그것을 이 남성이 결혼 경험과 탁월한 신체조건을 무기로 완벽하게 충족시켜 준 것이다. 우여곡절을 겪었지만 이 여성의 입장에서 볼 때는 당초 희망했던 배우자 조건, 즉 외모와 경제력을 모두 얻었으니 성공한 결혼이라고 할 수 있다.

■ 성공 요인 : 주인공 여성은 배우자를 구하는 데 있어 내면의 부르짖음에 충실했다고 볼 수 있다. 또 그 목적을 달성하기 위해 끝까지 밀어붙였기 때문에 자신이 원하는 조건의 남성과 인생 파트너가 될 수 있었다.

총각+돌싱 여성 커플

■ 남성 프로필 : 48세, 전문대졸, 초혼, 슈퍼마켓+편의점+부동산 사무실 등 운영. 남자답고 성실하며 책임감이 강함.
– 배우자 조건 : 경제력 있고 심성 좋은 여성, 재혼도 무방

■ 상대 여성 : 50세로 두 살 연상, 3혼 대상 여성(결혼에 두 번 실패), 외모 준수, 상가건물 등 월 1,000만 원 이상의 임대 수입, 출산 경험 없음.
– 배우자 조건 : 체격 좋고 스태미나 뛰어난 남성다운 남성, 연하 선호.

■ 성공 요인 : 48세 정도의 남성은 대부분 나이가 어리고 외모가 준수한 여성을 원하나 이 남성은 실리에 초점을 두고 배우자감을 찾았다. 그러나 여성은 남성과는 정반대로 외형적인 면모를 중시하여 남성미 넘치는 배우자를 원했다. 이 두 남녀는 서로 상대가 요구하는 조건을 충실히 만족시켜줌으로써 만나자마자 느낌이 통했고, 곧바로 결혼에 골인했다. 서로가 남는 장사를 한 셈이다.

화끈하고 현실적인
재혼 상대 검증, 역시 한 수 위!

주요 조건은 몸으로
직접 확인한다!

쓰라린 결혼 실패 경험이 있는 돌싱들에게는 결혼이 더 이상 핑크 빛 환상이 아니다. 바로 현실이다. 초혼 때는 '눈에 콩깍지가 씌어' 깊이 있게 상대를 파악도 하지 않은 채 식부터 올리고 본다. 내심 '설마 내 배우자가…'라는 환상과 자신감을 가지고…. 하지만 한 번 쓴맛을 본 사람들은 사정이 다르다. 믿음이나 신뢰보다는 불신과 의심이 앞선다. 확신이 서지 않고 뭔가 미덥지 않은 구석이 있으면 직접 현장을 방문하여 자신의 눈으로 보고, 또 실제 몸으로 느껴봐야 직성이 풀린다. 재혼 대상자들의 상대 확인 방법을 살짝 들여다봤다.

회사의 요모조모를 꼼꼼히 체크해보더니 OK…

"지난해 8월, 교제 중이던 여성이 휴가를 맞아 제 회사(웨딩회사)에 와

서 일을 도와주겠다고 하더라고요. 회사 직원들도 휴가를 간 터라 빈자리도 많고 하여 별 생각 없이 그러라고 했죠. 그랬더니 틈틈이 직원들과 대화도 나누고 전화 오는 것도 보면서 회사의 매출 상황이나 손익, 부채 등을 샅샅이 파악한 모양이에요. 그렇게 5일 간 현장 확인을 해보더니 '자기네 회사 제법 실속 있네!'라며 신뢰를 표하더군요." (41세 남성, 사업)

재혼하려는 여성에게 가장 큰 관심사는 역시 경제력이다. 특히 상대가 사업을 할 경우에는 그 실체가 궁금할 수밖에 없다. 특히 남편의 경제적 이유로 이혼을 한 경우에는 더 이상 언급할 필요도 없다.

예비 시어머니, 시누이 등을 만나보더니 안심을 하더군요…

"저를 다섯 번 만나고 나더니 저희 식구들에게 인사를 오겠다고 해요. 그래서 시간을 내어 모든 식구들을 있는 그대로 다 보여줬죠. 공무원이셨던 아버지와 나름대로 인자하신 어머니, 그리고 요즘 여성들의 사고방식을 누구보다 잘 이해하는 여동생 등…. 모든 식구를 만나보더니 안심을 하는 것 같았어요. 그 후 결혼작업은 일사천리로 진행되었지요!"(46세 남성, 공무원)

여성의 지위가 높아지고, 또 재혼은 초혼에 비해 시가에 대한 부담이 줄어들기는 해도 여성에게 시가는 여전히 만만찮은 존재이다. 그것도 전 배우자와 시가 문제로 헤어진 경우에는 더더욱 신경이 쓰인다. 그래서 이와 같은 방법을 통하여 집안의 분위기와 식구들의 면면을 직접 확인한 후에 결혼 여부를 최종 결정하는 경우도 종종 있다.

아이와 같이 나오라고 해서 데리고 갔는데…

"저는 여섯 살짜리 아들이 하나 있고 상대 남성에게는 동갑의 딸이 있었죠. 양쪽의 아이들을 데리고 놀이공원이나 가자고 해서 갔죠. 그런데 제 아들이 상대방의 여자아이를 어떻게나 괴롭히는지…. 하루 종일 싸움 말리다가 시간을 다 보냈답니다. 상대방은 내색은 하지 않았지만 앞날이 걱정되었을 것입니다. 그 후 연락이 뜸하다가 11월부터는 아예 연락이 끊겼습니다."(36세 여성, 외국계기업 근무)

남녀 모두 상대에게 양육아가 있으면 부담스러워하고, 특히 아들이 있을 경우 수용하기가 쉽지 않다. 바로 이와 같은 문제 때문이다. 특히 여성 측이 아들을 가졌을 경우에는 더욱 심각하다. 그래서 보통 '딸 하나쯤은 괜찮은데…' 라는 돌싱들이 많다.

명품 핸드백을 사달라고 했다가…

"지난 5월 제 생일 때 선물을 사준다고 하기에 고가 수입 핸드백 가게로 그 사람을 데리고 갔죠. 구경을 죽 하고 나서는 전화 한 통 하고 오겠다며 나가더니 그 길로 바로 줄행랑을 쳐버렸어요. 직업도 변호사라 괜찮고 성격이나 외모 등 여타 조건도 저에게 과분한 상대였는데…. 헤픈 씀씀이 때문에 그만 좋은 사람을 놓쳐버렸지 뭐예요…."(35세 여성, 유명 디자이너)

남성들은 여성의 씀씀이에 특히 예민하다. 경제가 어렵고 각종 빚이 사회 문제가 되고 있는 현실에서 어렵게 모은 돈을 헛되게 쓰고 싶지 않기 때문이다. 상대가 카드를 몇 개나 가지고 있는지, 월별 카드 결제액은 얼마나 되고 연체 경력은 없는지 등을 꼼꼼하게 살펴본 뒤 재혼 여부를 결정하는 남성도 적지 않다.

상대 친구와 술김에 뽀뽀하려다가 그만…

"하루는 제 여친이 친구를 한 명 데려와 술을 사겠다고 해요. 당연히 제가 그 두 명으로부터 집중 공격을 받았죠. 곤드레만드레 취한 상태에서 노래방을 가자고 해서 같이 갔죠. 제 파트너가 잠깐 자리를 비운 사이에 그녀의 친구가 같이 춤을 추자고 하더니 제 뺨에 살짝 뽀뽀를 하는 게 아니겠어요? 저도 좀 더 진한 키스로 응수했죠! 이 일로 모든 게 끝나 버렸지요. 모든 시나리오가 저의 주사를 눈치채고 미리 꾸며졌던 것이었어요. ㅜㅜ"(42세 남성, 공기업 근무자)

여성에게 남성의 주사는 여간 골칫거리가 아니다. 외도와 직결될 뿐 아니라 행패와도 관련이 있다. 따라서 여성들은 예상할 수 있는 모든 상황을 연출하여 직접 테스트하고 또 확인해본다.

만난 지 얼마 되지 않아 잠자리를 요구하여…

"두세 번 만난 상태에서 주말에 근교로 드라이브를 가자고 하여 같이 갔죠. 회와 함께 술을 좀 마시고는 잠깐 쉬고 가자고 하더군요. 그래서 몸도 나른하고 하여 그렇게 하자고 했더니…, 그 다음부터 연락이 없더군요."(40세 여성, 공무원)

돌싱 남성들은 대부분 스킨십을 서두르는 경향이 있지만 모두가 그렇지는 않다. 또 스킨십에는 목적도 다양하다. 성적 욕구를 해소하려는 사람도 있고, 또 속궁합을 보려는 의도도 있다. 결혼생활에서 부부관계는 무시할 수 없기 때문이다. 그러나 이 사례에서 보듯 상대의 '정조관념'을 테스트하고자 하는 경우도 없지 않다.

재혼 상대 검증, 다양하고 깐깐하게!

돌싱男, 맞선 시 상대 검증의 주안점 '이혼 사유' – 女는?

재혼 상대로 이성을 소개받으면 남성들은 상대의 이혼 사유를 집중적으로 캐묻고, 여성은 노후준비 상황을 자세하게 점검한다. '재혼 상대를 만나 중점적으로 검증할 사항'에 대한 조사에서 남성 47.3%와 여성 38.5%가 이와 같은 대답을 내놨다. 그 정도는 안 되나 상대의 '빚(부채)' (19.2%)이나 '속궁합'(15.8%)에 대해서도 남성들은 관심이 높고, 여성은 노후준비 상황 다음으로 '(전 배우자와의) 이혼 사유'(28.8%)와 '교양과 인품'(14.6%) 등을 눈여겨본다고 했다.

돌싱 남성들은 심성이나 교양 등을 재혼 조건으로 많이 고려한다. 그러므로 전 배우자와의 이혼 사유를 파헤침으로써 결혼생활 중 어떤 문제가 있었는지 간접적으로 파악하게 된다. 반면 여성들은 상대의 재산과 현재 직업의 안정성, 그리고 퇴직 후의 연금 수령 여부 등을 주의 깊게 본다.

배우자 검증은 고위 공직자 검증과는 속성상 180도 다르다. 고위 공직자 후보에 대한 청문회에서는 재산이 너무 많아도 반감을 살 수 있다. 그러나 배우자감의 재산 검증 때는 많으면 많을수록 좋다. 나이나 사회경험, 결혼생활 등을 통해 돈의 맛을 제대로 아는 돌싱들에게 배우자감의 재산은 중요하기 이를 데 없다. 그럼에도 불구하고 상대의 재산을 확인하는 데는 남성과 여성 사이에 차이가 있었다. 남성은 윤곽만 대충 파악하는 데 반해, 여성들은 동산이나 부동산 등의 재산을 빈틈없이 꼼꼼하게 확인한다.

2012년 10월 돌싱 남녀 각 266명이 참여한 '재혼 배우자감에 대한 재산 확인 수준' 관련 조사에서 남성은 응답자의 70.3%가 '대충 윤곽만 파악한다'고 답했으나, 여성은 58.3%가 '동산 및 부동산 모두에 대해 세부적으로 샅샅이 확인한다'고 밝혔다. 남녀 간에 검증에 임하는 자세상의 차이를 읽을 수 있다. 남성의 26.3%는 '빚 유무만 확인한다'고 했고, 여성 38.7%는 '대충 윤곽만 파악한다'고 답했다.

재혼 희망 여성, 특히 40대 중반 이상의 연령층에서는 재혼의 목적 자체가 경제적 풍요와 노후 안정에 주안점을 두는 경우가 많다. 당연히 교제기간 동안 상대의 보유 재산이나 수입, 빚 유무, 노후대책 등등을 깐깐하게 확인한다.

배우자감을 검증한 결과 현재는 별 탈이 없으나 예전에 간과할 수 없는 심각한 문제가 있었을 경우 배우자로 받아들일 수 있을까? 대체로 긍정적인 자세이다. '(과거 문제를) 진심으로 반성하면 수용한다'는 조건부 수용이 남성 48.8%, 여성 68.5%이고, '과거는 과거이므로 수용한다'와 같이 조건 없이 수용하는 비중도 남성 30.8%, 여성 16.9%에 달했다. '절대 수용할 없다'는 남성 20.4%, 여성 14.6%에 불과했다.

종합해 보면 남성의 79.6%와 여성의 85.4%가 현재 잘 살고 있으면 과거 문제는 덮어둘 수 있다는 인식이다. 과거사에 대해서는 남성보다 여성이 좀 더 너그럽다는 것도 확인할 수 있다. 남자는 도전과 실패, 그리고 참회와 재기 등을 통해 더욱 강인한 존재로 다시 태어난다는 인식이 강하기 때문으로 보인다.

첫 잠자리는 언제? 男 '호감 느끼면' – 女 '진심 확인 후'

재혼 상대에 대한 1차 검증 작업이 원만하게 마무리되면 본격적인 교제에 들어가게 된다. 돌싱들의 교제는 미혼들과는 차원이 다르다. 당연히 첫 잠자리를 갖는 데도 거침이 없다. 특히 남성들은 더욱 서둔다. '첫 잠자리를 갖기에 적당한 시점'을 묻는 조사에서 남성은 절반에 가까운 49.0%가 '상호 호감을 느끼면 언제든지 가능하다'고 답했고, '서로 의사가 있을 때'(19.4%)와 '진지한 교제를 시작한 후'(18.7%)의 순이다. 반면 여성은 61.6%가 '진심 확인 후 진지한 교제가 시작될 때'로 답해 압도적으로 높은 비중을 차지했다. '상호 호감을 느낄 때'(14.0%)와 '결혼 의사를 확인한 후'(11.2%) 등이 뒤따라 남성보다는 보수적인 면모를 보였다.

'상대를 정확히 파악하기 위해 필요한 만남 횟수'로는 남성이 '7회' (29.6%)와 '1회'(20.2%), '2~3회'(19.2%) 등과 같은 순으로 답해 개인별 편차가 매우 컸다. 여성은 '5회'가 47.6%로 단연 높고, 이어 '10회' (28.6%)가 뒤따랐다.

남성은 10명 중 7명, 여성은 6명 정도가 재혼에 앞서 일정기간 동거를 해보는 것이 바람직하다고 생각했다. 2011년 9월 온리-유가 510명의 돌싱 남녀에게 '재혼 대상자와 결혼 전 동거가 필요한가?'라는 질문을 던지자 응답자 중 남성은 69.0%, 여성은 61.2%가 서슴없이 '필요하다'고 찬성표를 던졌다.

최근에는 미혼들도 동거에 대한 거부감이 크지 않다. 그러나 대부분 관념적이고 실제 행동으로 옮기는 비중은 높지 않다. 그러나 재혼을 염두에 둔 돌싱들은 미혼과는 달리 부담이 크지 않고 현실적인 면에서도 필요성을 공감하기 때문에 실행에 옮기는 경우가 많다.

그러면 돌싱들이 동거를 통해 얻으려는 것은 무엇일까? 남성은 '속궁합을 파악하는 것'(37.3%)이고, 여성은 '생활습성을 파악하는 것'(34.9%)에 가장 큰 목적을 두고 있었다. 이어 남성의 경우 '애정 유무'(27.1%)와 '생활습성 파악'(25.7%), 여성은 '속궁합 확인'(29.6%)과 '결혼의사 파악'(16.9%) 등을 위해 동거를 원했다.

인생역전
종결자,
돌싱 탈출
A to Z

능수능란, BUT 스마트하게!

　세상에는 하루가 멀다 하고 연애 기법들이 쏟아져 나온다. 그러나 그 대부분이 미혼용이고 돌싱들을 위한 정보는 많지 않다. 재혼용 정보가 있다 해도 추상적이고 관념적인 내용뿐이다. 피부에 잘 와 닿지 않는 이유이다. 또 많은 사람들은 의아해 한다. 초혼 때 이미 연애박사 급에 오른 돌싱들에게 왜 또 새삼스럽게 연애기법이 필요하냐고. 일부 수긍할 수도 있으나 현실적으로는 그렇지 않다. 재혼 전선에 나서는 돌싱들은 평균적으로 볼 때 여성은 40대 초반, 남성은 40대 후반에 접어든 상태이다. 14년 가까이 연애다운 연애는 못 해본 게 정상이다. 녹슨 연애기법을 갈고 닦아야 하고 기름 또한 쳐야 한다. 그리고 미혼이 아닌 재혼 상황에 맞게 새로운 지식도 보충해야 한다.

　돌싱들은 그동안 각자 크고 작은 변화를 많이 겪었다. 우선 여성들의 경우를 보자! 많은 여성들은 자녀를 출산하고 키우는 등 엄마로서의 역할에 충실했다. 가사를 책임지며 주부로서의 삶에 익숙해져 있다. 한편으로는 억척같고 무데뽀적인 삶의 습성이 몸에 잔뜩 배었다. 판단의 기준도 옳고 그른 것 보다는 자신에게 유리한 데 초점을 맞추는 성향이 있다. 남성과의 만남에서도 차 한 잔 살 줄 몰라 늘 지적을 받는다. 처녀 때의 신비스럽고 여성스러운 자태도 찾아보기 힘들다. 거기에 나이가 들면서 피부나 몸매도 예전 같지 않다. 한마디로 딱 '아줌마'같다. 오죽하면 '남성'과 '여성'에 이어 '아줌마'가 제 3의 성(性)으로 명명되었을까! 주부나 아이의 엄마로서는 강할지 몰라도 맞선 장에서 점수를 따는 데는 한계가 있다.

'아저씨, 아줌마'가 아닌 '매너男, 센스女'를 원한다!

　남성은 대부분 사회생활을 계속 영위하고 있기 때문에 여성에 비해서는 사정이 나은 편이다. 자기 관리도 잘 하고 각종 시사정보에도 밝다. 직장생활을 통해 체계적인 생활과 합리적인 사고방식도 길러져 있다. 인간관계 또한 대체로 원만하다. 하지만 사적인 면을 들여다보면 부정적인 면도 없지 않다. 합법적·고정적인 성 파트너였던 전 배우자와 헤어진 후 성욕 해소가 원만하지 못해 정서적으로 늘 불안정하다.

또 결혼생활 때의 성 경험이나 향상된 사회적 지위를 바탕으로 여자를 너무 쉽게 다루는 못된 습성도 생겼다.

 이와 같이 돌싱들에게는 교제상의 장애물이 여기저기 도사리고 있다. 그 뿐 아니라 자녀와 이혼이라는 아킬레스건도 엄연히 존재한다. 대화 중 잘못 건드렸다가는 폭발하기 쉽다. 미혼들과는 전혀 다른 돌싱들만의 교제 여건들이다. 이런 사항들을 염두에 두고 사전에 하나하나 꼼꼼하게 대비한 뒤 맞선이나 데이트에 나서야 한다. 그래야 좋은 사람을 만났을 때 바로 내 사람으로 만들 수 있다. 여기 많은 돌싱들을 관찰하며 장기간에 걸쳐 추출해낸 완성도 높은 실전용 돌싱 탈출 수칙을 제시한다.

화끈, 대담, 파격…
돌싱들의 교제 특징

돌싱들,
'연애감각 *회복과 함께* 맞선 *아우성!*'

"매니저님, 이제부터 진행을 좀 서둘러 주세요. 처음 두 분을 만날 때까지는 이성에 대한 감각도 없고 무덤덤했는데, 이제는 과거 젊을 때 연애하던 기분과는 또 다른 느낌의 설렘과 두근거림이 생기네요. 결혼정보회사에 처음 등록할 때만 해도 이성을 만난다는 생각보다는 '재혼 상대'를 만난다는 의무감에 사로잡혀 있었거든요. 당연히 연애감정도 없고 냉랭한 기분이었습니다."

재혼 상대를 찾기 위해 결혼정보업체에 가입한 뒤 두 명의 남성과 맞선을 가진 46세의 여교사 L씨가 담당 매니저에게 맞선을 재촉하고 있다.

돌싱들 중에는 장기간 동안 연애경험이 없었던 사람들이 많다. 결혼생활 중에는 당연히 이성교제가 필요 없고, 이혼 후에도 이성을 만나기가 여의치 않기 때문이다. 이와 같이 오랫동안 이성교제 경험이 없었던 돌싱들은 대부분 연애감각도 현저히 떨어져 있다. 당연히 억제되고 녹슨 연애감각을 회복하는 데도 일정 기간과 실전 경험이 필요하다. 여기에는 데이트만큼 좋은 해결책이 없다. 이성과의 대화나 스킨십을 통해 연애감각이 서서히 되살아남은 물론 열정도 솟구쳐 오른다. 나이가 많을수록, 이혼한 지 오래 됐을수록 연애기술을 복구하는 데 필요한 시간도 오래 걸린다.

연애감각 회복뿐 아니라 각자의 배우자 조건을 현실성 있게 설정하는 데도 일정 횟수의 맞선 경험이 필요하다.

"매니저님, 앞으로는 나이 차이를 좀 더 벌려 주세요. 초혼 때 생각하고 네 살 차이까지 본다고 했는데 아무래도 여섯 살 이상은 차이가 나야 할 것 같네요. 실제 만나보니 여성들 목이나 얼굴에 주름도 있고 해서…. 그리고 양육아도 없는 게 가장 좋고 있을 경우에는 한 명 정도만 수용하겠습니다. 직업은 꼭 있을 필요는 없지만 본인 관리 차원에서 있는 편이 좋겠습니다."

54세의 대기업 임원인 남성 J씨가 2회의 만남을 가진 후 배우자 조건을 재조정하고 있다. 당초 회원 가입 시에는 초혼 때를 염두에 두고 상대의 나이에 대해 별로 신경 쓰지 않았고, 양육아나 직업 유무 등에 대해서도 특별한 제한을 두지 않았었다. 그러나 2회의 맞선을 진행한 후 배우자 조건이 대폭 수정·보강되고 있다.

배우자 조건을 재조정하는 데도 남녀 간에 차이가 크다. 남성은 당초보다 나이나 외모 등의 조건을 강화하는 반면, 여성은 만남을 거듭할수록 나이는 물론 직업이나 학력 등의 제한을 완화하는 사례가 많다.

연애감각 회복이나 배우자 조건 재조정 시점에 대해서는 통계적으로도 뒷받침된다.

2012년 비에나래와 온리-유가 5회 이상 맞선을 본 돌싱 회원 534명 (남 256명, 여 278명)의 맞선 기록을 분석한 결과 '연애감각을 회복하는 시점'과 '배우자 조건을 재조정하는 시점' 상에 유의미한 연관성이 포착 됐다. 즉 조사 대상자 중 남녀 각 셋 중 1명꼴로 2회의 만남을 진행한 후에 '연애감각을 회복'(남 38.3%, 여 32.4%)하거나, '배우자 조건을 현실 적으로 재조정'(남 33.2%, 여 34.9%)하는 양상을 보인 것이다.

같은 맥락에서 오랜만에 맞선장에 나온 돌싱들에게서 웃지 못할 촌극 도 자주 발생한다. 그중 하나가 상대 남성의 반응에 대한 여성들의 착 각(?)이다. 특히 40대 중반 이후에서 잦다. 첫 만남에서 상대 남성이 과 도한 호감을 보여서 부담이 된다는 것이다. 그러나 정작 당사자인 남성 은 전혀 다른 반응을 보인다. 호감과는 거리가 멀었고 한시라도 빨리 자 리를 떠나고 싶었다는 불만 섞인 대답이 돌아오는 것이다. 남성들이 보 인 예의상의 호의를 착각한 것이다. 또 맞선 의상이나 비용 부담과 관련 해서도 적지 않은 여성들이 남성들로부터 손가락질을 받는다. 40대 후반 부터 50대의 여성 중에는 젊게 보이고 싶은 나머지 어그부츠나 스키니바 지, 짧은 점퍼 등을 입고 나가 상대 남성을 민망하게 할 뿐 아니라 데이 트 비용도 일절 부담하지 않아 참다 못한 남성들이 폭발하는 사례도 적 지 않다.

초혼 '단계적' vs 재혼 '파격적', 연애방정식도 천양지차

"드디어 이달 23일 상견례가 잡혔습니다. 좋은 분 소개해 주셔서 감사합니다."

"회원님, 정말 축하드립니다. 좋은 커플이 될 것으로 예상했는데 드디어 희소식이 들리는군요!"

비에나래에서 만난 32세의 중앙 공무원 L씨와 금융권에 종사하는 29세 J양이 6개월 정도의 교제를 거쳐 담당 매니저에게 결혼 소식을 전하고 있다. 물론 이 둘은 초혼이다.

"회원님, 어제 만남은 즐거우셨나요?"

"예. 사실은 지금 그 분과 같이 있답니다. 저희 둘은 더 이상 신경 안 쓰셔도 될 것 같습니다."

온리-유의 담당 매니저가 45세의 약사인 여성 H씨에게 전날 가진 맞선 결과를 조회하자 전화기 저쪽에서 흘러나온 대답이다. 전날 만난 51세 치과원장인 남성 K씨와 이미 결혼을 약속했다는 얘기이다!

위의 두 사례는 좀 극단적이기는 하나 초혼과 재혼 대상자들 간의 교제방식 상의 차이를 극명하게 보여준다. 초혼은 순서와 단계를 하나하나 차근차근 밟아 올라가는 방식이 대부분이다. 그러나 재혼 대상자들은 초혼과 달리 많은 절차가 생략되고 순서도 뒤죽박죽이다. 특히 나이가 올라갈수록 이런 현상이 심하다.

온리-유와 비에나래가 교제 중인 초혼 및 재혼 희망자 250쌍(초혼 및 재혼 각 125쌍)을 임의로 골라 '교제방식상 특징'을 분석한 결과에서도 이런 차이를 쉽게 발견할 수 있다. 초혼 대상자들은 125쌍 중 93쌍 (74.4%)이 맞선을 본 후 상호 관찰 – 신체적 애정 표현(스킨십) – 선물 – 청혼 – 상견례 – 결혼 등과 같은 순서를 밟아갔다. 교제기간도 상당히 길어 맞선부터 상견례까지 보통 5개월 정도가 소요됐다. 기업체에서 하부 실무자가 상부로 제반 정보를 올려 보내 최고 경영자가 최종적으로 의사결정을 내리게 하는 보텀업(Bottom-Up) 방식과 유사하다.

초혼과 달리 재혼 대상자들은 절차나 단계가 무시되고 파격적인 면이 강하다. 즉 3회 이내의 만남에서 스킨십이나 선물 수수, 결혼 언급 등이 단기간 내에 동시 다발적으로 이루어진다. 전체 조사 대상 커플의 과반수인 71쌍(56.8%)이 여기에 해당됐다. 상호 관찰은 그 후 만남을 거듭하면서 세부적이고 심도 있게 이루어진다. 특정 사안에 대해 사장이나 임원이 먼저 결정을 내리고 실무적인 조사와 검토는 추후 하부에서 이루어지는 톱다운(Top-Down) 방식과 닮은꼴이다.

초혼들은 아무래도 이성 간에 서먹서먹한 느낌이 있고 상대적으로 순수하기 때문에 상대를 파악하고 익숙해지는 데 일정 기간이 소요된다. 그러나 재혼 대상자들은 이성을 보는 안목이 상대적으로 뛰어나고, 결혼생활 경험이 있기 때문에 스킨십에 대한 부담도 적어 진도가 빠르다.

돌싱들만의
교제 패턴상 *7大* 특징

앞에서 살펴본 바와 같이 초혼 평균연령과 재혼 평균연령 사이에는 14

년 정도의 차이가 있다. 첫 결혼 후 이혼 시까지의 평균 혼인 지속기간이 13.7년이고, 이혼 후 재혼까지는 남성 0.7년, 여성 0.3년이 소요된다. 초혼과 재혼 간의 14년이라는 시간상 간극은 단순한 햇수 이상의 의미를 지닌다. 우선 재혼 대상자들에게는 초혼에게 없는 결혼 경험이 있고, 사회 경험도 풍부할 뿐 아니라, 자녀가 있을 비율이 높다. 그 외에도 재산이나 지위 등도 초혼과는 천양지차이다. 생활습성이나 취향, 신체조건 등도 몰라보게 달라져 있는 게 일반적인 양상이다. 인생 경로 측면에서 볼 때도 중장년층에 속하는 경우가 많다. 노후가 중요한 과제로 부각된다. 이런 초혼과 재혼의 여러 가지 차이점은 교제상에도 많은 변화를 가져온다. 초혼과 재혼 대상자 각 125쌍을 무작위로 뽑아 '교제상의 특징'을 분석한 결과에서 나타난 특이사항을 살펴본다.

교제 패턴 특징 1. 초혼 '중개인 통해' – 재혼 '직접'

초혼들은 전체 조사 대상자 125쌍 중 116쌍(92.8%)이 매니저가 양쪽의 의견을 듣고 약속을 잡아주면 그대로 따른다. 이에 비해 재혼 대상자들은 남성이 상대 여성에게 직접 전화를 하여 약속을 잡는다(81쌍, 64.8%).

교제 패턴 특징 2. 만남의 장소 : '분위기' vs '실속' 중시!

초혼은 대부분(103쌍/82.4%) 분위기 있는 찻집이나 호텔 등을 선호한다. 그러나 재혼들은 실속을 중시하여 처음부터 음식집으로 정하는 커플이 과반수를 차지했다(64쌍/51.2%).

교제 패턴 특징 3. 데이트 비용 부담 : '공동' & '남성 위주'!

초혼은 106쌍(84.8%)의 경우 여성도 찻값 등 일부를 부담하나, 재혼은 76.0%인 95쌍이 남성 위주로 지불했다.

교제 패턴 특징 4. 상대 호감도 파악 : 초혼은 간접, 재혼은 직접!

첫 만남 후 계속 교제여부에 대해서 초혼은 76쌍(60.8%)이 매니저를 통해 상대의 반응을 파악하나, 돌싱들은 비슷한 비율인 81쌍(64.8%)이 본인이 직접 '눈치로' 알아챘다.

교제 패턴 특징 5. 교제 초기 만남 빈도 : 재혼 > 초혼!

교제 초기 단계의 만남 빈도는 재혼이 훨씬 높다. 초혼의 경우 일주일에 1회 혹은 2회 정도 만남을 가지나(84쌍/67.2%), 재혼 대상자들은 78쌍(62.4%) 정도가 같은 기간 동안 3회 이상의 만남을 가져 교제 속도가 빠르다.

교제 패턴 특징 6. 선물 : '데이(Day)위주' vs '초기에 전략적으로'

선물을 주고받는 시기나 가격 등에서도 상당한 차이를 보이고 있다. 초혼은 5회째 만남 이후에 선물을 주고받는 데 비해(98쌍, 78.4%), 재혼은 3회 이내에 3명 중 1명꼴인 42쌍(33.6%)이 선물을 교환했다. 또 초혼의 경우 생일이나 밸런타인데이 등 특별한 날을 기해 주로 5만 원 이하의 선물을 서로 주고받으나, 돌싱들은 주로 남성이 교제 초기부터 전략적으로 30만 원 이상의 선물을 안겨준다.

교제 패턴 특징 7. 스킨십 차이 : '단계적' – '파격적'

초혼과 재혼 간의 가장 큰 차이 중 하나인 신체적 애정표현의 경우 초혼은 5회 이상 만난 후(83쌍, 66.4%)에 스킨십을 시작하여 단계적으로 접근하나, 재혼 대상자는 76쌍(60.8%)이 3회 이내에 스킨십을 시도하고,

특히 42쌍(33.6%)은 성관계 등 깊은 관계를 맺는다.

*4050*들의
초현실적 연애 행태

4050! 노련, 성숙, 능수능란, 물질중시, 현실적, 뻔뻔…. 초혼과 재혼 간에 교제상 비교불가의 차이점이 있듯이 4050들에게도 그들만의 독특한 연애방식이 있다. 온리-유와 비에나래가 2012년 10월 40대와 50대 돌싱 회원 636명(남 322명, 여 314명)에게서 도출한 '4050만의 기상천외한 초현실적 연애 행태'를 소개한다.

돌싱女 32%, "저보고 '명기'래요"

"매니저님, 이런 얘기를 해도 될지 모르겠지만…, 제 나이 4학년 6반이니 얘기 못할 것도 없지 뭐! 솔직히 요즘 회원활동하면서 맘에 드는 남성을 만나면 잠자리를 같이 하곤 하는데~, 상대 남성들이 저보고 하나같이 '명기'라고 하네요!! ㅋㅋ 그동안 저도 몰랐었는데…."

46세 돌싱 여성 J씨의 자화자찬(?)이다. 26세에 결혼했다가 3년 만에 이혼하고 일에 파묻혀 혼자 살아왔다. 이혼 후 계속 디자이너로 활동하며 억대의 연봉을 올리다가 4년 전부터 여성용 패션 가게를 운영하고 있는 중년의 커리어우먼이다. 이런 미팅 피드백은 돌싱 세계에서는 흔히 볼 수 있다. 회원활동 중 동침 경험이 있는 여성 회원 245명 중 31.8%인 78명이 상대 남성으로부터 '최고'라는 찬사를 받았다고 했다.

돌싱女 43%, '저 이제야 사랑에 눈떴나봐요'

"매니저님, 제가 아마 사랑의 지진아인가 봅니다. 제 나이 마흔넷에 이제야 사랑의 참맛을 알 것 같으니…."

27세에 결혼하여 31세에 헤어진 후 지금까지 줄곧 싱글로 살아온 44세 여성의 고백(?)이다. 그동안 입시학원 강사와 고액과외로 연 9,000만 원의 수입을 올리며 돈 버는 재미로 살아왔다. 그러나 지난 6월에 만난 사업가와 몇 달 동안 교제를 하면서 예전에는 미처 몰랐던 사랑의 진미를 터득한(?) 후 연애감정에 흠뻑 빠져 있다. 회원활동 중 3개월 이상 교제 경험이 있는 돌싱 여성 236명 중 43.2%인 102명이 전 배우자와의 부부관계에서 느낄 수 없었던 사랑의 황홀감을 맛봤다고 밝혔다.

돌싱男은 올인 형, 돌싱女는 양다리 형 많아!

"저 이제 다른 여성 소개는 일단 중단해 주세요. 지난번 소개해 주신 여성분과 진지하게 교제해보겠습니다."

예상 외로 돌싱 남성들 중에는 일편단심형이 많다. 일단 호감 가는 여성을 만나면 다른 여성 소개를 중단하고 한 여성에게 몰입하는 것이다. 조사 대상 남성회원 10명 중 7명꼴인 224명이 이런 유형에 속했다. 반대로 여성은 절반이 넘는 166명이 기회가 되면 복수의 남성을 동시에 만나곤 한다.

교제를 주도하고 비용도 지불해야 하는 남성은 웬만한 조건의 여성을 만나면 올인한다. 그러나 배우자 조건에 상한선이 없는 여성들은 조금이라도 더 나은 남성을 만나기 위해 양다리는 물론 문어발식 교제도 불사한다. 단 느낌이 확 오는 남성을 만나면 나머지는 바로 정리 단계에 들어간다.

돌싱女 25%, '어제 그 분이 명품 백 선물로 사줬어요…'

"어제 그 남성분 저한테 홀딱 빠졌나봐요. 점심 때 만나 2시간 정도 얘기하더니 바로 백화점으로 데려가서는 수입 명품 백을 사주는 게 아니겠어요!"

맞선을 본 후 3회 이상 만남을 진행한 274쌍 중 67명(24.5%)의 남성이 3회 이내의 만남에서 상대 여성에게 고가의 선물을 제공했다. 돌싱 남성들은 맘에 맞는 여성을 만나면 화끈하게 베팅해서 잽싸게 낚아챈다는 사실을 알 수 있다. 직장생활을 오래 해서 교제도 비즈니스식이다.

50대 돌싱男, 맞선 실패 주 원인은 '스킨십'

사례 1 "세상에 사람이 어떻게 그렇게 순식간에 돌변할 수 있나요? 식사를 하고 차를 마실 때까지만 해도 사회적 지위에 걸맞게 정말 점잖고 품위가 넘쳤거든요. 처음 만나 다섯 시간 정도 같이 있으면서 행복한 마음에 가슴이 얼마나 벅찼는지 몰라요. 벌써부터 장래를 구상하면서…. 그렇게 기분 좋게 보내고 집까지 바래다주겠다고 하여 매너에 또 한 번 감탄하며 흔쾌히 승낙했죠. 집에 도착하여 차 한 잔만 마시고 가겠다고 하여 한 치의 망설임도 없이 모시고 들어갔는데 차는 마시는 둥 마는 둥 별 관심이 없고 기다렸다는 듯이 스킨십을 시도하는 것이 아니겠어요!"

37세 미모의 무출산 돌싱 여성 J씨가 재혼 맞선을 본 후 불만을 토로하고 있다. 상대는 이름만 대면 알만한 58세의 서울 소재 유명대학 교수이다. 이 남성은 재혼을 하면 늦둥이도 보고 싶다며 젊은 여성을 소개해

달라고 하여 마련된 중매였다. 그런데 첫 만남에서 너무 서두르다가 좋은 관계로 발전할 수 있었던 인연이 물거품으로 끝나버렸다.

사례 2 "매니저님, 좋은 분 소개시켜 주셨는데 정말 속상합니다. 제가 대전에서 멀리 왔다고 호텔에서 근사한 식사도 사주시고, 분위기 있는 바(Bar)에 가서 와인도 아주 즐겁게 마셨죠. 그리고는 저녁 10시 반쯤 되어 숙소를 잡아줄 테니 같이 가자고 하더군요. 저는 첫 이미지가 너무 좋았기 때문에 아무런 경계심도 없이 같이 숙소에 들어갔죠. 그런데 그분이 제가 너무 매력적이라며 갑작스럽게 스킨십을 시도하는 게 아니겠어요. 저는 본능적으로 방어를 하게 됐고, 자연히 분위기는 냉랭하게 바뀌고 말았어요. 처음 당하는 일이라 당황했는데⋯. 서로 조금만 더 여유 있고 성숙하게 대응했으면 하는 아쉬움이 남네요."

대전에서 약국을 운영하는 39세 S씨가 재혼 맞선 차 서울에 왔다가 벌어진 일이다. 상대는 서울 강남에서 상가빌딩 등 250억 원대의 부동산으로 임대업을 하고 있는 57세 남성! 이 남성은 178㎝의 키와 77㎏의 듬직한 체구에 모 대학에 부동산학과 겸임교수로 출강하는 인텔리이기도 하다. 어느 모로 보나 배우자감으로 전혀 손색이 없다. 그가 최우선적으로 보는 핵심 배우자 조건은 육감적인 여성이었다. 어린 나이에 B컵 이상의 가슴, 그리고 풍만한 히프의 글래머형을 유난히 강조했었다.

결혼정보업체에서는 각 고객의 배우자 조건에 맞춰 한 건 한 건의 맞선을 어렵게 주선한다. 그러나 이런 노력과 정성은 아랑곳없이 남성들의 성급한 스킨십 때문에 교제도 제대로 못해본 채 첫 만남에서 깨지는 사례가 비일비재하다. 특히 50대 남성과 맞선을 가진 여성들이 제기하는 불만 중에서 가장 큰 비중은 성급한 스킨십에서 비롯된다.

위의 사례에서 몇 가지 공통점을 찾을 수 있다. 50대 돌싱 남성, 첫 번째 만남에서의 성추행, 번듯한 사회적 지위, 여성과의 큰 나이 차 등…. 재혼 중매를 하다보면 맞선에서 스킨십 등 성추행 관련 문제를 일으키는 남성은 50대가 여타 연령대를 압도한다. 온리-유가 2013년 1월부터 5월까지 맞선을 주선하는 과정에서 스킨십 등 성추행 관련 문제로 여성 회원이 회사에 제기한 총 132건의 불만사항을 연령대별로 분석한 결과에서도 이런 현상이 잘 나타난다. 50대 남성과 관련된 문제가 10건 중 7건에 달했다(92건/69.7%). 그 다음으로는 40대가 21.2%(28건)이고, 60대 5.3%(7건), 그리고 30대는 3.8%(5건)이다.

50대 돌싱男 10명 중 4명, 맞선 첫날 스킨십 시도

위에서도 언급했듯이 재혼 중매를 하면서 스킨십 문제가 발생할 때는 십중팔구 50대 남성이 개입된다. 돌싱 여성들은 결혼 경험도 있기 때문에 사실 3회째만 되면 어느 정도의 스킨십은 수용한다. 그러나 50대 남성들의 경우 10명 중 4명 정도는 1회째 만남에서 무리하게 스킨십을 시도하다가 분위기가 냉각되면서 평생 인연이 될 수도 있는 상대를 아깝게 놓치는 사례가 많다.

50대 남성 회원들에게는 몇 가지 독특한 점들이 있다. 우선 배우자 조건에서 나이 차가 큰(30대 후반이나 40대 초까지) 글래머형을 원한다. 맞선 코스도 거의 비슷하다. 먼저 차를 마시고 다음으로는 식사 겸 술을 마신다. 여기까지는 아무 문제없이 즐거운 시간을 갖는다. 문제는 노래방에서 시작된다. 술을 마시면 노래방에 가는 경우가 많은데 여기서 일차 스킨십이 시도되고 문제의 발단이 된다. 여기까지 별 탈 없이 지나면 모텔을 향하게 되고 두 번째 말썽의 소지가 된다.

2013년 박근혜 대통령의 방미 기간 중 발생한 윤모 대변인의 인턴 직원에 대한 성추행 사건으로 국제적 망신이 된 바 있다. 우리나라 50대 남성들에게 잠재돼 있는 성 관행의 한 단면이라고 볼 수 있겠다. 그럼 왜 유독 50대 남성들에게서 이런 현상이 잦을까? 먼저 사회적 지위 측면에서 원인을 찾아본다. 어느 정도 여유가 있는 50대 남성들은 직장이나 여타 사회생활에서 최정점에 올라 있다. 자신감으로 충만해 있을 뿐 아니라 세상에 겁날 것이 별로 없다. 이런 데서 오는 자만심이 맞선에도 작용하여 상대 여성을 쉽게 '다룰' 수 있을 것이라는 오판을 불러일으킨다. 다음으로는 우리나라 50대 남성들의 불안정한 성적 지위에서 그 원인을 찾을 수 있겠다. 50대 남성들은 아직 성적 욕구는 강하나 그것을 해소할 방법이 마땅치 않다는 점이다. 여기에는 돌싱과 유부남 모두 해당된다. 전 배우자와의 결혼생활을 통해 이미 성생활이 습관화된 상태에서 돌싱으로 혼자 살다보니 정서적으로 늘 불안하다. 결혼생활을 영위하고 있는 남성들도 섹스리스(sexless) 부부가 많아 성 문제에 노출돼 있다. 다음 세 번째로는 50대라는 연령의 특성을 지적할 수 있겠다. 오랜 관념 상 환갑이 지나면 한물간다는 인식이 강하다. 못 다한 사랑에 대한 미련과 앞으로 올 로맨스에 대한 불확실성 등이 겹쳐 50대 남성들의 마음을 성급하게 만드는 것이다. 이 모든 문제의 근본적인 배경에는 남녀 간의 성적 욕구상의 차이가 자리 잡고 있다.

돌싱 여성들의
재혼 방해꾼, '입방정'

사례1 "오빠, 저하고 결혼하면 지금 사는 집은 제 명의로 해줄 거죠? 오빠는 듣자하니 빌딩도 있고, 사업체도 있으니 그 집 하나쯤은 나한테 떼 줘야 나도 능력 있는 오빠하고 결혼한 보람이 있지 않겠어요!!"

40대 초반의 돌싱 여성 H씨가 맞선 첫날 상대 남성에게 때 이른 결혼 선물(?)을 요구하고 있다. 상대 남성은 700억 원대의 50대 초반 자산가이다. 아닌 밤중에 홍두깨 같은 황당한 요청을 받은 남성은 망치로 뒤통수를 얻어맞은 듯 어리둥절해졌다. 여성은 뒤늦게 실수를 깨닫고 후회했지만 이미 남성은 맘을 접은 상태였다.

여성들 중에는 호감 가는 재혼 상대를 만나고도 이와 같이 분별없는 말 한마디로 평생 인연을 수포로 돌리는 사례가 빈번하다. 또 다른 비슷한 사례를 본다.

사례2 "오빠! 내가 지금은 별 볼품없는 처지가 됐지만 한때는 떵떵거리며 살았답니다. 나도 놀던 물이 있으니 용돈으로 월 600만 원은 줄 수 있죠? 그래야 오빠 수준에 맞게 나도 품위를 갖추고 살 것 아니겠어요!!"

47세의 재혼 희망 여성 J씨가 맞선에서 만난 남성에게 다짜고짜 결혼 후의 용돈 수준에 대해 흥정을 하고 있다. 50대 중반의 자수성가 알부자 사업가 M씨는 학을 떼고 서둘러 자리를 떴다.

돌싱들의 맞선에는 이와 같이 초혼 대상자들에게서는 전혀 찾아볼 수 없는 실수가 자주 발생한다. 돌싱 남성들의 경우 성급한 스킨십이 사고를 부른다면 여성들은 입방정 때문에 사달이 잦다.

온리-유와 비에나래가 2013년 7월 1일부터 8월 24일 사이에 진행한 돌싱들의 재혼 맞선에서 서로 호감을 느낀 468쌍 중 교제로까지 연결되지 못한 121쌍의 실패 원인을 분석한 결과 여성 측의 '입방정 등 말실수'가 39건(32.2%)으로 가장 많았다. 결혼 후 일정 수준 이상의 용돈이나 자동차, 집 등을 요청함은 물론 친정이나 자녀에 대한 지원도 포함돼 있다.

결혼 후 가정생활에 전념한 40~50대의 돌싱 여성들은 맞선에서 분별 없는 언행을 일삼는 사례가 많다. 남성들의 의식이나 사고방식을 제대로 파악하지 못하거나, 알고 있더라도 상대의 입장을 진지하게 고려하지 않고 처신하는 데서 비롯되는 경우가 많다.

남성들의 '스킨십'과 여성들의 '입방정'에 이어 맞선 상의 주요 실수로는 '경찰 취조 식의 상대 파악'이다. 맞선 실패 건수는 20건(16.5%)으로 남성과 여성이 각 7건과 13건에서 원인을 제공했다. 상대의 재산이나 연봉 등을 지나치게 자세히 캐묻는가 하면 이혼 사유, 자녀, 전 배우자 등에 대해 취조하다시피 문의한다. '식사 매너'도 인연을 물거품으로 만드는 주요 원인 중 하나이다. 15건(12.4%)에서 문제가 됐으며 남성이 9건, 여성이 6건에서 실수를 했다. 여성이 너무 호화로운 레스토랑을 원하는가 하면 남성이 분식집을 택해 문제가 되기도 하고, 식사 매너상의 사소한 부주의도 인연을 깨는 데 한 몫을 한다.

맞선과 같은 민감한 자리에서는 좋은 인상을 주는 것도 중요하지만 실점을 하지 않는 것 또한 매우 중요하다. 남성은 최소한의 매너를 지켜야 하고, 여성은 상황에 맞게 센스 있는 언행이 필요하다.

재혼, 어렵긴 해도 유리한 점도 있다!

男 '과속' - 女 '소개 부족'… 재혼 힘들다!

'남성은 설익은 스킨십 등으로 교제가 불발로 끝나는 사례가 많고, 여성은 소개받기가 여의치 않아 초혼 때보다 힘들다.' 2012년 온리-유가 '재혼 상대를 찾으면서 초혼 때보다 힘든 점'을 주제로 진행한 설문조사의 결과이다. 전국의 재혼 희망 돌싱 504명(남녀 각 252명)이 이 조사에 참여했는데, 남성 응답자의 29.8%가 '교제 진도가 너무 빨라서, 즉 과속하다가'로 답했고, 여성은 46.4%가 '배우자감을 소개받기 힘들어서'로 답해 각각 재혼의 가장 큰 장애물로 꼽았다. 남성들이 지적한 여타 문제들로는 '상대의 배우자 조건이 너무 까다로워서'(20.8%)와 '중매가 별로 없어서'(17.9%) 등이고, 여성은 '조건 맞는 남성이 잘 없어서'(21.1%), '(상대가) 과속하여'(12.7%) 등이 재혼의 걸림돌로 꼽았다.

앞에서도 여러 번 언급했듯이 돌싱들의 맞선에서는 남성들의 과속이 배우자 인연을 끊어놓는 주범 역할을 자주 한다. 많은 돌싱들에게 맞선을 주선하다 보면 재미있는 법칙을 발견하게 된다. 그중 하나는 40세 이상의 여성은 남성이 첫 번째 만남에서 짓궂게 굴 경우 10명 중 8명 정도는 수용하지 않는다는 점이다. 두 번째 만남 시에는 반반, 세 번째 이후 만남에서는 10명 중 7명 정도가 응해준다. 따라서 호감 가는 여성을 만났을 때 남성이 한두 번만 꾹 참으면 스킨십으로 인해 문제가 발생될 소지는 거의 없다. 또 비록 여성들이 교제 초기 단계의 스킨십에 거부감을 느끼기는 하나 미혼들에 비하면 너그러운 편이다. '빨리 속궁합을 맞춰보자!', '결혼생활 해보니 속궁합이 중요하더라!', '서로 처녀총각도 아닌데 뭐…' 등과 같은 남성들의 짓궂은 언행에도 웃어넘기는 경우가 많다.

이번에는 반대로 '재혼 상대를 고르면서 초혼 때보다 유리한 점이 무엇인가?'를 물었다. 남성은 '진솔한 대화가 가능하여'(34.1%)를 첫손에 꼽았고, '현실적인 면을 중시해서'(22.5%)와 '이성 보는 안목이 있어서'(20.4%) 등이 잇따랐으나, 여성은 '현실적인 면을 중시해서'라는 응답자가 31.0%로 가장 많고, '성숙된 만남이 가능하여'(26.4%), '이성 보는 안목이 있어서'(17.6%) 등의 답변이 그 뒤를 이었다.

완성도 높은
돌싱 탈출용 'Feel·通·Tip*'

재혼 맞선 필승 카드!
'Feel·通·Tip' 8-5-40 수칙

'첫인상은 3초 만에 좌우된다'는 각종 실험결과가 있다. 처음 만나는 사람에 대한 평가는 첫눈에 많은 부분이 결정된다. 그 첫인상은 상대와의 향후 인간관계에 지대한 영향을 미친다. 한편 첫인상이 상대에 대한 막연한 '느낌'이라면, 그 후의 맞선 진행 과정은 실체를 확인하는 '형상화' 과정이라고 할 수 있겠다. 첫인상이라는 일차 관문에서 고득점으로 무난히 통과했을 때는 그 다음 단계에서 실점을 하지 않도록 세심한 주의를 기울여야 한다. 반대로 첫인상에서 호감을 주지 못한 경우에는 그후 대량 득점을 하지 않는 한 교제로 이어지기 힘들다. 첫인상은 물론 각단계마다 상대의 마음을 사로잡기 위해 집중력을 발휘해야 좋은 결과가나올 수 있다는 결론이다.

*Feel·通·TIP – 필이 통하는 맞선 팁

맞선에서 처음 눈이 마주칠 때 상대에게 어떤 이미지로 비춰지고, 또 첫 대면하는 순간부터 그날의 마지막 과정까지 어떤 모습을 보여주느냐에 따라 결혼으로 귀결될 수도 있고 일회용 만남으로 끝날 수도 있다. 저자는 첫 만남에서 상대의 시선을 사로잡고, 맞선의 전반적인 과정과 하나하나의 세부 언행이 호감도 제고로 이어질 수 있도록 완성도 높은 실전용 고효율 맞선 팁을 제시한다. 이름 하여 'Feel·通·TIP'(필이 통하는 맞선 팁) 8-5-40 수칙이다. 필이 통하는 맞선을 가지는 데 필요한 40개의 세부 지침들이다. 8개의 테마에 대해 각 5개의 세부 아이템으로 구성됐다. 온리-유와 비에나래가 지난 14년 동안 하루도 빠짐없이 수많은 재혼 맞선을 주선하는 과정에서 보고 듣고 깨달은 사항들을 집대성한 것이다. 실전에서 일어나는 현상들을 분석하고 종합한 내용이므로 언제, 어디서나, 어떤 상황에서도 바로 적용 할 수 있다.

사전 준비 사항

▶ 상대를 개략적으로 파악해둔다! 주요 프로필과 자녀, 취향과 습성, 살아온 환경 등에 대해 어느 정도 알아둬야 한다. 상대에 대한 지식을 바탕으로 대화를 전개해 나가면 실수도 줄일 수 있고 센스도 발휘할 수 있다. 처음 만나서 상대에 대해 너무 꼬치꼬치 캐물으면 분위기가 경직되기 쉽다.

▶ 맞선 시 나눌 대화 내용을 사전에 준비해 둔다. 날씨나 사회적인 이슈, 본인 직장이나 취미생활 등은 물론 상대에게 어필할 만한 자기 PR 사항도 미리 준비한다. 또 상대에 대해서는 전 배우자 관련 사항이나 이혼 배경, 자녀, 경제력 등과 관련하여 호구조사 식으로 따져 묻다 보면 분위기가 예상치 못한 방향으로 흐를 수 있으므로 사전에 어느 정도 파악해 두는 것이 바람직하다.

▶ 날씨나 장소 등에 맞는 맞선 복장을 사전에 준비해 둔다.

▶ 약속 장소에 찾아가는 방법을 사전에 확인해 둔다. 자동차로 갈 경우에는 사전에 깔끔하게 정리해 둔다.

▶ 남성은 미팅 전날 문자 등으로 만남에 대한 관심을 표함으로써 맞선의 의미를 부각시킨다. 시간, 장소 등의 맞선 일정을 환기시키면서 만남에 대한 기대감과 호기심, 설렘 등의 마음상태를 전하는 것이 자연스럽다. 그러나 과도한 애정표현이나 연락 등은 역효과를 초래하기 쉬우므로 적당한 선에서 끝내야 한다. 남성에게서 연락이 오면 여성도 감사의 인사와 함께 공감을 표한다.

치장

▶ 복장 : 젊고 화사한 분위기의 정장이나 세미 정장을 착용한다. 자신의 신체 조건을 최대한 돋보이게 하거나 또는 단점을 보완할 수 있도록 적절히 코디한다. 맞선에서 가장 많이 제기되는 불만 사항 중 하나가 바로 복장 문제이다. 면바지나 청바지, 품위 없는 티셔츠 등과 같은 복장은 상대에게 무성의하게 보일 수 있으므로 삼가야 한다.

▶ 화장 : 정성껏 하되 너무 진하거나 야할 경우 천박하게 보일 수 있다. 평상시와 비슷하게 하여 어색해보이지 않아야 한다.

▶ 머리 : 개성을 살려 단정하고 세련되게 손질한다. 자고난 듯 손질 제대로 하지 않은 부스스한 머리, 히피타입 및 일명 꽁지머리(남성), 아줌마 유형의 퍼머 등의 형태는 상대에게 좋은 인상을 주기 힘들다. 흰머리가 많을 때는 가급적 염색을 하는 편이 좋다.

▶ 액세서리 : 그날의 의상과 조화가 이루어지도록 적절히 착용한다. 각자의 생활 수준과 취향에 따라 다르겠으나 고가의 명품이나 과다

착용은 생활자세 등과 관련하여 불필요한 오해를 불러일으킬 수 있으므로 자제하는 편이 좋다. 핸드백도 마찬가지이다.

▶ 신발 : 정장이나 세미 정장에 맞게 구두를 고른다. 너무 야하거나 경박스러운 느낌의 구두는 사람을 가벼워 보이게 한다. 키가 작은 남성은 키높이 구두로 다소나마 커버하는 센스를 발휘하고, 반대로 키가 너무 큰 여성은 굽이 높지 않은 구두를 신어 남성과 균형을 맞추도록 한다. 운동화나 어그부츠 등은 금물!

'맞선 상대의 호감도를 좌우하는 가장 중요한 외형적 요소'에 대해 남성 72.4%와 여성 56.0%가 '첫인상'이라고 답했다. 온리-유가 2011년 8월 돌싱 남녀 각 268명을 대상으로 실시한 설문조사 결과이다. 첫인상을 좌우하는 가장 중요한 요소가 바로 치장이다. 첫인상 다음으로 '말투'(남 12.1%, 여 33.2%)가 뒤따랐는데, 남성은 첫인상, 여성은 말투를 상대적으로 더 중시한다는 것을 알 수 있다.

장소

▶ 분위기 있는 일반 커피숍이나 조용한 바(bar), 혹은 격조 있는 호텔 커피숍 등이 적당하다. 너무 고급스럽거나 비싼 곳일 필요는 없다. 남성들 중에는 호텔 커피숍을 꺼리는 부류도 있다. 호텔 레스토랑에서 식사할 것에 대한 부담 때문이다. 염두에 둘 필요가 있다. 장소가 어디든 간에 너무 소란스럽고 허름한 곳은 피해야 한다.

▶ 교통이 편리하고 찾기 쉬운 곳으로 정하는 것이 바람직하다. 약속 장소를 찾아가는 과정에서 헤매거나 오래 걷게 되면 김이 빠지게 된다.

▶ 장소는 가급적 여성을 배려하는 쪽으로 결정한다. 그러나 여성이라

고 하여 너무 자신의 입장만을 고집하다보면 만나기도 전에 이기적이라는 인식을 심어줄 수 있다. 결국 만나기 전부터 이미지에 먹칠을 하게 된다.

▶ 건물 지하보다는 지상의 밝고 조용한 곳으로 사람 왕래가 많지 않아야 서로 집중할 수 있다.

▶ 근처 지리에 밝은 친근한 장소라야 2차 등 이동 시에 유리하다. 사전에 2차 장소 등을 물색해 두면 우왕좌왕하는 모습을 보이지 않을 수 있다!

첫 대면

▶ 남녀 모두 약속시간보다 10분 이상 미리 도착해야 한다. 화장실 등에서 복장이나 화장, 기타 치장을 점검한 후 맞선 장소로 향한다. 허겁지겁하거나 흐트러진 모습은 첫인상을 구긴다! 불가피하게 늦을 때는 사전에 문자 등으로 사정을 알린다.

▶ 약속된 장소에 도착한 남성(혹은 여성)은 전화나 문자로 자신의 위치와 인상착의 등을 알려준다. 상대가 이리저리 찾아 헤매지 않도록 배려한다.

▶ 상대가 도착하면 일어나서 반갑게 맞이한다. 이때의 모습이 바로 첫인상이다. 상대에게 자신의 이미지가 처음으로 형성되는 순간으로 매우 중요하다. 남녀 모두 밝은 모습으로 대한다. 이때 남성은 여성이 앉기 편하게 탁자 혹은 의자를 살짝 당겨주는 매너를 발휘한다.

▶ 서로 '만나게 되어 반갑다'는 인사를 건넨 후 차를 시킨다. 첫눈에 호감이 가지 않더라도 성의를 다해서 대한다. 대화 중에 또 다른 매력을 발견할 수도 있고 그렇지 않더라도 교양인으로서 최소한의 에티켓을 지킨다.

▶ 차나 음료수는 취향대로 주문하되 인삼차, 꿀차 등과 같이 나이 든 사람의 이미지를 풍기는 차는 삼가도록 한다.

대화 진행

▶ 이성 간의 첫 대화는 매우 민감하다. 위 '사전 준비사항'의 첫 번째 항목과 두 번째 항목을 참고하여 대화를 진행하도록 한다. 주제가 엉뚱한 방향으로 흘러가면 첫인상과 상관없이 분위기가 어색해진다. 그렇게 되면 대화도 삐걱거리게 되고 일찍 파하게 된다. 따라서 화제나 대화 방향 등의 선택에 세심한 주의를 기울여야 한다. 또 혹시라도 상대로부터 의도하지 않게 다소 언짢은 화제나 표현이 나오더라도 이해하려는 아량이 필요하다. 인내하고 넘어가다 보면 좋은 인연으로 연결될 수도 있다. 사소한 문제에 목숨 걸 필요는 없다는 것을 유념해야 한다.

▶ 첫 만남은 전초전이라는 생각하에 사전에 파악한 정보를 토대로 가볍게 대화를 주고받는다. 행여 기피 대상 주제가 화제로 등장하더라도 구태여 피할 필요는 없다. 분위기에 맞게 적당한 선에서 의견을 나누면 된다.

▶ 남성이 대화를 주도적으로 이끌어가고 여성은 이따금 맞장구를 치거나 공감을 표한다. 진지한 분위기보다는 유쾌하고 즐거운 흐름이 좋다. 그렇다고 너무 깔깔 대거나 긴장이 풀어진 모습은 지양해야 한다.

▶ 대화 중에는 서로 상대에게 집중하는 자세가 필요하다. 특히 휴대 전화로 제 3자와 문자를 주고받거나 통화를 하는 등의 산만한 모습은 절대 삼가야 한다. 꼭 필요할 때는 상대의 양해를 구한다. 상대에게 호감을 느끼지 못하더라도 최소한 한 시간 정도는 말투나

용어, 몸짓, 표정, 자세 등에서 교양 있고 품위 있는 자태를 유지해야 한다. 침묵으로 일관하거나 무표정한 모습, 불쾌한 언행 등은 몰상식한 인상을 남길 뿐이다.

▶ 상대에게 어느 정도 호감을 느낄 때는 자신의 그런 마음을 직간접적으로 표현해야 한다. 가끔 양쪽 모두 호감을 가지고도 상대의 마음을 헤아리지 못해 어정쩡하게 끝나고, 쑥스러운 나머지 다시 연락도 못한 채 인연이 수포로 돌아가는 사례도 적지 않다.

식사 등 2차

▶ 맞선 첫날 식사는 잘 하면 상호 친밀도를 높일 수 있으나 그렇지 못하면 역효과를 초래하기도 한다. 찻집에서 나와 너무 헤매지 않는 것이 좋다. 길을 걸을 때는 남성이 차도로부터 여성을 보호한다.

▶ 식사 장소나 메뉴를 고를 때 여성의 의사를 타진하는 것은 나쁘지 않으나 부담을 주지 않도록 배려한다. 남성이 대안을 마련했다가 여성이 별다른 반응을 보이지 않으면 바로 결정하는 것이 바람직하다. 대부분의 여성들은 이런 결정권을 달갑게 생각지 않는다. 주의할 사항은 여성이 너무 호화로운 곳을 원하거나, 남성이 분식집과 같이 너무 허술한 곳을 택하면 십중팔구 대량 실점한다.

▶ 식사 중에는 남녀 공히 가정적인 모습을 자주 연출하여 미래 부부의 모습을 떠올리게 한다. 수저나 젓가락, 맛있는 반찬은 물론 앉거나 일어설 때 방석이나 옷 등을 섬세하게 챙겨주면 다정한 모습이 연출되고, 이는 곧 연인으로 발전해가는 첩경이다.

▶ 서로 친밀해질 때까지는 된장찌개나 탕(湯)류, 그리고 물김치 등과 같은 공동의 음식에 함부로 숟가락을 넣지 않는 것이 바람직하다. 반드시 앞접시를 사용하도록 한다. 간단히 반주를 곁들이는 것은

무방하나 과하지 않게 적절히 조절해야 한다. 특히 첫 만남에서의 스킨십 시도는 백해무익이니 요(要)주의!

▶ 식당 종업원이나 발레파킹원, 그리고 택시기사 등을 함부로 대하면 상대에게 몰인정하게 보일 수 있다.

마무리

▶ 가능하면 남성이 여성의 집까지 바래다준다. 이때 즐겁고 유쾌했음을 강조한다.
여성도 마음깊이 감사하며 답례한다.

▶ 차에 타고 내릴 때는 남성이 문을 열어주거나 닫아주는 등 정성스러운 모습을 보인다.

▶ 여성의 취향을 파악해두었다가 인근 가게에서 꽃이나 손거울, 브로치 등과 같은 부담 없는 아이템, 혹은 자녀 등 가족을 위해 케이크, 피자와 같은 소담스러운 선물을 제공하면 진한 감동으로 다가갈 수 있다.

▶ 마무리할 때는 다시 한 번 즐거웠음을 강조한다. 여성은 감사함을 전한다.

▶ 헤어진 후 여성이 '조심해 가세요', '즐거웠습니다' 등과 같은 내용의 문자를 보내면 상대 남성은 기쁜 나머지 만면에 희색을 띠게 된다.

*남성들에게 고한다! 교제 초기 단계에서 다소 손해본다는 생각이 들어도 억울해 할 필요는 전혀 없다. 어느 정도 베풀어 상대가 신뢰를 하게 되면 그때부터는 여성이 받은 것 이상으로 되돌려주게 된다.

2011년 8월 실시한 '재혼 맞선에서 상대로부터 점수를 딸 수 있는 가장 좋은 방법'에 대한 조사에서도 남성 59.3%와 여성 56.7%가 '자상함'을 꼽아 단연 높았다.

애프터

▶ 호감을 느낄 경우에는 지체 없이 표현하는 것이 좋다. 맞선 중에 직접 언급할 수도 있고, 헤어질 때까지 못했을 경우에는 맞선에서 돌아온 후 바로 호감을 전함으로써 상대의 궁금증을 덜어준다. 호감은 다소 오버해 표현하는 것이 진심을 전하는 데 도움이 된다. 일상적인 표현은 형식적으로 보일 수 있기 때문이다. 여성도 상대에게 호감을 느낄 경우 적절한 방법을 통해 자신의 의사를 분명히 전달해야 한다. 중매인을 통해서 호감을 전할 때도 위와 같은 요령으로 하면 된다.

▶ 서로 호감이 확인되면 즉시 애프터를 신청한다. 약속 날짜는 너무 멀지 않게 3~4일 내로 잡도록 하고, 여의치 않을 경우 늦어도 일주일 내에 만나도록 한다. 약속을 너무 멀리 잡으면 상대로 하여금 애프터를 형식적으로 신청하는 것이 아닐까 하는 의구심을 불러일으킬 수 있다.

▶ 약속을 잡은 후 다음 만날 때까지 상대의 관심을 계속 자신에게로 유발시킨다. 문자나 카톡, 전화 등을 통해 꾸준히 커뮤니케이션을 유지하는 것이다. 그러나 연락은 스토커 같다는 느낌이 들지 않도록 1일 3~4회 이내로 제한한다. 연락 시 오해 살 내용이나 오탈자 등이 없는지 꼼꼼하게 체크한 후 보내야 한다. 엉뚱한 데서 사달이 나는 경우가 잦으므로 세심한 주의를 요한다.

▶ 상호 양해가 이뤄지지 않은 상태에서는 야심한 밤이나 업무 시간 등은 피해야 한다. 아직 탐색기라는 사실을 항상 염두에 두고 조심

스럽게 접근해야 한다.

▶ 일단 약속이 잡히면 특별한 사정이 발생하지 않는 한 변경하지 않도록 한다. 신뢰성에 의문이 생기기 쉽다.

*첫 만남에서 호감을 갖지 못할 경우 최소한 2회 이상 만난 후 가부간의 결정을 내리도록 한다. 다시 만날 의사가 없더라도 좋은 이미지로 헤어져야 한다. 살면서 언제 어떤 모습으로 다시 만날지 모르니까….

계속 교제 여부,
세 번째 미팅에서 갈린다!

맞선에서 만난 이성과 애프터를 갖게 되면 두 번째, 세 번째 만남이 계속 교제 여부를 좌우하는 경우가 많다. 다시 말해 마의 세 번째 관문을 통과하면 장기 교제로 이어질 가능성이 높다는 것이다. 두 번째나 세 번째 만남도 맞선 때와 비슷한 치장과 자세, 그리고 매너를 견지하면 된다. 단지 좀 더 진지하고 깊이 있는 대화를 통해 상호 이해의 폭을 넓혀 나가도록 한다. 한편으로는 만남을 거듭할수록 즐겁고 자연스러운 관계로 발전해 간다는 생각이 들도록 양쪽 모두 힘을 합쳐야 한다. 특히 상호 간에 친밀감과 신뢰감이 쌓일 때까지는 너무 흐트러지지 않도록 각별히 주의해야 한다.

남녀 간의 기본 매너를 준수한다!

– 약속시간을 지킨다. 자그마한 실수가 신뢰를 깨트린다.

– 고가의 요리나 명품 등을 요구하지 않는다. 특히 여성들 중에는 교

제 초기 단계에서 재혼 후 한 달 생활비를 일정 금액 이상 요구하는 사례가 있는데, 이런 요구가 있으면 십중팔구 남성이 교제를 중단한다.

– 페이(Pay) 3 : 1의 원칙(남성이 세 번 내면 여성도 한번은 지불)을 지킨다.

– 복장과 화장 등 치장에서 품위를 유지한다. '아줌마 스타일', '아저씨 스타일', 그리고 '경박한 복장'은 실점을 유발한다.

– 3회 만남까지는 스킨십을 자제한다.

자신의 강점을 상대의 피부에 와 닿게 구체적으로 나타내라!

– 여성은 요리, 취미, 특기 등을 보여줄 기회를 가진다.

– 남성은 자신의 아파트, 사업장, 차량, 사회적 지위 등을 적극적으로 PR한다.

– 진심이 담긴 선물을 준비한다!

진솔함과 배려심으로 초혼 실패를 감싸준다!

– (남녀 모두 상처가 있으니) 따뜻한 마음으로 상대를 대한다.

– 진심이 느껴지도록 상대에게 올인한다는 인상을 심어준다.

상대 자녀나 가족 등에게 관심을 표명하면 약효가 탁월하다!

– 데이트가 끝난 후 헤어질 때 작은 선물이나마 정성껏 마련해준다. 자녀용 선물이나 부모의 건강식품 등을 시의적절하게 선사하면 가

슴을 찡하게 한다.
- 상대 가족의 건강이나 자녀의 학교생활, 취미, 장래 등에 대해 관심을 보인다.
- 생일이나 명절, 연인의 날 등을 잘 활용한다.

일체감을 느낄 수 있는 데이트 메뉴를 준비하라!
- 찻집이나 음식점을 벗어나 즐겁고 유쾌하게 보낼 수 있는 데이트 코스를 통해 일체감을 증진시킨다.

*실험결과에 따르면 정적일 때보다는 움직일 때 상대가 더 매력적으로 보인다고 한다.
예 골프나 테니스 등 운동, 등산, 놀이공원, 드라이브 등.

자상한 배우자의 모습을 연출한다!
- 자신의 전문지식이나 상식 등을 활용하여 상대가 직면한 문제나 이슈에 대해 조언을 해주고 가능한 범위 내에서 몸소 해결해준다.
- 상대의 건강이나 집안 살림 등에 대해 관심을 보인다.

황혼재혼
성공 10계명

앞에서도 살펴보았듯이 2012년 '혼인·이혼 통계'에 따르면 결혼 4년차 이하 이혼은 2만8,200건이나 결혼 20년차 이상 이혼은 3만200건으로 사상 처음으로 20년차 이상 이혼이 4년차 이하를 앞질렀다. 특히 혼인 기간 30년 이상 부부의 '황혼이혼'은 8,600건으로 전년보다 8.8% 늘어 높은 증가율을 보이고 있다. 앞으로도 이런 추세가 지속될 전망이다. 60대 이상의 돌싱 남녀가 참고할 황혼재혼 비법을 제시한다.

자녀들과 충분히 협의한 후에 결정하라!
– 황혼재혼 대상자들의 경우 대부분 장성한 자녀들이 있다. 그들과 충분히 협의한 후에 재혼 여부를 결정해야 후환이 없다. 재산 등 자녀와 정리할 사항은 깨끗이 청산한 다음에 재혼을 해야 재혼생활을 하는 중에 자녀가 장애물로 등장하지 않는다.

비슷한 연령대가 좋다!
– 황혼에 접어들면 특히 남성들은 일반적으로 나이 차이가 큰 여성을 원한다. 그러나 비슷한 시대를 살아온, 대화가 통할 수 있는 상대를 만나야 원만한 결혼생활을 영위할 수 있다.

상대방의 있는 그대로를 받아들여라!
– 초혼일 때는 배우자에게 성격이나 가치관, 생활습성상 이질적인 요인이 있더라도 살아가면서 적응해 나갈 여지가 있다. 그러나 황혼의 경우 이미 고착된 상태이기 때문에 고친다는 것은 불가능에 가깝다. 성격이나 코드 등이 잘 맞는 상대를 고르거나, 그렇지 않을 경우에는 상대의 '있는 그대로'를 받아들일 준비가 돼 있어야 한다.

친구를 구하듯 큰 욕심 없이 배우자를 선택하라!

– 가끔 현재 생활의 도피처나 자녀들에게 경제적, 가사적 도움을 주기 위해 결혼을 이용하는 사례가 있다. 그럴 경우 오래 가기 힘들다. 황혼의 나이에 재혼을 하여 서로 불협화음이 생기면 혼자 사느니만 못하다!

자립적 생활 기반이 전제돼야 한다!

– 황혼결혼 대상자들은 노후 준비가 미흡하고 연금 등 사회보장 제도의 혜택을 받지 못하는 사례가 많다. 어느 정도 경제적 기반이 구축돼 있지 않으면 원만한 결혼생활을 보장할 수 없으므로 재혼하기에 앞서 잘 따져봐야 한다.

너무 틀에 얽매이지 마라!

– 초혼과 같은 '결혼의 공식'에 너무 얽매이지 않는 편이 바람직하다. 구속이나 형식보다는 현실적인 측면에서 필요한 부분만 부부 역할을 하면 된다. 느슨한 형태의 부부관계가 더 유리할 수도 있다는 의미이다.

무엇보다 눈높이에 초점을 맞춰라!

– 황혼부부는 무엇보다 말동무나 노후 동반자로서의 역할이 중요하다. 살아온 수준이나 생활패턴, 직업 등에서 가능한 한 많은 공통점, 유사점이 있어야 대화가 통할 수 있다.

공통의 관심사, 취미생활이 필수적!

- 등산이나 산책과 같은 간단한 운동, 음악과 미술, 노래 등의 취미활동, 그 외 독서, 여행 등과 같은 공통의 관심사나 취미를 공유하면 생활의 윤활유 역할을 한다.

성 역할, 구분보다는 공유를!

- 부부간에 너무 네 것 내 것 가리거나, 네 일 내 일 따지기보다는 많은 부분을 공동으로 함께하는 것이 바람직하다.

기본은 역시 애정!

- 이제 생을 마무리하는 단계이고 대단한 것을 성취할 수도 없는 입장이다. 때문에 젊은 시절보다 이런저런 희로애락의 요소가 적을 수밖에 없다. 따라서 상대와 있는 자체가 즐거워야 한다. 믿음과 사랑이 뒷받침돼야 하는 이유이다.

재혼 전선,
연애 우등생과 열등생의 갈림길

백문불여일견(百聞不如一見) 백견불여일행(百見不如一行), 즉 백번 들어봐야 한번 보는 것만 못하고, 백번 보는 것이 한번 행하는 것만 못하다는 의미이다. 백가지 싱글 탈출 비법을 머리로만 알아봐야 실전에 옮기지 않으면 무슨 소용이 있겠는가! 재혼에 성공하는 사람들과 실패하는 사람들의 교제상 특징을 비교분석했다. 타산지석으로 삼기 바란다.

재혼 성공 사례 :
성공에는 그만한 이유가 있다!

남성 성공 사례

사례1 : 37세 S씨

- 본인 : 주 거주, 지방 4년대 졸, 반도체관련 회사 근무, 각종 자격증을 보유하는 등 많은 스펙을 쌓음, 5세 쌍둥이 아들 양육

- 상대 여성 : 33세, 거제도 거주, 지방 4년대 졸, 외모 준수, 일반회사 사무직, 3

살된 딸 양육

- 교제 진행 과정 : 이 남성은 결혼정보회사의 매니저에게 수시로 자신의 경력이나 자격증, 근무 회사에 대한 PR, 그리고 자신의 미래 비전 등을 장문의 메일을 통해 자세하고 구체적으로 보내왔다. 이런 사항들을 매니저가 상대 여성에게 대신 전달하여 어필시켜 주도록 부탁한 것이다. 그 뿐 아니라 자신감도 충만하여 미래를 낙관적으로 설계했다. 또 매주 주말에는 거제도로 내려가서 여성의 딸과 친밀감을 쌓아 아저씨, 아저씨 하며 따르게 했다.

- 성공 요인 : 37세 남성이 5세의 쌍둥이 아들을 양육하고 있다는 것은 재혼 전선에 치명적인 걸림돌이다. 이런 핸디캡을 극복하기 위해 자신의 장래를 적극적으로 PR하여 재혼 후 양쪽 자녀 3명을 키우는 데 전혀 문제가 없다는 것을 적극적으로 설득시켰다. 한손에는 자신감, 다른 손에는 지극정성이라는 무기로 무장하여 양동작전을 구사한 결과 결국 여성을 감복시키는 데 성공했다. 이들은 두 명이 이미 가진 자녀 3명 외에 자신들만의 자녀를 한명 더 낳기로 하고 결혼에 골인했다.

사례2 : 41세 P씨

- 본인 : 서울의 중위권 4년대 졸, 대기업(건설회사) 종사, 분당에 30평대 아파트 보유, 무출산

- 상대 여성 : 37세, 서울의 교육대학 졸업 후 초등 교사로 봉직, 외모 준수, 무출산

- 교제 진행 과정 : 남성은 첫 번째 맞선에서 이 여성을 만난 후 다른 여성과의 만남을 일절 거부한 채 오로지 이 한 여성에게만 집중했다. 데이트 시 이 여성의 말에 귀를 기울여주고, 끊임없이 연락을 취함은 물론 여성 당사자나 그녀의 가족에게 특별한 일이나 기념일이 있을 때는 정성껏 선물을 마련해 전달했다. 결국 상대에게 진정성을 느끼게 해줘 신뢰와 믿음을 얻는 데 성공했다.

- 성공 요인 : 사실 이 남성의 제반 프로필로는 상대 여성의 당초 배우자 조건을 충족시키기에 턱없이 부족했다. 그 부족함을 메우기 위해 이 남성은 처음 만난 후 결혼을 결정할 때까지 5개월 간에 걸쳐 그가 할 수 있는 모든 것을 다했

다. 그녀를 향한 뜨거운 애정과 깊은 관심 표현, 그리고 헌신적인 배려 등이 지성이면 감천이라는 말을 현실로 만든 것이다. 돌싱 여성들은 대부분 각종 휘황찬란한 재혼 조건을 내건다. 그러나 조건은 다소 미흡하더라도 상대에게서 진정성이 느껴지면 당초의 조건을 깨끗이 잊은 채 결혼을 결정하는 사례를 자주 본다. 초혼 때 깐깐하게 골라서 최고 조건의 남성과 결혼했지만 사랑이 없으니 사상누각같이 허망하게 무너지더라는 사실을 몸소 체험했기 때문이다.

여성 성공 사례

사례1 : 55세 C씨

- 본인 : 자영업자, 대학생 딸 1명 양육, 젊은 감각의 이국적 글래머형

- 상대 남성 : 58세, 차분한 이미지의 고등학교 교장, 자녀 무양육, 당초 배우자 조건은 40대의 나이 어리고 자녀 없는 미인을 원했음.

- 교제 진행 과정 : 당초 이 남성에게 차모 씨를 소개하자 남성은 당연히 달가워하지 않았다. 설득 끝에 겨우 만남이 이루어졌고 만날수록 여성의 따뜻한 마음씨와 배려심을 느끼게 되어 점점 더 빨려들어갔다. 어느 정도 가까워지자 이 여성은 자신의 강점을 십분 발휘했다. 즉 뛰어난 요리 솜씨를 활용하여 5가지 이상의 각종 김치와 밑반찬을 직접 만들어 전달해줌은 물론 남성이 집에 초대하면 이런 요리들을 냉장고에 차곡차곡 채워주는 모성애를 발휘했다. 거기에 더해 여성이 자신의 집으로 남성을 초대하여 직접 만든 이태리 풀코스 요리를 대접하는 등 남성의 아킬레스건을 확실하게 공략했다.

- 성공 요인 : 이 여성은 남성들이 선호하지 않는 자신의 현재 여건, 즉 50대 중반이라는 나이와 양육아 보유 등의 약점을 자인하고, 이런 마이너스 요인을 메우기 위해 자신이 가진 여성으로서의 강점을 최대한 활용했다. '남성은 요리 잘하는 여성을 좋아한다'는 점에 착안하여 자신의 강점을 최대한 활용한 것이다.

사례2 : 38세 Y씨

- 본인 : 수간호사, 자녀 출산 경험 없음, 아담한 몸매에 귀여운 외모, 차분한 성격
- 상대 남성 : 44세, 전문대졸, 듬직한 체구, 취미가 바이크 타기임. 중장비 임대

사업자 (재산 30억 원대)로 월수입이 1,000만 원가량 됨. 그러나 아이 둘을 양육 중인 전 배우자에게 매달 300만원을 지급하고 어머니에게도 용돈으로 300만 원씩 드림.

■ 교제 진행 과정 : 1년 반 정도 교제를 진행하는 동안 남성은 이 여성에게 만족하지 못하고 다른 여성과도 빈번하게 만남을 가졌다. 그러나 이 여성은 나이차가 큼에도 불구하고 이 남성에게 올인했다. 홀로 계시며 몸이 불편한 남성의 어머니에게 일주일에 세 번 이상 찾아뵈며 지극정성으로 간호를 했을 뿐 아니라 이 남성의 취미인 바이크 타기에 동참하기 위해 2,000만 원의 거금을 투자해 고급 오토바이까지 자비로 구입했다. 이 여성은 오토바이를 탈 성격은 전혀 아니었으나 오로지 이 남성에게 가까이 다가가기 위해 바이크를 사서 배운 것이다.

■ 성공 요인 : 한마디로 자신에게 별로 호감을 느끼지 않는 이 남성을 향해 이 여성이 헌신적인 자세와 적극적인 마인드로 자신을 완전히 굽히고 들어갔기 때문에 결혼이 가능했다.

재혼 실패 사례 :
이러니 누가 결혼하겠어…

남성 실패 사례

사례1 : 52세 P씨

■ 본인 : 전문대졸, 사업가, 재산 250억 원, 딸 둘 있으나 전 배우자 양육, 3남 2녀 중 막내로 자신을 제외한 나머지 형제 및 그 배우자들은 모두 일류대 출신의 전문직 종사자임.

■ 배우자 조건 : 12세 이상 나이 차이, 165㎝ 이상의 신장에 탁월한 외모, 센스 보유, 가능하면 4년제 대졸, 가정환경도 고려

■ 교제 진행 과정 : 5년 전에 가입하여 7회의 재가입을 통해 102명의 이성과 맞선을 가졌으나, 교제로 돌입해도 3회 이상 만남이 지속되지 못했다.

■ 실패 요인 : 크게 세 가지이다. 너무 눈이 높은 점과 집중하지 못하는 연애 습성, 그리고 성급한 스킨십 시도. 자신의 형제와 그 배우자들을 의식한 나머지

배우자 조건이 지나치게 까다로워 웬만한 여성에게는 만족하지 못했다. 설사 호감 가는 여성을 만나도 한명에게 집중하지 못하고 이중, 삼중으로 문어발식 만남을 가져 여성에게 믿음을 주지 못하고 바로 깨졌다. 결정적인 요인은 만남 초기부터 과도하게 스킨십을 시도하여 여성들이 진정성을 느끼지 못하고 떨어져나간 것이다.

사례2 : 58세 K씨

- 본인 : 대졸, 사업가(70억 원대 재산 보유), 타워팰리스 아파트에 거주, 사별남, 자녀 2명 양육

- 상대 여성 : 서울대를 졸업하고 미국유학 후 현지 명문대에서 정교수로 재직, 외모 준수

- 교제 진행 과정 : 2년 이상 동안 한국과 미국이라는 거리를 극복하고 서로 왕래하거나 전화, 이메일, 카톡 등을 통해 적극적인 자세로 교제를 진행했다.

- 실패 요인 : 이 남성은 재산도 많고 자신의 자녀나 가족들에게는 아낌없이 베푸는 타입이었으나 정작 배우자감에게는 한마디로 짠돌이였다. 식사 후 커피도 자판기에서 뽑아 마실 정도로 조잔한 태도를 보여 결국 여성이 절교를 선언했다.

여성 실패 사례

사례1 : 34세 C씨

- 본인 : 명문 Y대 출신, 외모 준수, 방송사 근무를 거쳐 국내 최대 백화점 기획실에서 근무, 자녀 출산 경험 없음.

- 배우자 조건 : 전문직 혹은 사업가, 금융권, 기타 안정된 직장, 5세 이내의 나이 차

- 교제 진행 과정 : 너무 자신감이 높아 자아도취에 빠져 웬만한 남성은 눈에 차지 않았다. 어디 하나 흠 잡을 데 없는 남성을 소개해도 계속 더 나은 프로필에 대한 미련이 남아 교제로 이어지지 못했다. 이 여성의 마음에 쏙 드는 남성은 남자 쪽에서 별로 매력을 느끼지 못해 바로 깨졌다.

- 실패 요인 : 학력이나 직장, 외모 등 3박자가 모두 구비되다 보니 자신감 또한

하늘을 찌를 정도로 높아 마음에 드는 남성을 찾기 어려웠다. 또 본래 외모가 상당히 준수한 편이었으나 코와 눈 등을 과도하게 고쳐 얼굴이 전체적으로 부조화를 이뤘고, 그것도 같은 부위를 두 번 이상 중복으로 수술을 하다 보니 너무 인위적으로 보여 오히려 마이너스 요인이 됐다. 거기에 센스가 부족하여 상대의 마음을 제대로 파악하지 못해 남성들에게 무(無)매력으로 느껴졌다.

사례2 : 36세 H씨

- 본인 : 명문여대 졸, 탁월한 외모(대학축제 때 Queen으로 뽑힘), 외국계기업 근무, 6세 딸 양육

- 배우자 조건 : 경제력이 뛰어난 남성

- 교제 진행 과정 : 맞선에서 남성들이 이 여성을 처음 만나면 모두 한눈에 반할 정도로 외모가 뛰어났다. 그러나 2회, 3회 횟수를 거듭해 갈수록 호감도가 떨어졌다. 데이트 중 찻값 등을 전혀 지불하지 않을 뿐 아니라 3회 정도 만나면 남성을 백화점 등으로 유인하여 밍크코트나 가죽점퍼, 명품가방, 자녀용 수입 피아노 등 몇백만 원짜리를 사 달라고 졸라댔다. 거기에 그치지 않고 자신의 차에 휘발유를 넣어 달라거나 슈퍼마켓에서 수십만 원 어치의 식재료를 사 달라고 조르기도 했다.

- 실패 요인 : 이 여성을 소개받은 모든 남성들은 만남 초기에는 홀딱 반해 간도 쓸개도 다 빼줄 듯이 정성을 다 바친다. 그러나 만남 횟수를 거듭할수록 이 여성의 꽃뱀 같은 행태에 실망해 머지않아 남성이 먼저 떨어져 나갔다. 매니저들의 거듭된 조언에도 불구하고 이 여성은 마이동풍으로 일관했다.

화룡점정[*],
'남'을 또 다른 '님'으로!

무실점 *고득점*의
완성도 높은 '승부처' 전략!

재혼 상대 작업 시 주요 '득점처'와 '실점처'는?

상대 자녀를 공략하라! 양육아가 있는 돌싱들에게는 자녀만큼 소중한 존재가 없다. 자녀에게는 부모로서 미안한 점도 있다. 그런 자녀에 대해 상대가 관심을 보인다는 것은 많은 의미를 내포한다. 실제 2011년 8월 실시한 '호감 가는 재혼 상대에게 점수를 따기 위해 가장 효과적인 방법'을 조사한 결과에서도 이런 사실이 입증됐다. 돌싱 남녀 각 268명의 조사 참가자 중 남성 응답자의 43.7%와 여성의 38.4%가 '상대 자녀용 선물을 제공하는 것'으로 답해 '상대의 옷을 선물한다'(31.0%)는 남성의 대답과 '직접 요리한 음식을 제공한다'(33.1%)는 여성의 응답률을 상회하며

---

[*] 화룡점정 – 畵龍點睛 : 중요한 부분을 완성시켜 일을 끝냄

효과 최고의 득점 방법으로 뽑혔다.

득점도 중요하지만 실점을 하지 않는 것 또한 중요하다. '상대의 조건을 너무 세부적으로 문의하는 것'(34.7%), '조잔함·인색함'(21.3%), '성급한 스킨십'(16;.0%) 등의 단점들이 '재혼을 위해 교제를 하는 과정에서 실점을 가장 많이 하는 사항'에 대한 질문을 받고 남성들이 스스로 1위부터 3위로 인정한 사항들이다. 같은 질문에 여성은 '(커피 한 잔 안 사는 등) 조잔함·인색함'(31.7%)을 시작으로 '상대 조건에 대한 세부적 문의'(20.2%)와 '아줌마스러움'(17.3%) 등을 주요 실점처로 지적했다.

맞선을 보고나서 남성들이 자주 하는 불평은 '여자들은 왜 차 한 잔 살 줄 모르나!'이고, 여성들은 '이혼 사유나 자녀관계 등에 대해 어떻게나 끈질기게 물어보는지 등골에 식은땀이 줄줄 흐를 지경이었다'는 피드백을 자주 한다.

호감 표현법, '이렇게 좋은 분을…'

'이렇게 좋은 분을 만날 줄은 꿈에도 생각지 못했다!' 돌싱들이 마음에 드는 배우자감을 만났을 때 속마음을 전하는 최고의 방법이다. 만족스러운 배우자감을 만난다는 것은 초혼이나 재혼 모두 똑같이 어렵다. 따라서 호감이 가는 재혼 상대를 만나면 자신의 마음을 정확하게 표현해야 하는데 다행스럽게도 돌싱들은 이런 면에서 별다른 문제없이 센스 있게 잘 대처하는 것으로 드러났다.

2011년 9월의 조사에서 남녀 각 268명의 참가자 가운데 남성의

31.0%와 여성의 45.9%가 '이렇게 좋은 분을 만날 줄은 꿈에도 생각지 못했습니다'를 '최고의 호감 표현법'으로 골라 1위에 올랐다. 차선으로는 남성이 '저는 마음 결정했습니다'(23.7%)와 '이렇게 행복한 적이 없었습니다'(19.4%)를 택했고, 여성은 '이렇게 행복한 적이 없었습니다'(25.7%)가 앞섰고 '저는 마음 결정했습니다'(11.4%)가 그 다음이었다.

돌싱들은 맞선이 만족스러울 경우 '행복하다'며 감격스러워하는 모습을 자주 접한다. 이혼 후 불신감이 깊은 상태에서 좋은 사람을 만났기 때문에 그만큼 행복감은 증폭된다.

재혼상대 결정 *메커니즘*, 초혼과는 *다르다*

재혼 상대를 결정할 때 가장 큰 영향력을 행사하는 사람은 부모가 아니라 자녀이다. 2011년 8월 온리-유가 '재혼 상대를 결정할 때 영향력이 가장 큰 사람'을 주제로 실시한 설문조사에서 나타난 결과이다. 전국의 돌싱 남녀 534명(남녀 각 267명)이 이 조사에 참여했는데, 그중 남성의 55.1%와 여성의 58.1%가 '자녀'로 답해 영향력 1위에 올랐다. 그 다음이 '부모'(남 36.7%, 여 26.9%)였다.

돌싱들은 첫 번째 결혼을 통해 부모로부터 독립한 상태이다. 이미 부모의 영향권을 벗어나 있는 것이다. 특히 여성이 더욱 그렇다. 그러나 자녀는 재혼을 해도 직간접적으로 밀접한 관계에 놓이게 되므로 의견을 무시할 수 없다.

한편 부모의 재혼에 막강한(?) 파워를 행사하는 자녀들은 부모의 재혼에 대체로 동의하는 입장인 것으로 나타났다. '자녀들은 본인의 재혼에 어떤 입장인가?'라고 돌싱들에게 던진 질문에 남성 74.6%와 여성 62.8%가 '찬성한다'는 반응을 보여 압도적으로 높은 비중을 차지한 것이다. 자녀의 찬성률에서 남성이 여성보다 11.8%포인트 높은 점도 간과할 수 없는 대목이다.

자녀들이 어머니보다는 아버지에게 재혼을 더 적극적으로 권하고 있다는 것을 알 수 있다.

자녀의 입장에서 볼 때 돌싱 아버지에게는 가사 등 일상생활에 현실적인 불편함이 많아 재혼을 권해드리고 싶어 한다. 그러나 돌싱 어머니는 생활에 별로 불편함이 없을 뿐 아니라 재혼을 하고나면 본인에게도 많은 영향을 미치므로 어느 정도 성장한 후에 재혼하기를 바란다. 하지만 각 개인별로는 서로 다른 사정이 있어 일괄적으로 단정하기는 어렵다.

당사자 간에 재혼이 확정단계에 접어들면 양쪽의 가족과도 대면하게 된다. 즉 상견례이다. 물론 재혼에서도 상견례를 '하겠다'(남 68.4%, 여 78.7%)는 대답이 '하지 않겠다'(남 31.6%, 여 21.3%)는 대답보다 월등히 많다. 그러나 초혼과 달리 하지 않겠다는 대답도 적지 않다는 것을 알 수 있다. 특히 남성이 여성보다 10.3%포인트 높다.

'상견례에 꼭 참석해야 할 가족'으로는 '부모'(남 77.1%, 여 52.1%)가 단연 높고, '자녀'(남 18.5%, 여 36.7%)가 그 뒤를 이었다. 상견례에 필히 참석할 가족으로 남성은 부모를, 여성은 자녀를 상대적으로 높게 꼽은 점도 이채롭다. 남성들은 향후 밀접한 관계를 맺을 부모에게 며느리감을 추인받는다는 의미가 있다. 그러나 여성은 자신과 운명을 함께 할 자녀를 새로운 가족에게 소개하는 계기로 삼는다.

'재혼 의식의 규모나 형태'에 대해서는 남성의 경우 '가족끼리 조촐하게 하고 싶다'는 의견(49.8%)이 가장 많고, 여성은 '가까운 친지를 초청하여 연회식으로 하고 싶다'(47.9%)는 대답이 대세를 이루었다. 일반적으로 여성들은 상견례나 재혼식 등의 공식적인 절차를 중요시한다. 그런 제반 절차를 통해 많은 사람들이 보는 앞에서 공식적인 부부로 인정받고 싶은 것이다.

재혼 통해
인생 역전 이룬 사람들!

결혼정보회사에서 많은 재혼 고객들과 상담을 하다보면 초혼 때보다 재혼 상대로서의 조건이 훨씬 양호해진 사람들을 종종 본다. 초혼 때는 이렇다 할 장점이 없었으나 그 후 시간이 지나면서 상황이 바뀐 것이다. 본인이 일구었든 물려받았든 간에 경제력이 큰 폭으로 향상된 사람들이 그 대표적인 케이스이고, 사회적 지위가 상승했거나 노후 준비가 완벽한 사람들, 그리고 자기 관리가 뛰어난 여성들과 여타 돌싱들이 선호하는 조건을 갖춘 사람들이 바로 그런 부류이다. 이런 돌싱들이 재혼 시장에서 높은 인기를 누리는 것은 불문가지(不問可知)이다. 이들이 위에서 살펴본 교제 수칙을 준수하여 재혼 전선에 나설 경우 초혼에서 못다 이룬 꿈을 실현할 가능성이 높다. 이와 같이 재혼을 통해 인생 역전에 성공한 사례를 소개한다.

□ 세계 초일류 회사인 반도체회사에서 상무이사로 근무하고 있는 54세 남성 K씨는 10월 초 45세의 서울소재 모 대학 영문과 교수와 재혼에 골인했다. 43세 약사, 41세 피아니스트, 47세 의사, 44세 교사 등

다양한 여성들과 맞선을 본 후 최종적으로 내린 결정이다. 결혼이 결정된 후 K씨는 생애 최고의 행복감을 느낀다며 즐거워했다.

평범한 가정에서 태어나 부산에서 대학을 졸업한 후 현재의 회사에 입사했다. 그 당시는 회사도 지금만큼 인기가 없었고, 신입사원이었기에 맞선 상대에게 별로 내세울 게 없었다. 서울에서 맞선도 여러 번 봤지만 호감이 가는 여성들은 반응이 시원찮았다. 결국 유치원 교사와 결혼을 했으나 성격 차이로 헤어졌다. 그러나 재혼 상대를 찾는 K씨의 상황은 초혼 때와는 전혀 판판이었다. 직장은 세계적인 회사로 성장했고 28년 간 성실하게 근무한 결과 '별'을 딴 K씨는 연봉이 3억 원에 가깝다. 거주지도 서울 중심지에 있는 50평대 아파트이다. 누구나 부러워하는 배우자감이 되어 있었던 것이다.

☐ 전국 각지에 주택업과 펜션업을 영위하며 150억 원대의 재산을 축적한 48세 남성 C씨는 최근 희색이 만면하다. 평생 소원이었던 '절세미인'과 최근 결혼에 합의했기 때문. 상대는 36세의 모델 출신 골드미스이다. 처녀 결혼인 셈이다.

C씨는 3남 1녀의 형제 중 늘 집안의 골칫덩어리였다. 다른 형제들은 모두 명문대를 졸업한 후 의사, 교수, 금융계 등에 종사하며 배우자도 거기에 걸맞게 학력, 직업, 외모 등이 수준급이다. 그러나 전문대를 겨우 나온 C씨는 배우자도 다른 형제와 비교할 수 없이 부족했었다. 당연히 가족 모임 때는 풀이 죽을 수밖에. 그러나 23년 간 사업에 매진하며 성공을 거둔 결과 이제 뭇 여성들의 인기를 한몸에 받는 일류 배우자감으로 우뚝 솟은 것이다.

이러한 현상은 비단 남성에 국한되는 것은 아니다. 여성 재혼 대상자 중에서도 비슷한 현상이 발생한다.

☐ 6개월 정도의 결혼 경험이 있는 35세의 스튜어디스 J씨는 현재 결혼을 전제로 46세 치과의사와 8개월 째 동거 중이다. 빼어난 미모를 앞세워 초혼 때도 전문직에 종사하는 남성과 여러 번 교제를 했지만 학력 미달과 고액의 혼수예단 요구 때문에 번번이 좌절되고 말았다.

그러나 재혼 대상 남성은 경제적인 기반을 구축한 상태이고 배우자를 고르는 데 있어서도 부모의 입김으로부터 자유롭다. 상대 남성만 좋다면 그만인 것이다. J씨 또한 재혼 상대로서는 비교적 낮은 연령에 뛰어난 외모와 짧은 결혼생활, 그리고 무출산 등 남성들이 선호하는 조건을 모두 갖추었다. 이와 같은 본인 및 상대의 여건 변화는 물론 재혼 시장의 특성까지 가미되어 J씨는 꿈에도 그리던 전문직 남성과 결혼을 하게 됐다. 초혼 때의 좌절을 보기 좋게 되갚은 것이다.

☐ 70억 원대의 재산, 서울 강남지역에 50평대의 아파트 및 최신형 BMW 보유…. 45세의 알부자 H씨의 개략적 재산 목록이다. 이 남성과 재혼에 성공한 37세의 돌싱 여성 S씨! '여자 팔자는 뒤웅박 팔자'라는 속설이 있다. 이 말의 의미를 이 여성보다 더 생생하게 실감하는 사람이 어디 또 있으랴! 이 여성의 전 배우자는 동갑에 월세를 전전하는 허우대만 번듯한 놈팡이였으니….

키 167㎝, 가슴 B컵, 풍만한 히프, 그리고 개미허리…. 전형적인 글래머 스타일의 뇌쇄적인 매력을 지닌 37세의 S씨! 이런 몸매뿐 아니라 이국적인 외모에 우윳빛 피부는 그녀의 매력을 한껏 더해준다. 그러나 유유상종이라 했던가! 그녀가 28세에 만나 6개월여의 연애 끝에 결혼한 남성은 신체조건 하나만 그럴듯한 동갑의 중소기업 종사자였다. 그도 그럴 것이 당시 S씨의 최우선 배우자 조건은 나이 차이가 없고 남성적인 신체조건을 갖춰야 했다. 한마디로 철이 없었던 것이다. 전 배우자는 회사가 도산하는 등으로 이 회사 저 회사를 전전했고, 집세도 내기 힘들었다. 술주정에 외박까지 잦아 싹이 노랗다고 판단하여 결혼생활 1년을 채우지 못한 채 헤어졌다. 자녀는 출산하지 않은 상태였다.

결혼에 실패한 후 오랫동안 돌싱으로 혼자 살면서 현실적인 안목을 갖춘 S씨! 드디어 실속에 중점을 두고 재혼 상대를 찾아 나섰다. 전문대 출신이라는 학력상의 핸디캡이 있었지만 그것을 커버하고도 남을 정도의 S자형 글래머 몸매와 20대 중반으로 보이는 초(超)동안의 발광 외모, 재혼 대상자로서의 경쟁력 있는 나이, 그리고 속이 꽉 찬 사고방식 등은 뭇 돌싱 남성들의 마음을 사로잡기에 충분했다. 특히 상대의 나이를 폭넓게 볼 뿐 아니라 경제력 등 핵심 조건을 제외한 여타 사항은 크게 고려하지 않았다. 심지어 상대가 종교를 가지고 있으면 그것까지 수용하고 따랐다. 한마디로 모든 것을 남성에게 맞추었다. 이런 요즘 보기 드문 성격과 희생정신이 더해져 그녀에 대한 맞선 상대들의 호감도는 가히 폭발적이었다. 그중에서 고른 남성이 바로 45세의 부동산 갑부이다. 철없던 초혼을 성숙한 재혼으로 보상받은 것이다.

리포트Ⅵ 인생역전 종결자, 돌싱 탈출 A to Z 303